ILS ÉTAIENT SEPT

Ouvrage publié sous la direction d'Arnaud Hofmarcher

Vous pouvez consulter notre catalogue général
et l'annonce de nos prochaines parutions sur notre site :
www.cherche-midi.com

Titre original : *The Murder Mystery Book Club*
Éditeur original : Larmer Media

92, avenue de France – 75013 Paris

Conception graphique : Justine Dupré
Illustrations : Laurent Ribet
Dépôt légal : février 2023
ISBN 978-2-7491-7547-8

C.A. LARMER

ILS ÉTAIENT SEPT

TRADUIT DE L'ANGLAIS (AUSTRALIE)
PAR TANIA CAPRON

le cherche midi

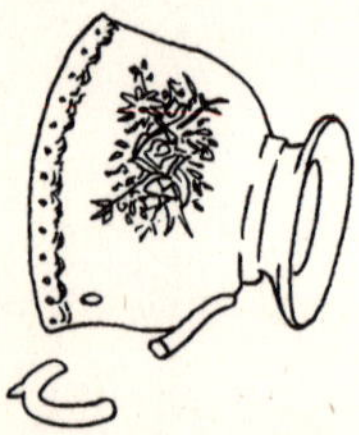

Pour vous, fans d'Agatha Christie,
où que vous soyez

PREMIÈRE PARTIE

TOUT ÉTAIT PRÊT. La table était dressée, des fleurs disposées dans un vase, le thé noir infusait dans une théière de porcelaine aux délicats motifs, et un grand plat de sandwichs au concombre et fromage frais (sans la croûte, bien entendu) couronnait le tout. Le décor parfait pour le rendez-vous inaugural du club des amoureux du mystère.

Le décor parfait pour le crime parfait.

Tout en sirotant leur thé, les sept membres du club de lecture nouveau-né feuilletaient des exemplaires fatigués du premier roman qu'ils avaient choisi. L'un d'entre eux, cependant, observait l'assemblée avec attention. L'intrigue des *Vacances d'Hercule Poirot* ne l'intéressait qu'à demi, et les romans policiers moins encore. En réalité, son seul objectif était de s'intégrer à ce groupe qui allait lui permettre de donner le coup d'envoi à un plan autrement tortueux.

Et remarquable, véritablement ! Inutile de jouer la fausse modestie à ce stade. Ce plan lui avait coûté du temps et des efforts, mais qui allaient finalement trouver leur récompense. S'il fonctionnait, et comment pourrait-il en aller autrement ?, il détruirait une vie, en dévasterait une autre, et laisserait pantois ce ramassis d'amateurs.

Jamais ils ne comprendraient ce qui les avait frappés.

L'observateur retint un ricanement. Bon sang, la grande Agatha Christie elle-même en aurait été réduite à se gratter la tête…

DEUXIÈME PARTIE

1

Trois semaines plus tôt…

ALICIA FINLAY N'ÉTAIT PAS au bon endroit.

Elle ne l'avait pas compris tout de suite. Un trimestre qu'elle venait là, confiante, une fois par mois, le dernier prix Pulitzer carré sous son bras, un sourire contraint aux lèvres, affichant un plaisir feint. Rien ne lui faisait plaisir, ici. C'est ce qui lui apparut finalement lors de cette quatrième soirée du lundi.

Mettons que la faute en incombait à cette bouteille de rouge.

Elle était restée assise, silencieuse, écoutant à demi un monologue sur les thèmes principaux du roman – des trucs en lien avec l'impérialisme britannique et le caractère inéluctable de la grande Histoire, à ce qu'elle avait compris – quand un cabernet sauvignon Margaret River 2007 était entré dans son champ de vision. Il devait être fabuleux. De même que l'assiette d'amuse-bouches qui attendait près de la bouteille et de huit verres en cristal sur la desserte, presque à portée de main.

Alicia repéra des crêpes miniatures garnies de fromage de chèvre et de saumon, des mini-asperges roulées dans des lamelles de prosciutto et quelque chose qui semblait être du pâté. Mais elle connaissait la règle. Ces délices devraient attendre que les discussions sérieuses aient pris fin. Elle jeta un coup d'œil furtif à sa montre. Encore trois quarts d'heure. Elle se sentit saliver et se tourna vers son voisin, mais lui n'avait d'yeux que pour la femme qui discourait à sa gauche.

« L'église de verre est à mon sens une métaphore puissante de la vanité d'Oscar, et de, hum, la fragilité de son système de croyances déviant, expliquait la femme, une institutrice nerveuse aux cheveux grisonnants. Pour nous dire, voyons… sa force et sa vulnérabilité conjuguées. Qu'en penses-tu, Alicia ? »

Alicia détourna les yeux de la table basse qui les aimantait et sourit avec embarras à Verity.

« Ah, hum, je… » Elle s'interrompit, eut un petit rire. « Pardon, pour être honnête je n'ai pas tout suivi. J'étais en train de me dire que je prendrais bien un verre de rouge.

– De rouge ?

– De vin rouge, pardon. »

Elle se leva. « Est-ce que quelqu'un d'autre souhaite que je lui serve un verre pendant que nous discutons ? Quelque chose à grignoter ? »

L'hôtesse du jour, Kirsten, se redressa d'un bloc. Vêtue comme toujours avec un soin méticuleux, elle portait ce soir-là un haut de coton écru sur un pantalon de lin immaculé, rehaussé d'un collier de grosses perles de verre rouges qui semblait sorti d'un magazine de haute couture. Les cheveux fraîchement coupés en un carré noir rigoureux, certainement très tendance mais qui du fait de ses pommettes hautes et de son teint de porcelaine lui donnait de vagues allures de sorcière. Il ne manquait que le chapeau pointu.

« Ah, je regrette, Alicia, dit-elle, mais ce n'est pas tout à fait l'heure de boire, nous sommes toujours dans la phase de discussions. » Elle donna deux petits coups de l'index sur le cadran de sa fine montre d'or.

« Oh, fit Alicia en retombant sur son siège. Nous ne pourrions pas discuter et boire en même temps ? »

Kirsten eut un sourire poli tout en échangeant des regards entendus avec une autre membre du club – elles l'avaient déjà fait à plusieurs reprises – et secoua la tête. Non. Son carré noir ne bougea pas d'un cheveu.

« Mais pourquoi pas ? » insista Alicia. Ce qui parut estomaquer Kirsten.

« Ma foi, c'est ainsi que nous procédons, ici. » Leur hôtesse se mit à chercher sa liste de questions. « Bien, revenons à notre sujet, si vous permettez. Où en étions-nous restés ? Il me semble que nous pouvons passer à la question quatre ? Le style, c'est ça. Souhaites-tu commencer, Wilfred ? »

Elle regarda avec autorité le gros homme à la barbe broussailleuse et aux lunettes cerclées d'or qui faisait face à Alicia, avachi dans un fauteuil. Il rajusta ses lunettes et se mit à caresser amoureusement sa barbe. Il n'attendait que cela.

« Absolument. Bien, je dois vous dire que je n'ai jamais été un grand admirateur de Carey. Mon opinion est qu'il se donne beaucoup de mal mais sans parvenir à grand-chose. Son écriture, ma foi, laisse beaucoup à désirer, ne trouvez-vous pas ? »

Quelques murmures approbateurs parcoururent l'assemblée. Ainsi encouragé, Wilfred se lança dans un de ses sermons coutumiers sur les faiblesses des écrivains contemporains. À l'entendre, il ne restait plus de nos jours un auteur digne de ce nom et aucun roman valable n'avait paru depuis Hemingway et Salinger. Alicia ne put s'empêcher de se demander ce qu'un microbiologiste en savait, au juste ; elle repoussa cette pensée avec un grand soupir muet.

Comment avait-elle pu ne pas s'en rendre compte ? Pourquoi lui avait-il fallu quatre séances et une bouteille taboue pour comprendre ce qui crevait sans doute les yeux de toutes les personnes présentes dans ce salon depuis le début ?

Elle n'avait rien à faire là.

À la vérité, Alicia Finlay se contrefichait de la littérature. Elle aurait aimé s'y intéresser, comme ces femmes qui se sentent coupables de regarder des feuilletons romantiques à la télé et voudraient trouver la force de zapper sur un programme d'actualité sérieux sur une chaîne publique. Elle aurait aimé, mais pas *à ce point.*

Son esprit se mit à vagabonder vers sa bibliothèque personnelle, dans la petite maison très encombrée qu'elle partageait avec sa sœur Lynette et leur labrador noir, Max. Une grande bibliothèque qui couvrait tout un mur et penchait dangereusement vers la droite, débordante de livres écornés, pour la grande majorité des romans policiers classiques d'auteurs anglais. Elle sourit. Pour elle, il n'existait rien de tel qu'un bon vieux polar pour se réveiller le matin et se laisser glisser dans le sommeil le soir. Et s'il était signé par des auteurs de la trempe d'Agatha Christie ou de P. D. James, c'était encore mieux.

Elle réprima un gloussement. Imaginez qu'elle propose *Le Crime de l'Orient-Express* pour la prochaine séance ! Wilfred aurait une attaque et Kirsten s'étranglerait avec sa camomille. Et moi, je serais au paradis, se dit-elle.

Bon, ça suffit comme ça.

Alicia se leva. Elle alla à la table basse, prit la bouteille et se servit un demi-verre. Un silence de mort s'était fait dans la pièce et elle sentait tous les yeux peser dans son dos. Est-ce que Kirsten allait la frapper ou lui arracher son verre en hurlant : « Ce n'est pas l'heure de boire ! »

Lentement, elle se retourna en affichant un sourire bravache. Kirsten écarquillait les yeux. Ceux de Verity, affolés, allaient de l'une à l'autre. La main de Wilfred s'était figée sur sa barbe.

« Que fais-tu, Alicia ? demanda Kirsten.

– Je bois un coup pour la route », répliqua-t-elle.

Elle vida son verre d'un trait, le reposa sur la table et alla chercher son sac.

« Mais… mais où vas-tu ? »

Alicia prit une grande inspiration. « Écoutez, je suis absolument désolée, tout le monde, j'ai essayé, mais ce club n'est vraiment pas pour moi. »

Ils semblaient sidérés, comme si l'idée ne les avait pas effleurés, et Alicia comprit brusquement que c'était peut-être vraiment le cas, en vérité. Ils étaient si pleins d'eux-mêmes qu'ils n'avaient pas dû voir entrer l'éléphant dans leur magasin de porcelaine. Un éclat mélancolique traversa le regard de Verity et, l'espace d'un instant, Alicia crut qu'elle allait quitter sa chaise et la suivre.

« Mais… et ton livre ? » hasarda Kirsten. Elle avait pris sur la table basse l'exemplaire flambant neuf d'*Oscar et Lucinda* qu'avait apporté Alicia et le tendait à bout de bras.

« Oh ! merci, Kirsten, je te le laisse. J'ai bien mieux à lire chez moi. »

Et c'est ainsi qu'Alicia Finlay quitta le cercle littéraire du lundi, ses règles étouffantes et ses lectures fastidieuses et moroses, pour s'en retourner à sa petite maison de ville où sa sœur venait de se lancer dans une expérimentation de canard sauté croustillant, où son chien battait frénétiquement de la queue et où un roman d'Ann Cleeves, un exemplaire d'occasion de la première enquête de Vera, lui faisait de l'œil depuis sa table de chevet.

2

« **POURQUOI TU NE CRÉES PAS** ton propre club de lecture ? » proposa Lynette entre deux bouchées de canard aux brocolis luisant de graisse.

Alicia pouffa et Max dressa l'oreille, au cas où il serait question de nourriture et de sa propre bouche.

« Heu, je crois que tu n'as pas écouté, Lynny. J'ai détesté ce club. Je n'y retournerai jamais. Pourquoi je m'infligerais de recommencer avec un autre ? Je ne suis pas maso.

– Je ne parle pas de ce genre de club, andouille. Crées-en un, toi. Un club où on parle de livres que tu aimes.

– Il faudrait que ce soit des romans policiers. La dernière fois que j'ai cherché, je n'ai vu aucun club littéraire de ce genre. »

Elle piqua un petit bout de canard dans son assiette et le laissa tomber dans la gueule implorante de Max. Il se replia sous la table avec satisfaction.

Lynette fit les gros yeux à sa sœur mais ne dit rien. « Comment ça se fait ? »

Alicia se renfonça dans sa chaise et la regarda, songeuse. Des deux sœurs, Lynette avait toujours été l'intrépide, prête à se lancer dans la vie tête la première, ne réfléchissant jamais aux conséquences et ne regardant jamais en arrière. Alicia, à l'inverse, surconsidérait tout. Et du fait de son imagination débordante, ses surconsidérations mettaient volontiers en scène un tsunami ou un psychopathe brandissant une hache.

Personne n'avait été surpris qu'elle opte, une fois à l'université, pour des études de journalisme, option atelier d'écriture. Âgée maintenant de trente ans, elle était secrétaire de rédaction dans la presse, et, tout comme son imagination, son travail la dévorait. Elle rentrait souvent tard du bureau, en particulier en période de bouclage, quand elle pouvait rester rivée à son bureau, courbée sur des épreuves à relire, jusqu'au lever du jour.

Menue, cheveux blonds en désordre et grands yeux marron, elle avait quatre ans de plus que sa sœur, mais une bonne tête de moins. Généralement, quand elle rentrait, Lynette était à la cuisine, ses longues jambes repliées sous le tabouret du comptoir, son flot de boucles blondes ramassé en un chignon désinvolte et ses yeux émeraude disséquant un des livres de cuisine qu'elle collectionnait depuis des années comme des œuvres d'art. Le jour, la cheffe en herbe faisait le service chez Mario, un restaurant prisé de la très animée Oxford Street, à Paddington, et le soir elle affûtait ses talents culinaires dans leur cuisine, petite mais remarquablement équipée. Cela convenait à merveille à Alicia, qui détestait cuisiner, et à Max, qui adorait manger. Les créations de Lyn étaient la plupart du temps délicieuses, avec de-ci de-là une minicatastrophe – un bouillon trop salé, un dessert trop acide… On entendait alors Lynette jurer comme Gordon Ramsay et Max engloutir voracement les ratés. Alicia était toujours là pour lui prodiguer un câlin réconfortant et quelques conseils inoxydables, que Lynette ignorait sans coup férir.

« Tu ne voudrais pas faire cette formation de cuisine que j'ai vue dans le journal ? » lui avait-elle suggéré un jour. Lynette avait secoué la tête, catégorique. Génération Y. Des ambitions sans limites et la patience d'un enfant de quatre ans.

« J'ai décidé de concourir à *Top Chef Australie* », avait-elle annoncé.

Alicia avait réprimé une grimace.

« L'émission de télé ? C'est une voie assez hasardeuse pour entrer dans le milieu. Tu aurais plus de chances en allant frapper à la porte des restaurants.

– Merci pour tes ondes positives, Lis.

– Excuse-moi. Mais tu sais comme c'est difficile ?

– Bon sang, si un gamin boutonneux peut gagner, je ne vois pas pourquoi je n'aurais pas mes chances ! »

Alicia n'avait pas insisté. Et aujourd'hui, en laissant son regard errer sur les livres tachés et les innombrables bouts de papier sur lesquels sa sœur griffonnait ses dernières créations, elle se demandait si Lynette percerait un jour. Ou serait-elle condamnée à une vie d'expérimentations pour ses proches reconnaissants ?

Elle chassa ces pensées et revint à la question que Lyn venait de poser. Elle avait raison, évidemment. Pourquoi ne pas créer un club de lecture dédié au roman policier ?

« Moi, poursuivit Lynette, j'ai l'impression que des tas de gens adorent le polar. Tu es loin d'être la seule.

– C'est clair qu'il y a plus de lecteurs pour les romans noirs que pour tous ces prix littéraires prétentieux. Il suffit de voir le succès de *Millenium* ou des *Apparences* de Gillian Flynn.

– Voilà ! Ça ne devrait pas être difficile de réunir un groupe. Parles-en autour de toi, ou sur Twitter. Tu vas être submergée de réponses. Et s'il n'y en a pas assez, je viendrai volontiers en renfort, j'ai toujours eu un faible pour miss Marple, comme tu sais. »

De fait, les deux sœurs étaient adeptes d'Agatha Christie depuis l'enfance, un héritage de leur mère, Amelia, qui possédait pratiquement tous ses romans et les lisait et relisait à l'envi. Leur père, Tom, et leur frère – baptisé Monty, du nom du frère d'Agatha, excusez du peu – ne partageaient pas leur ferveur pour la reine du crime, lui préférant des thrillers modernes mettant en scène des agents de la CIA crapuleux et une ou deux bombes atomiques portées disparues.

Alicia reposa sa fourchette. Son cœur s'était mis à battre comme s'il venait de reprendre vie.

« Je ne suis pas sûre que ça pourrait marcher, mais… » reprit Lynette. Mais déjà Alicia caracolait plusieurs mètres devant elle.

« Et moi je sais que ça marchera ! Ce serait génial. Chacun choisirait son polar préféré et on en parlerait une fois par mois… non, tous les quinze jours. Ça se lit très vite, pourquoi attendre un mois ? Moi je commencerais par *Les Vacances d'Hercule Poirot*, et ensuite… » Elle s'interrompit, regarda à droite, puis à gauche. « Non, attends. On choisirait notre *auteur* préféré et on se concentrerait sur ses livres pendant quelques mois, et après on passerait à un autre. Comme une dégustation de leurs œuvres ! Je choisirais Agatha Christie, forcément. On pourrait s'appeler le Club des amateurs de romans policiers ! »

Lynette semblait impressionnée.

« Et moi je choisirais Ann Cleeves. Au fait, comment tu as trouvé *Une affaire classée* ?

– J'ai adoré. Vera est une espèce de version anglaise de Columbo, ou une miss Marple moderne. Et j'adore ton idée, aussi. Je crois que c'est la meilleure idée que tu as eue de toute ta vie !

– Je trouve plutôt que c'est ma recette de canard – je l'ai baptisée le Canard veinard, à propos.

– Nan, ton canard vient en deuxième, de loin. Le nom est cool, par contre. »

Plus Alicia réfléchissait à ce club, plus son cœur s'emballait. Elle n'avait pas été aussi excitée depuis longtemps, précisément depuis que Ginny, la réceptionniste à son travail, l'avait enjoint à s'inscrire au cercle littéraire du lundi.

Elle retint son souffle. Elle avait vu comment cela s'était terminé. Elle piqua du nez sur son assiette. « Tu crois vraiment que ça pourrait marcher ? »

Lynette lui fit un clin d'œil.

« C'est certain ! Il faut juste trouver les bonnes personnes, ce coup-ci. Organise une rencontre Facebook ou envoie des tweets à tous les gens que tu connais.

– Tu ne trouves pas ça un peu, comment dire... macabre ?

– Comment ça ? »

Alicia se tortilla sur sa chaise. « Ben tu sais, un club de lecture où on ne parle que de crimes, de meurtriers, ce genre de trucs ? »

Lynette se mit à rire. « Avec toi, non, pas du tout. Il s'agit uniquement de romans, Alicia. De *fiction*, d'accord ? Ce n'est pas comme si tu te penchais sur des faits divers réels avec de vrais meurtres, non ? »

Alicia rit à son tour et croqua un brocoli. « Tu as raison. C'est juste un petit club de lecture tout gentil, je ne vois pas ce qui pourrait mal tourner. »

3

UNE SEMAINE PLUS TARD, l'excitation d'Alicia était en berne. Personne ne l'avait contactée. Malgré les suggestions de Lynette, elle avait décidé de recruter son groupe à l'ancienne, comme Agatha Christie ou Dorothy L. Sayers l'auraient fait, en insérant une petite annonce dans le journal local.

L'annonce disait ceci : « Amoureux du mystère, unissez-vous ! Vous voulez faire partie du premier club de lecture de Sydney consacré aux romans policiers ? Envoyez un mail au Club des amateurs de romans policiers, en indiquant vos auteurs préférés et la raison qui vous fait les aimer. Réunions un dimanche sur deux à partir de 14 heures. »

Pour gagner du temps, Alicia avait rédigé son annonce en ligne, de façon qu'elle paraisse dès l'édition du lendemain ; elle s'apprêtait à l'envoyer dans le cyberespace quand elle avait hésité. Elle avait remplacé mail par lettre et ajouté son nom et son adresse postale. Puis elle avait hésité à nouveau.

Et si un malade se présentait à sa porte ? Qui se mettrait en tête de la harceler ? Qui pénétrerait chez elle, fouillerait dans son tiroir de lingerie... Ou pire encore, imaginons que ne lui répondent que des fans de livres d'horreur, de thrillers terrifiants avec des salles de torture et des serial killers psychopathes ? Il y avait toutes sortes de romans policiers, après tout. Peut-être qu'il fallait être plus précise, chercher des amateurs de vieilles Anglaises fouineuses et d'enquêtes policières classiques...

Alicia avait balayé ses hésitations, payé la somme requise. À présent, elle se demandait avec amertume pourquoi elle s'était donné tout ce mal. Elle s'était plongée dans un thriller de Harlan Coben pour oublier ce silence.

Peut-être les clubs de lecture étaient-ils une relique du passé ? Y avait-il des gens, hormis sa propre famille, pour passer des heures sans bouger, à lire un polar ? Avaient-ils vraiment tous migré vers Netflix, les blogs et les podcasts ?

Finalement, le huitième jour, elle reçut une réponse à ses questions.

Ce vendredi soir Alicia rentra tard, après une journée éreintante. Ses pensées étaient très loin des vieilles Anglaises fouineuses tandis qu'elle parcourait le dernier tronçon – celui qui l'achevait – de son trajet vers chez elle, sillonnant l'ancien quartier des docks de Woolloomooloo. Jouxtant le port de Sydney, Woolloomooloo est une cohabitation éclectique de pubs bruyants et de logements sociaux avec de luxueux immeubles de standing et des restaurants cinq étoiles fréquentés par des célébrités et des millionnaires. Alicia vivait dans la partie des logements à loyer modeste, et elle pressait toujours un peu le pas pour la traverser.

Bien qu'elle s'enorgueillisse d'être propriétaire d'une Holden Torana ivoire de 1972, elle la prenait rarement pour se rendre au centre-ville et préférait le bus. Plutôt que de s'énerver dans les embouteillages, cela lui permettait de se mettre à jour de ses lectures et, l'arrêt de bus se trouvant à un kilomètre de chez elle, c'était un excellent moyen de faire un peu d'exercice.

Mais ce soir, elle n'était pas d'humeur. Tandis qu'elle marchait, son cerveau commençait à lui jouer ses petits tours habituels. Elle eut la vision éclair du van qui roulait tranquillement dans sa direction faisant une embardée inexpliquée – le conducteur avait eu une attaque, ou c'était un forcené – et quittant la chaussée pour venir la faucher sur le trottoir. Elle s'ébroua pour chasser l'image de son esprit et poursuivit son chemin. Un craquement se fit entendre sur le côté. Elle y coula un regard en coin : un vieil homme sortait sa poubelle. Il leva la tête, lui sourit et tourna les talons. Que voulait dire ce sourire ? Et s'il entreprenait de la suivre, l'assommait et la balançait dans la poubelle ? Personne n'en saurait jamais rien. Elle traversa la rue en hâte et poursuivit sa route.

Arrivant devant la maison, elle vit quelque chose dépasser de la boîte aux lettres. Elle se précipita, l'ouvrit fébrilement et découvrit un paquet de missives retenues par un gros élastique rouge. Sur la première de la pile était griffonné en lettres bleues baveuses : *Le Club des amateurs de romans policiers.*

Yes ! Alicia brandit triomphalement le poing, carra le paquet sous son bras, fourragea dans son sac pour trouver ses clés et entra. Max, étendu de tout son long sur le canapé, ne lui accorda qu'un vague battement de queue en signe de salut. De toute évidence, il avait mangé.

« Bonjour toi-même, Max », grogna Alicia tout en se ruant à la cuisine, sûre d'y trouver Lynette en pleine effervescence.

« Salade de vermicelle aux crevettes sauce piquante au gingembre », annonça l'intéressée en brandissant un crustacé à demi décortiqué.

Alicia lui mit son butin sous le nez : « Et un paquet de lettres pour le Club des amateurs de romans policiers, un ! »

Lynette poussa un cri de joie.

« OK, c'est toi qui gagnes ! Qu'est-ce que ça raconte ?

– Aucune idée, je ne les ai même pas encore ouvertes. Tu ne les as pas vues dans la boîte quand tu es rentrée ?

– Dans la boîte ?

– La boîte aux lettres. Tu sais, le truc blanc rouillé accroché à côté de la porte ? Dans laquelle on trouve des trucs envoyés par la poste ?

– Oh, c'est donc à ça que sert cette chose ? fit Lyn en souriant. Allez, ouvre-les, voyons ce que tu as récolté.

– Minute, j'ai besoin d'un verre de quelque chose. »

Elle alla au placard, en tira deux verres marocains rouge et or peints à la main et attrapa la bouteille de merlot qui attendait près du micro-ondes. Lynette l'intercepta.

« Arrière ! Pas touche au rouge, ce soir c'est fruits de mer, et donc le chablis que j'ai mis au frais.

– Ah oui, d'accord. »

Elle reposa le rouge, sortit le blanc du réfrigérateur et remplit les deux verres. Puis elle prit place sur un tabouret de bar et examina les lettres, en se demandant pourquoi sa génération avait troqué avec un tel empressement la correspondance postale pour les mails et les SMS. Rien ne pouvait remplacer la joie pure que l'on éprouvait à découvrir dans sa boîte une vraie enveloppe, son épaisseur, son odeur de bois, à la sentir dans sa main en déchiffrant l'écriture et en s'efforçant de deviner d'où elle provenait. Puis la retourner, trouver un indice parfois, l'ouvrir, déplier les feuillets…

« Oh, bon sang, décide-toi ! » gémit Lynette, levant les yeux au ciel quand Alicia approcha une lettre de ses narines.

Sans répondre, Alicia prit un couteau et découpa avec soin l'enveloppe froissée. Elle en tira une feuille de papier quadrillé manifestement arrachée d'un cahier d'écolier. Elle avait été pliée en tout petit, et Alicia la lissa avant de la lire à haute voix.

Chère Membre du Club. Super ! J'adore les crimes, surtout quand personne sait que c'est moi le coupable (LOL). J'adorerais faire partie du groupe, j'ai rien d'autre à faire en ce moment et le dernier club où j'étais m'a fichu dehors, pfuit. Je peux pas le dimanche mais n'importe quel jour de la semaine me va, pas avant midi. On apporte sa boisson ou vous fournissez ?
Taneal.
PS : on peut avoir une adresse mail ?

Alicia laissa tomber la lettre sur le bar et regarda sa sœur, confondue. Elles éclatèrent de rire en même temps.

« Pas très prometteur, comme début », constata Alicia.

Elle but une longue gorgée de vin, saisit la deuxième lettre et l'examina. L'écriture semblait normale, à l'encre noire parfaitement ordinaire, mais elle eut un doute et choisit de la lire rapidement pour elle.

Bonjour. J'aimerais faire partie de votre club. Mon auteure préférée est Jane Austen. Ce Darcy, wouahhh… le héros le plus chaud de tous les temps !

S'ensuivait un long essai sur la tension sexuelle qui courait entre Darcy et Elizabeth, signé Jane Zantilopous (et non Jane Bennett, c'était déjà ça).

Alicia grommela et la chiffonna avant de la jeter à travers la cuisine.

« Allons bon, encore un loser ? s'enquit Lynette en levant le nez de l'évier.

– Ne pose aucune question », maugréa Alicia en considérant sa pile avec défiance.

Les deux lettres suivantes émanaient de passionnés de romans noirs modernes tels que Lee Child et James Patterson et allaient à peu près droit au but. Il leur manquait toutefois une passion authentique, et celle d'Alicia commençait elle-même à décliner. La cinquième et dernière enveloppe lui ramena le sourire.

L'adresse était rédigée dans une cursive élégante, l'enveloppe ornée de jacinthes sauvages, et il en émanait une délicate odeur de frésia. Alicia déplia la feuille assortie, soigneusement pliée, croisa les doigts et lut à voix haute.

Chère Alicia,

Vous ne pouvez imaginer mon ravissement en lisant votre annonce dans le journal hier. Un club de lecture consacré aux romans policiers ! C'est pour moi comme un rêve qui deviendrait réalité. J'adore tout ce qui a trait au mystère, tout particulièrement Agatha Christie, et s'il faut préciser encore, je dirai que Les Vacances d'Hercule Poirot *est mon roman favori.*

Quelle intrigue ! Quel suspense ! Et toutes ces fausses pistes ! D'après moi, elle aurait beaucoup à apprendre à certains auteurs contemporains. Ce qui me plaît aussi, c'est que ses romans ne sont pas sanglants et que les gens y sont bien habillés. J'aimerais beaucoup en savoir plus sur votre club. Je tiens une boutique de vêtements vintage sur Victoria Street, n'hésitez pas à passer me voir. Mes coordonnées sont ci-dessous.
Je vous remercie par avance, avec une grande impatience.
Claire Hargreaves
P. S. : le dimanche après-midi est idéal pour moi. Goûter dînatoire pour tout le monde ?

Le sourire d'Alicia s'élargit. « Elle est parfaite, conclut-elle. Tout simplement parfaite. Plus que cinq à trouver… »

4

LE JEUDI SUIVANT, Alicia avait reçu seize lettres, quelques-unes hilarantes, d'autres passablement tordues, d'autres encore sans intérêt. Mais quatre d'entre elles, en plus de celle de Claire, permettaient tous les espoirs. La plus intrigante provenait d'un médecin qui confessait son goût des polars dans lesquels apparaissaient des poisons.

> *Ayant quelques notions sur le sujet moi-même, je suis toujours avide de prendre les auteurs en défaut, mais il y en a une qui ne commet jamais d'erreur : Madame Christie. De ce fait, mon livre préféré est forcément* Meurtre au champagne. *Il me semble que le mot cyanure est presque devenu indissociable de la reine du crime.*

La lettre, signée du Dr Anders Bright, rejoignit directement la pile des oui.

La troisième candidature était plus étrange encore, dans un genre très différent. Une femme nommée Barbara Parlour, qui se décrivait elle-même comme une *banale cinquantenaire au foyer*, assurait que lire des romans policiers lui avait permis de traverser *sans devenir folle les nombreux épisodes tristes et tragiques qu'inflige la vie.*

Quels épisodes tristes et tragiques ? s'interrogea Alicia.

Lynette était circonspecte.

« Je la trouve un peu pathétique, dit-elle. Elle ne risque pas de passer son temps à pleurnicher ?

– Apparemment, elle a besoin de quelque chose pour se remonter le moral, c'est tout. Le club pourrait lui faire du bien.

– Mais est-ce qu'elle fera du bien au club ? Ce n'est pas un centre de prévention pour dépressifs suicidaires.

– Et c'est moi qui fais des mélodrames ? Voyons, Lynette, elle parle probablement de manière générale.

– Eh, c'est elle qui a commencé, je n'y suis pour rien. »

Mais la lettre avait piqué la curiosité d'Alicia et rejoignit la pile des oui. Elle voulait en savoir davantage sur cette femme triste qui trouvait du réconfort chez Agatha Christie.

La dernière était une carte postale en noir et blanc représentant une corde de pendu. Au verso, une écriture remarquablement bien dessinée proclamait :

Agatha est la reine du crime. Moi je suis la reine de Surry Hills – pas aussi célèbre, certes, mais au moins aussi captivant, je vous le garantis. Donnez-moi une intrigue d'Hercule Poirot, n'importe laquelle, et je vous prouverai que c'est la perfection en matière de roman policier. Appelez-moi, je vous en supplie. Perry. Xo

Alicia se mit à rire. L'homme avait l'air drôle, et l'antithèse de Barbara. Le mélange pouvait être intéressant. Elle nota son nom et parcourut une fois de plus sa liste. Ils étaient à présent six membres potentiels, dont Lynette et elle-même. A priori, ils étaient presque tous fans d'Agatha Christie, et pour elle c'était un atout supplémentaire. C'était largement suffisant pour lancer le club, et elle entreprit après le dîner d'écrire à chacun d'eux une courte lettre sur son plus beau papier. Elle les remerciait pour leur intérêt et proposait de les recevoir chez elle le dimanche suivant, afin d'organiser le fonctionnement du club.

Ayant déjà arrêté quelques règles générales, elle en ajouta une copie à chaque lettre. Même si elle avait détesté la rigidité du cercle du lundi, elle n'était pas naïve au point de juger inutile de préciser quelques consignes de base pour que le groupe fonctionne sans heurts. Le risque, autrement, était de voir les personnalités les plus affirmées orienter le club dans la direction qu'elles voudraient. Pas question de laisser les commandes à un chefaillon du type Kirsten !

Un sourire aux lèvres, Alicia relut les consignes.

#1 Le club est constitué de huit membres maximum, hommes et femmes, sans minimum ni limite d'âge. Tous doivent être fans de romans policiers. (À plus de huit personnes, s'était dit Alicia, certains ne pourraient jamais s'exprimer.)

#2 Au vu des goûts des participants, nous débuterons par un focus sur Agatha Christie. Chaque membre à son tour choisira un de ses romans et recevra le club. (Mais pas les deux à la fois, ce qui serait trop de travail.)

#3 La personne qui sélectionne le roman prépare quelques questions ou sujets ouverts pour lancer la discussion. Elle peut choisir son roman favori ou un autre qu'elle souhaite explorer.

#4 La personne qui accueille le club peut le faire chez elle ou dans un lieu à sa convenance et prévoit des rafraîchissements. Les autres membres peuvent apporter ce qu'ils souhaitent (alcool bienvenu !).

#5 Il est permis de boire ou manger quand on en a envie pendant les discussions, sans restriction.

#6 Faites-vous plaisir !

(Et plutôt deux fois qu'une, se dit-elle en relisant ces lignes avec un frisson d'excitation.)

Elle posta son courrier le matin suivant, puis fit un détour pour passer à la bibliothèque, ce qui impliquait qu'elle serait en retard au bureau, mais ce fut plus fort qu'elle. Les sœurs Finlay avaient beau posséder une collection conséquente de romans d'Agatha, il leur en manquait plusieurs et Alicia voulait voir ce que la bibliothèque avait en réserve pour la suite.

La bibliothèque de son quartier était un superbe bâtiment 1900 aux élégantes colonnades et aux sculptures ornementales sophistiquées, qui avait été doté d'équipements modernes tels que portes automatiques, climatisation et un système un peu sibyllin de trappe pour retourner des livres en dehors des heures d'ouverture, accessible de l'extérieur, qui fonctionnait en scannant au préalable sa carte et déroutait les utilisateurs les plus âgés. Elle n'était qu'à quelques rues de chez les sœurs et, au contraire de Lynette qui la trouvait antique et plaidait sans relâche pour les liseuses, les iPads et Amazon, Alicia la chérissait. Rien ne pourrait jamais égaler un bon vieux livre de poche.

Cela dit, elle se sentait toujours un peu coupable en y entrant. Cela faisait des mois qu'elle n'avait pas pris un moment pour venir explorer les vénérables rayonnages et le fonds qui semblait inépuisable. Mais le temps lui manquait, aussi alla-t-elle tout droit à l'accueil, où une petite jeune femme replète de vingt-cinq ans environ, arborant cheveux orange et lunettes zébrées noir et blanc, s'était tournée pour l'accueillir.

« Hello, chère lectrice ! Vous cherchez quelque chose ? »

Alicia posa son sac sur le comptoir. « Oui, j'aimerais voir tout ce que vous avez d'Agatha Christie. »

La bibliothécaire eut un petit rire.

« Vous avez la journée devant vous ? Nous possédons une collection énoooooorme d'Agatha Christie ! Elle a écrit plus de soixante romans, mais si vous êtes fan, vous devez le savoir. Est-ce que vous cherchez un titre en particulier ?

– Je voudrais voir ce que vous avez que je n'aurais pas lu.

– Alors, question suivante, très chère, est-ce que vous vous intéressez uniquement à ses romans policiers ou voulez-vous tout voir ? Elle a écrit des romans sous d'autres noms, vous savez ça ? Mary Westmacott ? La plupart des gens l'ignorent. Ce sont plutôt des romances, comme on dirait aujourd'hui, et à l'époque elles avaient de bien meilleures critiques que ses romans criminels. Pareil pour ses pièces de théâtre. Mais ce sont tout de même les policiers qui se vendent le plus. » Elle s'interrompit, cilla, serra les lèvres. « Ou bien vous cherchez des informations plus générales ? Il y a son autobiographie, pour commencer, un bijou, mais qui n'en dit pas autant que la grosse biographie de Thompson. Les biographies sont souvent plus intéressantes, vous ne trouvez pas ? Sans doute parce qu'on peut raconter des choses qu'un auteur ne souhaite pas révéler.

Hé, nous aimons les détails croustillants, nous autres ! Bon, c'est un pavé, mais un régal à lire, absolument captivant ! »

Nouvelle pause, dans laquelle Alicia s'empressa de se glisser : « Ma foi, un peu tout, je crois. »

La bibliothécaire gloussa et chaussa ses lunettes. « Merveilleux ! Suivez-moi. »

Elle déplaça quelques livres pour ouvrir un petit battant et s'extirpa de derrière le comptoir. Elle portait une robe fleurie aux couleurs vives, longue, avec une ceinture violette, et des mocassins du même violet agrémentés de perles argentées scintillantes. Elle traversa la pièce jusqu'à un rayonnage à l'entrée proposant quotidiens et revues sur papier glacé d'un côté, et d'impressionnants opus reliés de l'autre.

« C'est ici que l'on trouve tous les ouvrages de référence. Il faut chercher dans les biographies à la lettre C, et voilà. »

Elle agita la main en direction d'une rangée de livres puis se tourna d'un bloc pour retraverser la pièce vers la section littérature, Alicia sur les talons. Elle s'arrêta devant la lettre C et fit courir sur le dos des livres ses ongles coupés court et vernis de noir.

« Nous ne possédons pas tous les livres de Christie, hélas. Et bien entendu, beaucoup d'entre eux sont empruntés, ce qui n'est pas étonnant, puisqu'elle reste une de nos auteures les plus lues. Mais ce n'est pas à vous que j'ai besoin de dire ça. »

À nouveau un rire léger, qui fit voler quelques boucles rousses sur son visage. Elle les écarta, réajusta ses lunettes et se retourna vers les étagères.

« Vous avez de quoi vous amuser, chère amie. Pour ses romances, vous avez juste à aller aux W, tout au bout.

– Merci infiniment », dit Alicia tandis que la bibliothécaire repartait vers son comptoir.

Alicia commençait à parcourir les titres quand une idée lui vint. Elle s'interrompit et, par-dessus son épaule, interpella la bibliothécaire : « Dites-moi, au fait, les clubs de lecture, ça vous intéresse ? »

La bibliothécaire se retourna avec un grand sourire d'enfant.

Trois jours après, dans un quartier bien différent de la ville, quelqu'un lisait avec attention les règles édictées par Alicia, ravi de compter parmi les élus, et tout excité.

Ç'avait été si facile. Alicia s'était laissé mener par le bout du nez, et les autres feraient de même. Le premier pas était fait.

Plus que deux autres avant d'accéder à la vengeance.

5

C'ÉTAIT UNE JOURNÉE CLAIRE et ensoleillée qui débutait ce dimanche. Résolue à placer ce coup d'envoi sous les meilleurs auspices, Alicia se leva tôt, enfila un vieux jean et un tee-shirt et engloutit un bol de céréales avant de sortir l'aspirateur et d'effectuer un vigoureux ménage de printemps. Elle voulait que tout soit impeccable.

Pendant que Lynette confectionnait des toasts au concombre et un panier de scones assortis de confiture de fraise maison et de crème fouettée, Alicia nettoya la table rustique de la salle à manger et la recouvrit d'une nappe à carreaux propre. Elle poussa sur le côté les chaises, toutes dépareillées et peintes de bleu, rouge et jaune pimpants, de sorte que chacun ait accès facilement aux appétissants plateaux préparés par Lynette. Mais l'essentiel se tiendrait dans le salon attenant, vers lequel elle tournait à présent son attention.

Leur salon avait ce style « bohème cosy », pouvait-on dire, un mélange chaleureux de couleurs, de matières et de styles. Un gros fauteuil de cuir brun sombre fatigué, le préféré d'Alicia, occupait un angle de la pièce, recouvert d'un plaid de mohair lavande et agrémenté d'un gros coussin à fleurs marron et blanches. Au centre, un canapé à trois places bleu foncé garni de coussins de couleurs vives, devant un coffre de métal bleu marine qui faisait office de table basse, repose-pied et réceptacle de tous les magazines, journaux, livres, tasses vides et ustensiles divers utilisés les jours précédents.

En ronchonnant, Alicia entreprit de débarrasser les restes et de ranger chaque chose à sa place, libérant l'espace pour permettre à leurs invités d'y poser leur propre bazar plus tard dans l'après-midi. Dans un autre angle se trouvait un deuxième fauteuil, récemment retendu d'un beau coton rouge cerise qui aurait peut-être été un peu trop voyant dans un autre lieu, mais apportait de l'éclat à cet espace obscur. Elle y plaça un coussin du même brun caramel que le tapis hirsute qui couvrait le sol et remisa la lampe à pied derrière le fauteuil de cuir, répandant une lumière ambrée dans la pièce.

Elle alla jusqu'à remettre de l'ordre dans la vieille bibliothèque de bois, époussetant les étagères et réarrangeant les livres. Leur passion pour les polars n'empêchait pas les deux sœurs de lire toute sorte de choses, et elle s'efforça de réunir les biographies sur un niveau, les classiques sur un autre et les quelques prix littéraires – mais si, il y en avait ! – sur le plus haut, celui où l'on n'allait presque jamais. Elle s'attarda aussi sur le choix de musique d'ambiance. Il ne fallait rien de trop présent pour ne pas perturber les discussions, mais elle ne voulait pas que tout le monde s'endorme non plus. Elle se décida pour Nina Simone, et mit le CD en route tout en filant à l'étage se changer. Elle opta pour un pantalon ajusté, un tee-shirt blanc et des ballerines, puis mit un peu de gloss et de mascara, des créoles et une fine chaînette d'argent à breloques. Au moment où elle redescendait, on sonna à la porte.

Max se mit à aboyer furieusement. Tout en vérifiant l'heure sur la pendule de bois en haut de la bibliothèque, Alicia le saisit par le col et le tira vers la petite terrasse extérieure. L'expression pitoyable du chien était un crève-cœur, mais il devrait rester là pour le moment. Pas question de faire fuir les futurs membres avant qu'ils se soient engagés. Elle jeta un coup d'œil à son reflet dans le miroir de l'entrée, tapota ses cheveux d'une main et essuya une bavure de gloss de l'autre, puis ouvrit la porte.

Le Dr Anders Bright se tenait sur le seuil, souriant timidement. Il se sentait empoté, avait failli ne pas venir, mais savait qu'il devait jouer le jeu s'il voulait aller de l'avant. Ce club pouvait être la réponse à tous ses problèmes, il en était convaincu. Mais tout de même, il n'avait pas prévu, Dieu sait pourquoi, que cette Alicia serait si jeune et si séduisante. Le peu d'assurance qu'il avait réussi à convoquer s'évapora sur-le-champ, et il resta coi. Il déglutit péniblement, avec le sentiment d'avoir quatorze ans.

« Docteur Bright ? dit-elle en évaluant son jean et sa chemise bleue.

– Anders, fut tout ce qu'il parvint à répondre.

– Anders, parfait, entrez. Vous êtes le premier. »

Elle ouvrit tout grand le battant et il baissa la tête pour faire passer son mètre quatre-vingt-sept sous l'encadrement de la porte. En la suivant vers le salon, il se chapitrait intérieurement.

Pour l'amour du ciel, mon vieux, tu te conduis comme un gamin. Tu es un honorable médecin, bon sang, un peu de cran !

Quand elle se tourna à nouveau vers lui, il sourit, légèrement rasséréné, en découvrant des dents blanches parfaites, probablement le fruit d'années d'appareils de torture. Il avait des yeux d'un brun doré chaud, des sourcils épais et noirs comme les cheveux qui lui tombaient sur le visage, trop longs et curieusement mal coiffés pour un médecin. Et malgré sa silhouette mince, presque dégingandée, ses épaules étaient étonnamment larges. S'il ne faisait pas de natation, il aurait dû. Alicia aurait bien aimé contempler ces épaules en pleine brasse papillon.

« Vous êtes en avance, dit-elle en se retenant de se lécher les babines. La réunion commence dans dix minutes.

– Excusez-moi, c'est une mauvaise habitude que j'ai. C'est plus fort que moi.

– Ce n'est pas une si mauvaise habitude, si ? Ça vaut mieux qu'être en retard. »

L'idée que sa femme n'aurait pas été tout à fait d'accord avec cela traversa l'esprit de son interlocuteur, mais il se contint et répondit par un sourire.

« Installez-vous où vous voulez », proposa-t-elle. Il alla tout droit à son fauteuil préféré et s'y laissa tomber comme si la place l'avait attendu. Le cœur d'Alicia se mit à battre follement et elle espéra que cela ne s'entendait pas à travers son tee-shirt.

« Je reviens dans une seconde, bafouilla-t-elle. Nous, heu, on met en place le buffet.

– Faites comme si je n'étais pas là. »

Ça risque pas, se dit Alicia en filant à la cuisine. Lynette était en train de remplir d'eau bouillante une cafetière à piston. Elle avait trouvé le temps de se changer elle aussi et était à présent gainée dans une petite robe verte minuscule assortie de bottines à talons aiguilles plus appropriées pour une soirée au night-club que pour discuter littérature, de l'avis d'Alicia, qui se garda bien d'en faire la remarque. Lynette, et ses amies avec elle, estimaient que plus la robe était courte et les talons hauts, mieux c'était. Le confort, ça intéresse qui ?

« Alors ? s'enquit Lynette. Un psychopathe, comme tu craignais ? Un évadé de l'asile ?

– C'est le médecin. Anders Bright.

– Ah, l'expert en poisons. Vieux et rabougri ?

– Jeune et appétissant, en fait, répondit Alicia à mi-voix. Un régal pour les yeux. Milieu de la trentaine, je dirais.

– Et lecteur d'Agatha Christie ? Bon, pas grave, on ne va pas se laisser arrêter pour si peu. »

Lynette mit le couvercle sur la cafetière. « Je vais me présenter. »

Alicia sentit son cœur se dérober. Le Dr Bright poserait les yeux sur sa ravissante jeune sœur et l'affaire serait classée. C'était toujours pareil. Les hommes perdaient la tête devant Lynette. Les cheveux plus blonds, les jambes plus longues, cette assurance absolue. Alicia avait l'habitude et, à la vérité, cela ne la dérangeait que rarement. Mais il y avait quelque chose avec celui-ci, cette timidité incongrue l'intriguait. Elle se secoua.

Stop, c'est un club de lecture, pas un club de rencontres.

Des rires lui parvinrent du salon et elle soupira en saisissant un pichet de menthe à l'eau glacée. La sonnette retentit à nouveau et Max se remit à aboyer comme un forcené.

« J'y vais ! lança Lynette. Max, boucle-la ! »

La deuxième venue était Claire Hargreaves, la propriétaire de la boutique vintage, vêtue exactement comme on pouvait l'attendre d'une propriétaire de boutique vintage. Veste rouge années quarante très cintrée, aux épaulettes rembourrées, ornée de gros boutons noirs brillants, sur une jupe crayon et des souliers à talons compensés du même gris. Sa chevelure noire laquée était relevée en boucles sophistiquées sous un petit chapeau noir orné d'un large ruban pareillement noir. Rouge à lèvres mat et une tonne de mascara sur, si Alicia ne se trompait pas, des faux cils qui soulignaient ses yeux de chat sous de fins sourcils parfaitement dessinés. Avec un sourire rayonnant, elle serra la main des deux sœurs en même temps, puis celle du docteur, et regarda autour d'elle. En voyant la théière et les scones, elle joignit ses gants blancs avec ravissement.

« Tout est exactement comme je l'espérais ! ronronna la jeune trentenaire en fourrant ses gants dans un petit sac à main imitation peau de lézard. Et Nina Simone, par-dessus le marché ! Je m'assieds où je veux ?

– Je vous en prie », dit Alicia tandis que la sonnette retentissait une nouvelle fois.

Lynette partit chercher le café pendant qu'Alicia ouvrait à Missy Corner, la sémillante bibliothécaire, qui émit un petit rire et prit Alicia dans ses bras comme une amie de toujours.

« Hellooooo ! Je parie que tu pensais que je ne viendrais pas ?

– Eh bien, je…

– Plutôt deux fois qu'une ! » Elle s'interrompit en entendant les aboiements. « Tu as un toutou ? J'adore les toutous.

– Ouais, c'est Max l'affamé.

– Max ? Vraiment ? Comme M. Mallowan ? »

Alicia la regarda, impressionnée.

« Tu es une véritable experte. Oui, on lui a donné le nom du deuxième mari d'Agatha, Max Mallowan. Je crois que personne n'avait jamais relevé ça. Jamais.

– C'est tellement drôle ! repartit Missy. Mais pourquoi ne l'avez-vous pas appelé Peter ? C'était le nom du chien d'Agatha, n'est-ce pas ? Elle adorait ce chien. C'était quoi, comme race ? Ah, non, non, ne dis rien, je vais retrouver. » Elle posa deux doigts sur son front en fermant à demi les yeux. « Je devrais le savoir, j'ai lu sa bio il n'y a pas si longtemps. Ah, c'est ça… » Elle laissa retomber la main, sourit victorieusement. « Un terrier ! Un terrier à poils durs, ils appellent ça, je me demande ce que ça peut bien signifier. On doit pouvoir trouver une photo. Et le vôtre, il ressemble à quoi ?

– Oh, c'est un labrador. Noir. Totalement inoffensif mais zélé, alors je l'ai mis au piquet sur la terrasse pour qu'il ne vous effraie pas.

– Ah, pas de danger qu'il me fasse peur, j'adore les chiens. On avait dans ma famille la plus adorable king charles qu'on ait jamais vue. Elle s'appelait Poncy. »

Elle s'interrompit. « Oups, désolée, je digresse. N'hésite pas à me faire taire quand je m'égare trop, c'est une de mes mauvaises habitudes. »

Alicia se mit à rire. « Tu seras parfaite. Viens faire connaissance avec les autres. »

Elle se retournait pour fermer la porte quand elle vit un petit homme élégamment vêtu se hâter dans l'allée. Il agitait la main avec frénésie.

« Mes excuses ! claironna-t-il. Je ne voulais pas faire une entrée remarquée, mais ce n'est pas mon jour !

– Perry Gordon, je présume ? » dit Alicia en souriant.

Il tournoya et ébaucha un semblant de révérence, faisant jaillir un éclair fuchsia sous sa veste noire cintrée. Comme Anders il était en jean, le sien noir et moulant, mais il arborait un bouc soigneusement taillé et une boucle d'oreille. Il était habillé comme un jeune homme de vingt ans et devait en avoir le double.

« Lui-même ! Vous devez être notre charmante hôtesse, Alicia Finlay ? »

Elle opina et il lui adressa deux baisers virtuels sur les joues.

« Bravo d'avoir lancé ça. J'adore l'idée d'un fan-club de romans policiers. Brillant ! Je me demande pourquoi je n'y ai pas pensé moi-même. J'entre ? » fit-il avec un signe vers la maison, et Alicia s'effaça pour le laisser passer. Au salon, Missy nappait déjà un scone fumant de crème et de confiture. Elle se figea en voyant Alicia.

« Oups, désolée, tu permets, n'est-ce pas ? Je sais que ce n'est pas très poli de ma part de me jeter sur le buffet, mais je suis affamée ! »

Alicia éclata de rire. « Ne t'en fais pas, c'est exactement comme ça que je veux que ça se passe. Je vous en prie, servez-vous tous et mettez-vous à l'aise. Il y a du thé, des toasts, des scones. Si vous préférez du café ou de l'eau, il y en a aussi. Nous n'attendons plus qu'une personne et nous pourrons commencer. »

Laissant s'installer le petit groupe, Lynette entraîna sa sœur à la cuisine.

« Cette Claire est une vraie gravure de mode. Tu as vu son chapeau ?

– Oui, ravissant. En même temps, elle tient une boutique de fringues…

– C'est clair, c'est une publicité ambulante pour son commerce. Il manque qui ?

– Eh bien, seulement Barbara Parlour, a priori. » Lynette la regarda d'un œil vide. « Tu sais, la *banale cinquantenaire au foyer.*

– Ah oui. Celle-ci pourrait être amusante.

– Ravie si tu t'amuses, Lynny. »

Elle se mit à rire. « Allez, ça va être super. Viens, il ne faudrait pas laisser languir la conversation. »

Mais elle n'avait pas de souci à se faire sur ce point. Avec Missy et Perry dans la même pièce, personne n'était à court de répliques guillerettes. Le duo était volcanique. Missy pouffait en racontant des anecdotes de la bibliothèque – prêter des livres s'avérait plus mouvementé qu'on eût pu le croire – et Perry renchérissait avec des potins sur son insupportable colocataire et ses nuits d'amour envahissantes.

« Je vous assure, ce mâle est une bête ! » se récriait-il, main sur le cœur, dans une horreur feinte. Tant et si bien que personne ne se rendit compte que plus de dix minutes avaient passé avant que la dernière invitée n'arrive.

Barbara Parlour avait frappé si doucement que ce ne furent que les aboiements éperdus de Max qui signalèrent sa présence. La cinquantaine appuyée, elle portait une robe bleue très simple, un rang de perles autour du cou, et des cheveux blond cendré tirés en une discrète queue-de-cheval dans la nuque.

Elle sourit timidement quand Alicia l'introduisit au salon en annonçant : « Messieurs dames, voici Barbara Parlour. »

Le silence se fit brusquement. Les yeux de chat de Claire se rétrécirent encore en deux lignes inquisitrices et un sillon se forma sur son front parfaitement lisse. Le Dr Anders parut soudain mal à l'aise et se tortilla sur son fauteuil en évitant son regard, tandis que Missy souriait jusqu'aux oreilles.

« Oh, bonjour ! Je te connais ! » s'exclama-t-elle.

Barbara devint écarlate.

« Je ne pense pas… commença-t-elle.

– Mais si, je t'ai vue quelque part, j'en suis sûre, insista Missy. Es-tu venue à la bibliothèque de notre quartier, récemment ?

– Ah non, non, je ne vais jamais dans les bibliothèques, dit Barbara en détournant les yeux vers la table. Tout ceci est absolument charmant, Alicia.

– Merci, répondit l'intéressée, intriguée par l'accueil mitigé qu'avait reçu Barbara. Je te sers un thé ?

– Oh, je vais le faire moi-même », dit Barbara en allant à la table prendre une tasse.

Alicia remarqua que ses mains tremblaient légèrement quand elle se versa le liquide sombre.

« Viens, installe-toi », dit-elle en lui indiquant le canapé où Claire et Missy étaient assises. Claire s'écarta pour faire une place et l'accueillit d'un sourire chaleureux.

« Viens, tu seras la rose entre les deux épines, comme dirait Charlie, mon fiancé », dit-elle.

Missy prit un air offusqué. « Parle pour toi, je ne suis pas une épine ! »

Alicia se mit à rire en coulant un regard à Perry, assis face au canapé, une tasse de thé sur les genoux. Un frisson lui parcourut l'échine. Bouche bée, l'homme regardait fixement Barbara prendre place près de Claire. On aurait dit qu'il avait vu un fantôme.

Alicia frissonna derechef.

Que se passait-il ? Perry connaissait-il Barbara ? Et Anders ? Et Claire ? Elle n'eut pas le temps de s'attarder sur cette question : Lynette lui tapotait le genou.

« Tout va bien, Alicia ? » s'enquit-elle avec un regard appuyé qui signifiait : *reprends-toi.*

Alicia toussota. « Pardon, oui, parfaitement bien. OK, eh bien nous pouvons commencer, n'est-ce pas ? » Elle prit une grande inspiration. « Bonjour à tous et bienvenue pour ce premier rendez-vous du Club des amateurs de romans policiers. »

Missy lança un joyeux vivat qui allégea instantanément l'atmosphère. Alicia se détendit.

« Je sais que je vous ai envoyé une liste de règles de conduite, mais je vous en prie, qu'il soit bien clair pour vous que je souhaite que ces rencontres soient aussi agréables que possible, donc il s'agissait juste de propositions pour démarrer, rien de plus.

– Je les trouve parfaites », déclara Anders. Tout le monde se tourna vers lui. « C'est-à-dire, enfin, c'est bien d'avoir un cadre, vous ne trouvez pas ? Pour démarrer.

– Pour démarrer, absolument », approuva Perry, qui avait repris contenance et dévisageait le médecin avec un sourire gourmand.

Alicia se rembrunit. Décidément, elle avait de la concurrence face au séduisant docteur. Elle toussota à nouveau et poursuivit.

« La réunion d'aujourd'hui a surtout pour but de faire un peu connaissance, et de décider quels livres d'Agatha nous voudrions lire en premier, et également de quels autres auteurs nous aimerions parler par la suite. Quand nous aurons fait nos choix, je vous enverrai un calendrier et on pourra tenir notre première réunion à proprement parler. Alors, peut-être qu'on pourrait se présenter chacun à son tour en en disant un peu plus sur qui on est et pourquoi on est là ? » Il y eut un silence embarrassé. « Je commence, peut-être ? »

Elle reprit une profonde inspiration. « Donc, je suis Alicia Finlay, nous sommes ici dans la maison que je partage avec ma jeune sœur Lynette. Et la créature pénible qui fait du bruit dehors s'appelle Max. »

Comme par un fait exprès, un jappement se fit entendre. Tout le monde éclata de rire.

« Ferme-la, Max ! rugit Lynette.

– Merci, Lynette. Quoi d'autre ? Heu, mon métier, c'est rédactrice pour des magazines, mais ma grande passion c'est de lire des romans policiers, et tout particulièrement Agatha Christie, mais je ne vous apprends rien.

– Qu'est-ce qui t'a décidée à créer ce club ? intervint Claire avec intérêt, le dos bien droit et les mains sagement posées sur les genoux.

– C'est une idée de Lynette, pour être honnête. C'est une histoire un peu longue, mais disons juste que j'ai eu une expérience assommante avec un club de lecture et que j'ai eu envie de réunir des gens qui partageaient mes goûts. Voilà pour moi. Lynny ? »

Elle se tourna vers sa sœur, qui venait de se fourrer un toast dans la bouche.

« Pendant qu'elle boulotte, je me permets ? » glissa Perry avec un clin d'œil. Alicia acquiesça.

« Alors, je m'appelle Perry, j'ai quarante-six ans, célibataire, pas pour trop longtemps j'espère… » Pour la deuxième fois, il asséna à Anders un regard qui fit monter le rouge aux joues du malheureux. « J'ai testé moi aussi un bon paquet de clubs de lecture sinistres, merci du cadeau. Je veux dire, aimer lire ne veut pas dire qu'on doive être ennuyeux. J'adore les polars, mais bon, il faut bien vivre, mes loulous, du coup je travaille au muséum de Sydney, au département de paléontologie – ça recouvre tout ce qui est vieux et fossilisé. »

Missy s'étrangla.

« C'est tellement dans l'esprit ! Agatha Christie adorait farfouiller du côté des fossiles. Elle serait très impressionnée. Parmi les meilleurs moments de sa vie, il y en a eu plusieurs sur des sites de fouilles au Moyen-Orient, vous le savez ? Avec son second mari, Max, bien entendu…

– Ma foi, je dois confesser qu'Aggie a clairement nourri mon amour pour toutes ces choses anciennes et poussiéreuses. Ça peut être un peu tristounet, au boulot, mais ma vie sociale compense très largement ! Je possède une cambuse fabuleuse à Surry Hills, que je partage, comme je viens de le raconter à certains, avec un non moins fabuleux colocataire, fabuleux mais passablement libidineux, qui m'aide à payer les factures, quand il n'est pas occupé à sauter tant et plus sur son magnifique petit copain. C'est un écrivain en pleine ascension, qui devrait connaître son premier vrai… »

Il s'interrompit soudainement et un éclair alarmé passa dans son regard. De l'embarras ou de la culpabilité, crut discerner Alicia, mais l'expression s'effaça avant qu'elle ait pu vérifier.

« Oh là là, je m'égare coooomplètement, avec mes histoires ! fit Perry. À ton tour, sœurette ! »

Il fit un signe en direction de Lynette qui finissait d'ôter les dernières miettes de ses doigts. Elle rejeta ses boucles blondes derrière son épaule, croisa les jambes et sourit.

« Merci, Perry, et bonjour tout le monde. Comme vous l'avez compris je pense, je suis la petite sœur. J'ai vingt-six ans, je suis également célibataire – ça manque un peu d'hommes fabuleux dans le coin, voilà le problème.

– Totalement d'accord, sœurette, appuya Perry avec un nouveau clin d'œil.

– Comme vous tous, j'aime les bonnes histoires criminelles, mais ce que j'aime plus que tout, c'est cuisiner – ne vous gênez pas pour me remercier pour les scones tout à l'heure. Entre deux sessions aux fourneaux, je fais le service chez Mario, à Paddington.

– Le service ? Vraiment ? Tu devrais être en cuisine pour eux, décréta Claire en montrant le scone à demi dévoré dans sa main.

– Ce serait chouette, hein ? dit Lynette avec un sourire rêveur.

– Mario est une crapule, intervint Alicia. Ça fait des années qu'il lui promet de la passer en cuisine, mais le problème avec Lynette, c'est qu'elle est formidable aussi comme serveuse. Vous devriez voir ce qu'elle récolte en pourboires. Moi qui suis incapable d'ouvrir une bouteille sans casser le bouchon…

– Ah, moi c'est pareil, fit Anders en riant. J'ai un diplôme de toubib mais ça ne vous apprend pas à utiliser un tire-bouchon. Vive les bouchons à vis, voilà ce que j'en dis.

– Eh bien, puisque tu as pris la parole, pourquoi ne pas continuer ? »

Anders s'empourpra légèrement et s'éclaircit la gorge.

« Bien, hum, que dire… Je suis Anders Bright, et je dois avouer que je ne me sens pas tout à fait à la hauteur dans ce groupe. J'aime tous les styles de littérature policière, mais pour être honnête, je n'ai pas beaucoup lu Agatha Christie. Ce que j'ai lu m'a beaucoup plu, cela dit. Comme je l'expliquais à Alicia dans ma lettre, j'admire sa passion pour les poisons. À son époque, chaque maison en avait plein les celliers, des produits comme l'arsenic ou la mort-aux-rats, ce genre de choses. De nos jours, la Therapeutic Goods Administration a proscrit tellement de substances qu'il est beaucoup plus difficile de se débarrasser tranquillement d'un petit mari infidèle ou d'une fille insupportable. »

Il y eut un tintement de porcelaine, et Alicia, relevant les yeux, vit que Barbara essuyait le thé qu'elle avait renversé sur le coffre.

« Tout va bien ? demanda-t-elle en la regardant éponger le thé avec sa serviette en papier.

– Oui, je suis très maladroite, c'est tout. Quelle sotte je fais. Je vous en prie, Anders, poursuivez. »

Il lui jeta un regard perplexe puis détourna les yeux.

« D'accord, donc, heu… Voyons voir, que dire de plus. Ah oui, je n'ai jamais fait partie d'un club de lecture auparavant. Mais j'ai très envie d'essayer. » Il écarta une mèche de ses yeux. « Je suis médecin généraliste en ville, au fait, je travaille pas très loin d'ici, et je suis convaincu que mes collègues riraient à gorge déployée s'ils savaient ce que je suis en train de faire.

– Eh bien ! Nous essaierons de ne pas nous vexer », rétorqua Perry d'un ton pincé.

Anders parut déconcerté.

« Excusez-moi, ce n'est pas ce que je voulais dire, juste… bon, ce n'est pas trop leur truc… »

Perry lui donna une tape sur l'épaule. « Je te taquine, mon chou ! » Il se mit à rire. « Tu ne nous as pas dit si tu es marié. » Il lui coula un regard canaille.

« Oh, heu… bredouilla nerveusement Anders, avant de souffler d'une voix sourde : Je suis célibataire, je suppose. »

Alicia fut parcourue d'un picotement guilleret. Enfin une bonne nouvelle. Perry semblait un incorrigible provocateur, et il paraissait clair qu'Anders n'était pas pour lui, mais elle était ravie qu'il ait posé la question. Elle se connaissait, il lui aurait fallu deux ans pour avoir l'information qu'il avait obtenue en deux minutes chrono.

« Bien, à qui de parler ? » reprit-elle avec entrain.

Missy leva le bras et Alicia lui fit un signe de tête. La bibliothécaire raconta avec une profusion de détails sa rencontre avec Alicia.

« Et donc elle m'a suppliée de me joindre au groupe et je me suis dit, ma foi, pourquoi pas ? » Elle gloussa. « Je veux dire, qu'est-ce que j'ai d'autre à faire de mes dimanches après-midi, à part rester à la maison à nourrir Fudge et Pudge ? Ce sont mes poissons rouges, je précise, pas des petits noms que j'aurais donnés à mes poignées d'amour. »

Elle rit aux éclats à sa plaisanterie, au point que ses lunettes zébrées manquèrent de tomber, les replaça sur son nez et poursuivit.

« Je suis célibataire, moi aussi. » Elle fit une pause. « C'est un prérequis pour faire partie de ce groupe, on dirait ?

– Évidemment, si nous avions des partenaires, nous aurions beaucoup mieux à faire de notre temps que de lire des romans », glissa Perry.

Missy gloussa de plus belle puis reprit :

« Comme vous tous, visiblement, je lis beaucoup de romans policiers, mais je suis passionnée par tout ce qui touche à Agatha Christie, même si elle était loin d'être une sainte, quand on lit son autobiographie ou les biographies écrites sur elle. Je crois d'ailleurs que ça me fait l'aimer encore plus !

– Oui, les amis, nous avons beaucoup de chance d'avoir Missy avec nous, c'est une véritable experte au sujet de notre auteure fétiche », intervint Alicia.

Missy balaya son propos d'un geste de la main.

« C'est comment, de travailler dans une bibliothèque ? » demanda Barbara.

Missy eut un grand sourire.

« J'adore ! Qui n'aimerait pas ça : j'ai un bureau plein de livres ! Le rêve du rat de bibliothèque.

– Les conditions de travail et le salaire sont corrects ? » insista Barbara, un sourcil levé.

La femme au foyer cherchait-elle du travail ? se demanda Alicia.

« Oh, pour la paie, c'est juste ce qu'il faut pour survivre, dit Missy. Mais sinon, ça va, ils te laissent sortir pour déjeuner, à midi généralement – si quelqu'un veut me rejoindre pour un café. C'est au bas de la rue, un saut de puce. On peut se retrouver pour un sandwich ou un kebab, il y a un super petit… Ah ! excusez-moi, je recommence à digresser. »

Elle leva les yeux au ciel avec un rire nerveux.

C'est Claire qui prit la parole après elle, de sa voix fraîche et douce où perçait une pointe d'accent anglais. « Je m'appelle Claire Hargreaves, j'ai trente-cinq ans, et, désolée de sortir du cadre, mais je suis fiancée depuis quatre ans à un homme adorable qui travaille dans l'édition. »

Missy gloussa une fois de plus et mit sa main devant sa bouche, l'air penaud.

« Pardon. C'est juste que, bon, quatre ans de fiançailles, c'est drôlement long.

– Je suis d'accord, renchérit Perry. Qu'est-ce qui vous retient de vous marier ? »

Claire fronça imperceptiblement ses sourcils parfaits. Elle se mit à lisser sa jupe d'une main, défroissa l'ourlet, tira un fil de l'autre. « Rien en soi. Nous attendons le bon moment, tout simplement. »

Son expression s'assombrit. Avant que Missy et Perry fassent plus de dégâts, Alicia intervint.

« Parle-nous de ta boutique. Tu la mentionnais dans ta lettre.

– Ah, ma petite boutique chérie ! » Le nuage se dissipa. « Elle s'appelle Les Indémodables Vintage et se trouve sur Victoria Street, vers Potts Point.

– Mais oui, je la connais ! J'adore ! piailla Missy, clairement désireuse de se rattraper. J'ai acheté une robe années cinquante l'été dernier.

– Oh, je suppose que certains d'entre vous sont déjà passés devant, ça fait quelque temps que je suis installée. » Ses yeux s'attardèrent sur Barbara. « J'ai tous les styles que vous voulez. Et aussi un petit café au fond de la boutique, alors comme Missy, n'hésitez pas à passer prendre un café avec moi quand vous voudrez, je vous en prie. Le premier *latté* est offert par la maison ! Ah, et au cas où vous vous poseriez la question, oui, je suis née en Angleterre, d'où l'accent. Ma mère est une Chinoise de Hong Kong, mais elle vit à Paris désormais, c'est là que je dégote une bonne partie des robes fantastiques que j'ai à la boutique. Bref, je suis un mélange très éclectique.

– Quelle chance ! » s'extasia Missy.

Elle trouvait merveilleux d'avoir des ascendants aussi dépaysants, elle qui était née et avait grandi à Sydney, dans le quartier d'Oatley, et se sentait à peu près aussi exotique qu'une botte fourrée.

« Merci, Claire, dit Alicia. Alors, qui n'a pas parlé ? Barbara, c'est ton tour. »

Tous les regards se tournèrent vers l'aînée de l'assemblée, qui posa sa tasse sur sa soucoupe d'un geste maladroit.

« Bonjour tout le monde. Je m'appelle Barbara Parlour. Je ne suis pas très douée pour prendre la parole en public, je crains.

– Eh bien, que fais-tu dans la vie ? proposa Alicia.

– Oh, je suis seulement femme au foyer.

– Technicienne d'intérieur, glissa Perry avec un clin d'œil.

– Non, juste femme au foyer, répliqua-t-elle sèchement. En tout cas, c'est ce que dit mon mari. Lui est dans la banque, mais il envisage de se lancer dans la politique très bientôt.

– La politique, vraiment ? demanda Anders d'une voix étrangement inquiète.

– Oui, il va se présenter aux primaires cette année, pour le parti conservateur. »

Elle sourit, mais d'un sourire forcé, le genre de sourire qui n'arrive pas jusqu'aux yeux et que son époux, le futur politicien, devait maîtriser à la perfection.

« Heu, que vous dire de plus ? Franchement, je mène une vie très ennuyeuse. Ah oui, j'ai une fille, elle a seize ans, à l'entendre elle est plus proche de vingt-six… » Elle décocha un bref regard au médecin et ricana nerveusement. « Elle n'écoute rien de ce que je lui dis, mais elle n'écoute pas plus son père. Elle a hérité de son horrible caractère… »

Barbara se tut et baissa les yeux sur ses genoux. Un silence s'installa, pesant. Quelqu'un toussota. Elle frissonna et reprit : « Mais bon, on n'est pas là pour ça. » Elle eut à nouveau ce petit rire nerveux. « Heu, comme le Dr Anders, je n'ai jamais fait partie d'un club, mais en voyant l'annonce je me suis dit que je devrais essayer. Ça pourrait me faire du bien. »

Elle sourit dans le vague et retourna à la contemplation de ses mains, qu'elle n'avait cessé d'agiter tout le temps qu'elle parlait.

« Excellent ! trancha Alicia pour alléger l'atmosphère. Parfait. Donc, si nous passions à la sélection des livres ? D'accord ? Quelqu'un a une idée de ce par quoi il voudrait commencer ? »

La discussion s'égaya très vite, concentrée exclusivement sur Agatha Christie. En moins d'une heure ils avaient établi une liste de six romans, qui débutait avec *Les Vacances d'Hercule Poirot*, le choix de Claire, mais également le favori de presque tous les membres de l'assemblée. Ils convinrent de se retrouver tous les quinze jours, personne n'ayant envie d'attendre un mois, et approuvèrent toutes les règles proposées par Alicia.

« Si cela vous va, je vous accueillerai chez moi pour la première réunion, proposa Perry en jouant avec sa boucle d'oreille.

– Non, déclara abruptement Barbara. J'aimerais beaucoup que cela ait lieu chez moi. Si ça ne t'embête pas ? »

Perry cessa de tripoter sa boucle et haussa les épaules.

« Tu es sûre ? s'enquit Anders. Je serais très heureux moi aussi de…

– Non, non, j'insiste. Je préfère commencer et en avoir fini, comme ça je n'aurai plus qu'à me détendre pendant quelques semaines. »

Il y avait une certaine logique, pensa Alicia. « Parfait, si tout le monde est d'accord ? »

Tout le monde l'était et ce fut entendu, ils se retrouveraient à quatorze heures le dimanche suivant chez Barbara, à l'est de la ville. Elle préparerait le thé, et Claire quelques questions sur le roman. Ils échangèrent leurs coordonnées et prirent congé.

Barbara s'en fut la première, après avoir regardé sa montre avec inquiétude, puis le Dr Anders et Claire. Missy et Perry s'attardèrent pour aider les sœurs à ranger.

« Elle est zarbie, commença Perry en rinçant la vaisselle.

– Qui ça ? "Juste une femme au foyer" ? » dit Lynette.

Il hocha la tête.

« Elle paraît vraiment seule et malheureuse, fit observer Missy en lui prenant une soucoupe des mains pour l'essuyer.

– Eh bien, espérons que le club lui fera du bien, conclut Alicia, qui n'avait aucune envie de commencer à cancaner sur le groupe à peine formé.

– Et Mlle Claire Hargreaves, vous la connaissez ? fit Perry en levant un sourcil.

– Pas plus que ce qu'elle nous a dit, répondit Alicia. Pourquoi ?

– Oh, comme ça. »

Il hésita, parut sur le point de dire quelque chose, puis serra les lèvres.

Alicia prit le torchon des mains de Missy.

« Allez, vous deux, Lyn et moi allons terminer. » Elle les conduisit à la porte. « Il n'a pas tort, malgré tout, non ? demanda-t-elle en revenant près de sa sœur. À propos de Barbara. Elle est un peu étrange.

– Je croyais que ça ne te posait pas de problème ?

– Non, naturellement, mais, je ne sais pas, il y a quelque chose de… d'inquiétant, en elle. »

Lynette haussa les épaules et ôta ses bottines pour masser ses chevilles endolories. « T'en fais pas, elle sera très bien. Ils ne peuvent pas tous être drôles et excentriques comme Perry et Missy. D'ailleurs, c'est une bonne idée de faire la première séance chez elle. Tu verras, elle sera plus à l'aise. Ça va être super. »

De retour chez elle ce soir-là, Barbara ne pouvait dissiper son malaise. Il y avait dans le groupe quelqu'un qu'elle ne s'attendait pas à voir, quelqu'un qu'elle avait reconnu *d'avant*. Un léger frisson lui parcourut l'échine. Elle se demanda soudain si elle était en sécurité puis chassa cette idée. Voilà qu'elle laissait à nouveau son imagination galoper. Tout se passerait bien, ce groupe était salutaire, tous paraissaient tellement gentils. Des gens honnêtes, bons, *attentifs*.

Elle ne devait pas s'en faire. Tout se passerait très bien.

Barbara prit son livre sur sa table de chevet et l'ouvrit à la page qu'elle avait marquée. Elle ne parvenait pas à se débarrasser de cette angoisse…

6

MISSY CORNER SE SENTAIT aussi morose qu'affamée. Deux états qui ne s'accordaient guère avec son insouciance habituelle. Elle regarda la pendule. Encore dix minutes avant la pause, ça n'en finissait pas. Elle aimait profondément et sincèrement son travail, mais le temps peut parfois être long dans une bibliothèque. Surtout les jours calmes comme celui-ci, où les seuls visiteurs étaient les habitués venus flâner dans les rayonnages, qui farfouillaient dans leurs sections préférées et échangeaient à mi-voix, comme des secrets d'État, des conseils de lecture. De loin en loin, un imprévu pimentait la routine – l'arrivée d'un beau Suédois bien bâti chargé d'un sac à dos, en quête d'un ordinateur, ou la livraison d'un best-seller attendu, qu'elle cataloguait dans la base et couvrait avec soin avant de l'exposer fièrement sur les étagères tandis que les habitués se le disputaient.

Ou, comme la semaine précédente, une femme qui surgissait et vous invitait à rallier son club de lecture. Qui l'aurait cru ?

Missy sentit son humeur s'éclairer. Le club était ce qui lui était arrivé de plus excitant depuis des mois. Elle jeta un coup d'œil au vernis noir écaillé sur ses ongles rongés, en choisit un et entreprit de l'écailler un peu plus. D'ailleurs, c'était probablement ce qui lui était arrivé de plus excitant depuis qu'elle avait été embauchée ici, dix-huit mois plus tôt. Avant cela, elle avait erré sans but, au gré de petits boulots dans des bars louches, redécorant sa chambre chez ses parents, partant pour un week-end sur la côte avec d'anciens amis du lycée. Rien de bien extraordinaire.

Et voici que quelque chose de spécial se produisait, qui l'occuperait deux fois par mois ! C'était une nouvelle motivation, un nouveau but. Elle attendait avec impatience la première réunion officielle le dimanche suivant, et avait déjà relu plusieurs fois le livre pour avoir beaucoup à partager. Elle devait juste apprendre à fermer plus souvent sa grande bouche, ou ils se fatigueraient d'elle comme s'étaient fatigués tant de ses amis.

À quand remontait le dernier week-end auquel on l'avait conviée ?

Missy sentit une boule se former dans sa gorge, tenta de la ravaler. Parfois elle aurait voulu être comme tout le monde, tout simplement. Elle aurait voulu savoir où se trouvait le bouton d'arrêt et comment l'éteindre de temps à autre, comme disait son père. Elle renifla, résolue à ne pas laisser le grand blues prendre le dessus, une fois de plus. Cela faisait un moment qu'elle ne s'était pas sentie déprimée ; pas question de retomber là-dedans.

Il y avait le club, maintenant, elle n'avait pas besoin de ça.

La pendule afficha midi. Victoire ! Elle attrapa son sac à dos doré et se retourna vers sa cheffe, abîmée dans l'enregistrement des livres déposés dans la boîte à retours.

« Je pars déjeuner, ma belle ! annonça-t-elle en se penchant pour serrer l'épaule de sa collègue plus âgée.

– Profite », murmura Geraldine sans décoller les yeux de son écran.

Elle aimait bien Missy, mais aimait plus encore avoir le champ libre – et les oreilles aussi. Cette jeune femme était un vrai moulin à paroles, ce qui n'est pas une qualité première pour une bibliothécaire. Dommage qu'elle n'ait pas été aussi bavarde lors de son entretien d'embauche, se dit Geraldine. Elle ne lui aurait peut-être pas donné le job. Elle soupira et reprit sa saisie.

Missy sortit dans la clarté du zénith en bataillant avec son sac pour trouver ses lunettes de soleil correctrices. Elle rangea les autres et fila tout droit vers le stand du traiteur grec, au bout de la rue. Aujourd'hui, elle avait envie d'un gyros au bœuf, et salivait déjà à la pensée de la sauce tzatziki qui nappait oignons et tomates. C'est peut-être pour cela qu'elle ne prit pas garde au rugissement soudain d'un moteur derrière elle et au cri d'alerte d'un passant : « Attention ! » Une voiture fonçait sur elle.

La seconde d'après Missy gisait, tordue et sans connaissance, sur le seuil d'une boutique.

Le passant, un homme d'un certain âge à l'épaisse chevelure blanche, rapporterait plus tard à la police, les yeux exorbités, que la voiture avait accéléré, avait délibérément quitté la chaussée pour monter sur le trottoir et charger la femme inconsciente du danger.

Missy, revenue à elle avec une migraine épouvantable et des contusions au bras, n'accorda aucun crédit à cette version. Elle s'était trouvée au mauvais endroit au mauvais moment, voilà tout, et ce qui était indiscutable, c'était qu'elle avait eu beaucoup de chance. Une demi-seconde avant l'impact, elle avait tourné la tête et entraperçu le capot menaçant. Elle s'était déjetée dans l'entrée grande ouverte du magasin et avait atterri de tout son poids sur le poignet gauche, occasionnant la peur de sa vie au gérant des lieux, un Coréen menu qui parlait un anglais hasardeux.

Le véhicule fou, une BMW bleu foncé ou noire, selon les témoins, avait aussitôt corrigé sa trajectoire, repris la route et filé à toute allure, sans s'arrêter pour vérifier que Missy était en vie ou pour lui porter secours.

Délit de fuite caractérisé.

Missy était secouée mais pas trop bouleversée.

« Tout ça n'est qu'un incident idiot, assura-t-elle à la police arrivée peu après sur les lieux, suivie d'une ambulance.

– Non, non, non ! s'égosillait le Coréen. Chauffeur essayé vous tuer !

– Je suis entièrement d'accord, disait le vieil homme. Il semblait très déterminé.

– Il ? répéta l'officier de police, un homme d'âge moyen, râblé, qui semblait partager le scepticisme de Missy.

– Ma foi, je n'ai pas bien vu ce jeune homme, avec les vitres noires…

– Noires ? fit le deuxième officier, une jeune femme aux cheveux blonds décolorés, qui semblait un peu plus concernée.

– Oui, enfin, teintées, je crois. Ce sont toujours des jeunes, ce genre de choses, non ? Des jeunes conducteurs, avec leur P, qui provoquent des accidents.

– La voiture portait un P ? » demanda la femme avec intérêt.

L'homme la regarda quelques secondes sans mot dire.

« Heu, à vrai dire, non, je ne peux pas l'affirmer.

– Non, non, non, pas P ! récusa le Coréen. Chauffeur fou, assassin. Essayé tuer la femme. Sûrement gangster. Mafia ! Voitures noires mafia, toujours ! »

Ce fut au tour des officiers de rester pantois. Tout en laissant un charmant infirmier lui immobiliser le poignet par un bandage, Missy reprenait ses esprits.

« C'est tout à fait absurde, fit-elle en gloussant malgré la douleur. Pourquoi la mafia, ou qui que ce soit d'ailleurs, voudrait me tuer ? Je suis juste une bibliothécaire sans histoire. »

Les policiers étaient plutôt enclins à se ranger à son avis et, après avoir noté les coordonnées des témoins, ils repartirent rapidement. Soit il était plus simple de classer l'affaire comme un simple incident soit ils jugeaient, à l'instar de Missy, que des bibliothécaires sans histoire étaient peu susceptibles de devenir la cible de chauffards mafieux. Toujours est-il qu'ils conclurent qu'elle était selon toute probabilité l'innocente victime d'un conducteur aviné qui avait fui pour éviter les ennuis.

« Ce ne serait pas la première fois », soupira l'homme en rangeant son carnet de notes dans la poche intérieure de sa veste, avec une lassitude qui suggérait qu'il n'avait que trop vu ce genre de faits.

Quand Missy put enfin retourner à la bibliothèque, deux heures et un bandage plus tard, elle avait cessé de trembler et son estomac se rappela à elle. Si elle en voulait à son agresseur, à présent, c'était surtout à cause de son ventre vide.

« Je vais sortir en vitesse t'acheter quelque chose, ma pauvre, s'empressa Geraldine, qui se sentait un peu coupable des mauvaises pensées qu'elle avait eues quelques heures auparavant vis-à-vis de sa collègue. Reste assise et détends-toi. Et quand je reviendrai tu pourras partir plus tôt et rentrer chez toi. Tu as subi un gros choc, ma belle.

– Tout ira bien, Geraldine, promit Missy en prenant place sur le tabouret près du poste informatique. Heureusement, c'est mon bras gauche qui a pris, je peux encore taper. Je te laisserai les choses à porter. »

Pendant que Geraldine sortait, Missy commença à rentrer d'une main des données dans l'ordinateur. Malgré elle, elle se repassait chaque détail de l'accident – l'éclair du véhicule noir, son corps s'écrasant sur le sol du magasin, l'excitation inquiète des témoins. Elle ne parvenait pas à se souvenir précisément de ce qu'ils avaient dit, mais une phrase restait vrillée dans son esprit : « Cette personne assassin fou ! Essayé vous tuer ! »

Une idée loufoque, elle en était convaincue. Alors pourquoi se sentait-elle si nerveuse ?

7

LA MAISON DE BARBARA était une monstruosité pompeuse campée entre deux champignons tape-à-l'œil du même acabit sur une avenue arborée de Woollahra. Alicia et Lynette, qui ne s'étaient pas attendues à ça, vérifièrent plusieurs fois l'adresse en découvrant l'énorme bâtisse à deux étages, avec ses colonnades de grès et sa cascade ornée de sirènes d'un goût douteux. Une allée de gravier bordée de haies impeccablement taillées en faisait le tour.

« Y a pas franchement de quoi être déprimée », persifla Lynette en ouvrant le portillon.

Alicia avait garé sa Torana quelques rues plus loin, pensant ne pas trouver de place plus proche. Elle se renfrogna en en voyant une juste à côté de la maison. Au même moment, une Saab argentée étincelante s'y engouffra en un créneau parfait. Le Dr Anders en sortit et actionna le bip du verrouillage automatique.

« Il n'y a personne ? s'enquit-il d'un ton plein d'espoir.

– On arrive à l'instant », rectifia Alicia en ouvrant le portail et en s'engageant dans l'allée.

Elle la remonta jusqu'à la monumentale porte d'entrée, en passant devant un garage assez grand pour trois véhicules qui abritait une Jaguar vert olive, une Mercedes argent étincelante et un fatras hétéroclite de vélos, vieux sacs de golf et cartons d'emballage.

Il y avait un interphone. Alicia pressa le bouton. Après quelques secondes, une voix tonique se fit entendre.

« Yo ! C'est qui ? »

À moins que Barbara ne se soit subitement métamorphosée, cela devait être sa fille. Alicia se présenta.

« Nous venons pour le club de lecture, ajouta-t-elle.

– Le quoi ?

– Le club de lecture. Barbara est là ? »

Un silence passa, puis un bourdonnement indiqua que la porte était déverrouillée.

« On peut entrer ? dit Lynette en poussant la porte au moment où Barbara la tirait vers elle pour l'ouvrir en grand.

– Bonjour, bienvenue », dit-elle en les invitant à entrer d'un geste.

Elle était vêtue d'un pantalon noir et d'une chemise blanche, rehaussée d'une épaisse écharpe lilas qui faisait plusieurs fois le tour de son cou. La journée était chaude, on était presque en été, la maison devait être climatisée, se dit Alicia. Ou peut-être que Barbara supportait bien la chaleur, tout simplement. Alicia avait ce jour-là opté pour un pantalon kaki léger et une ample chemise de coton, malgré quoi elle se sentait déjà moite.

« C'est une belle maison que tu as là, Barbara », dit Anders en regardant autour de lui. Leur hôtesse sourit.

« Merci. Venez, je vais vous faire visiter en attendant les autres.

– Ne te donne pas cette peine, vraiment », dit-il, mais elle parut ne pas l'entendre et les conduisit à un somptueux living-room aux fenêtres ombrées de persiennes blanches, à l'épais tapis ivoire, aux meubles blanc nacré…

Le tout un peu trop immaculé au goût d'Alicia. Max ferait de la chair à pâté du luxueux tapis, et l'idée de ses pattes sur l'ensemble de canapés de suédine blanche serait un motif de stress permanent. D'immenses peintures et photographies, des vases surdimensionnés et des bouquets de lys orientaux, roses rouges et orchidées de Singapour, plus un piano à queue laqué noir, complétaient le décor.

Accrochée au-dessus du piano, une grande photographie encadrée attira l'œil d'Alicia. Elle ne put retenir un sourire. C'était un portrait de famille particulièrement kitsch. Le grand classique : chaque membre de la famille s'était mis sur son trente-et-un, vraisemblablement sous la houlette de la mère, dans des tenues qu'ils ne porteraient sans doute plus jamais, pour se faire photographier par un homme qui ne les connaissait pas et rester affichés sur un mur pendant quatre ou cinq ans – jusqu'à ce que maman décide qu'il était temps d'opérer une mise à jour. Barbara semblait plus jeune de plusieurs années, beaucoup plus blonde, et nettement plus séduisante avec son haut pailleté rouge et or et ses bijoux en or. Elle arborait un large sourire confiant. Le changement était spectaculaire.

Holly, la fille de Barbara, portait une robe bleue à pois et un serre-tête assorti. Elle devait avoir douze ans, mais la maussaderie de l'adolescence pointait déjà sur ses traits. Elle souriait du bout des lèvres. Arthur arborait le même sourire faux, et un total look années quatre-vingt propret sorti du feuilleton *Dynastie*, costume, cravate, bretelles… Le tout était censé figurer le bonheur familial mais ne convainquit pas Alicia. Jetant un regard en coin à Anders, elle constata qu'il semblait mal à l'aise, lui aussi.

Sous la photo, sur une grande desserte, étaient rassemblés médailles et trophées. Alicia en repéra deux qui revenaient à Barbara, dont un trophée de tennis, une coupe gravée de ces mots : « Progression méritoire ».

Elle n'eut pas le loisir de s'y attarder, car Barbara les entraînait vers une salle à manger fastueuse avec son lustre de cristal et sa table de bois massif verni où douze convives auraient été à l'aise, puis dans la plus grande cuisine qu'elle eut jamais vue. Elle regarda Lynette. Les yeux lui sortaient des orbites.

Il y avait là tous les accessoires qu'une cheffe en herbe pouvait rêver – un large piano de cuisson professionnel, un impressionnant réfrigérateur à deux portes avec distributeur de glace, un percolateur encastré dans un mur et un four à micro-ondes de la taille d'un mammouth. On aurait pu y glisser un cochon entier avec sa garniture et faire la ronde autour.

« Je tuerais pour avoir une cuisine comme ça, dit Lynette à leur hôtesse, qui regarda autour d'elle comme si elle la remarquait pour la première fois. C'est le must.

– Oh, merci, fit Barbara. J'avoue que je cuisine rarement. C'est Rosa qui s'en occupe.

– Rosa ?

– La bonne. »

Elle eut un sourire confus et ajouta précipitamment : « Oh, elle ne vient que quelques heures par jour, en début d'après-midi, pour préparer le dîner et faire un peu de ménage. Rien d'exceptionnel. Elle finit vers quinze heures, en général. Mais c'est une perle, elle fait un remarquable coq au vin, le plat préféré d'Arthur. Mon mari. Moi, le seul moment où je viens ici, c'est pour téléphoner. »

Elle pointa le doigt vers un téléphone sans fil chromé posé sur son socle à une extrémité du plan de travail en marbre. Une grande ardoise blanche était suspendue à côté, avec des numéros notés au marqueur bleu et des messages, dont l'un disait à Holly d'appeler « le Coach ».

La sonnerie de l'interphone retentit. Barbara sursauta puis porta la main à son cou pour rajuster son écharpe. « Ça doit être les autres, passons par le patio, nous nous installerons là, aujourd'hui. »

Ils sortirent par les portes-fenêtres, dans un jardin constellé de lumière où attendaient une élégante table de fer forgé et des chaises assorties pourvues de coussins. La terrasse pavée de tomettes était plantée de fougères arborescentes, de cordylines roses, d'un mimosa d'un jaune éclatant et d'un jasmin odorant. On apercevait derrière les reflets d'une piscine ce qui ressemblait à une paillotte balinaise. Ils s'installèrent tandis que Barbara allait accueillir les autres invités. Quelques minutes plus tard arrivèrent Missy et Perry, venus ensemble dans la Mazda rouge de celui-ci, et Claire, qui les avait suivis dans sa Coccinelle bleu layette rutilante.

Missy souffrait encore de sa blessure et son bras gauche était plaqué sur sa poitrine par une écharpe nouée autour de son cou.

« Hé, que t'est-il arrivé ? demanda Anders en se levant pour l'aider à s'asseoir.

– Oh, je me suis foulé cette andouille de poignet, plaisanta-t-elle pour faire bonne figure. Bon, c'est faux. Un dingue a tenté de me tuer. »

Ils la dévisagèrent avec des yeux ronds et elle pouffa de rire. « Mais non, j'en rajoute. »

Elle leur raconta comment, quelques jours plus tôt, un fou avait quitté la route et l'avait envoyée voltiger sur le trottoir. « J'ai amorti ma chute avec ma main et j'ai atterri sur mon pauvre petit poignet. J'ai de la chance d'être bien rembourrée, j'aurais pu me faire beaucoup plus mal. » Elle gloussa derechef, tout en prenant place.

Alicia eut un bref sentiment de triomphe. *Ah, vous voyez bien!* Son imagination n'était pas si délirante. L'accident qui était arrivé à Missy était le genre de chose dont elle avait eu cent fois la vision en rentrant chez elle, ou en allant faire des courses, ou voir un film au cinéma...

« Es-tu sûre que c'était un accident? » s'enquit-elle. Elle vit Lynette lever les yeux au ciel. « Je demande, c'est tout!

– Oh, bien sûr que oui, mon chou. Ils ne se sont pas arrêtés pour ne pas devoir admettre qu'ils m'avaient renversée.

– As-tu vu la plaque d'immatriculation? insista Alicia. Le conducteur?

– Oh, non, tout est très flou. Tout ce que j'ai vu c'est une vieille BMW foncée. Le genre avec les vitres fumées, vous savez? Maman appelle ça les vitres spécial dealers, elle n'a pas tout à fait tort. C'est vrai, qui a besoin de se cacher pour conduire sa voiture? Si vous voulez avoir l'air louche, les vitres fumées, c'est l'idéal!

– Est-ce que c'est bien raisonnable d'être venue, demanda Claire avec inquiétude. C'est peut-être un peu stressant, après ce qui t'est arrivé? Tu devrais plutôt te reposer, prendre quelques jours de congé... »

Le docteur se montra plus désinvolte. « C'est juste une entorse, Claire, les ligaments ont pu souffrir un peu, mais ils n'ont même pas plâtré, ça ne doit pas être très grave. Je suis sûr que Missy peut gérer. On t'a prescrit des anti-inflammatoires et des antalgiques, n'est-ce pas ? »

Missy acquiesça.

« Elle a été renversée par une voiture, Anders, intervint Barbara. Ça peut être traumatisant.

– Non, Anders a raison, assura Missy. Le médecin m'a dit que je serais comme neuve dans quelques semaines. Et puis, je n'en fais pas une affaire personnelle, même si tout le monde essaye de me convaincre du contraire.

– Tout le monde ? s'étonna Alicia.

– Bon, il y a deux témoins qui se sont fait tout un film selon lequel on a voulu me tuer.

– Ah bon ? dit Claire. Est-ce que ça pourrait être vrai ? Tu aurais pu être visée personnellement ?

– Bonté divine, les complotistes sont partout ! Tout va bien les amis, je vous assure, ne vous en faites pas. »

Mais ses compagnons avaient l'air soucieux, sauf Anders, qui en avait vu d'autres, et Perry, qui avait déjà eu droit à cette discussion avec elle sur la route et en avait assez entendu.

« Du coup, pourrions-nous passer à des crimes un peu plus juteux ? » proposa-t-il en sortant son exemplaire des *Vacances d'Hercule Poirot.*

Tous firent chorus et se mirent en place, choisissant une chaise et tirant leur livre de leur sac à main, à dos, ou, dans le cas d'Anders, de la poche intérieure de sa veste. L'esprit d'Alicia dériva : que cachait-il d'autre sous cette veste ? Y aurait-il de la place pour deux ?

Elle se donna une petite tape en pensée et chercha Barbara des yeux. La voyant disparaître dans la maison, elle se leva d'un bond et la rejoignit à la cuisine, où leur hôtesse bataillait avec un paquet de fins crackers en pestant à mi-voix. Alicia lui prit le paquet des mains et l'ouvrit.

« Tout va bien ? » lui demanda-t-elle. Barbara hocha la tête comme une petite fille sage. « Bravo d'être la première à nous accueillir.

– Ça me fait plaisir », répondit-elle avec un sourire contraint qui rappela à Alicia la photo du salon.

Barbara lui indiqua un grand plat blanc couvert de fromages, de pâtés et d'olives. Alicia y ajouta les crackers et un bouquet de grappes de raisin que lui tendait Barbara. Tandis qu'elle sortait des assiettes et des couteaux à fromage, Alicia fit le tour de la cuisine, sans cacher son admiration. Pas besoin d'être une cheffe en herbe pour apprécier son aménagement parfait.

« Ton mari est là, ou tu l'as interdit de séjour ? »

Barbara leva vers elle un regard inquiet.

« Oh, je ne me permettrais pas de lui interdire de rester chez lui. Je lui ai juste dit qu'il préférerait peut-être ne pas se montrer.

– Et ta fille ?

– Qu'est-ce que j'ai ? » fit une voix indignée venue de l'autre côté de la cuisine.

Alicia se retourna et vit entrer par la porte latérale une grande jeune fille, un peu ronde et boutonneuse, aux cheveux noirs luisants, un piercing dans la narine, sourcils froncés. La maussaderie de l'adolescence avait clairement eu raison de Holly.

« Holly, ma chérie, tu m'as fait peur ! Je croyais que tu n'étais pas là aujourd'hui ?

– Ah, ben comme tu vois, je suis là, répondit la jeune fille en lui décochant un regard méprisant.

– Eh bien, entre, que je te présente Alicia. C'est elle qui dirige le nouveau club de lecture dont je t'ai parlé.

– OK, d'accord, fit-elle en allant au réfrigérateur. Merde, y a plus de jus de fruit.

– Ne t'en fais pas, ma chérie, on va envoyer Rosa en chercher demain.

– Rosa ? Pourquoi t'y vas pas, toi ? C'est pas comme si t'étais débordée. »

Elle regardait Alicia du coin de l'œil. « Ah si, c'est vrai, tu es trop occupée, avec ton cher club de lecture. » Elle leva les yeux au ciel et fila dehors. Mortifiée, sa mère se tourna vers Alicia.

« Je suis absolument désolée. Elle n'est pas si grossière, habituellement. » Elle s'interrompit, un sourire désabusé au coin des lèvres. « Oh, et puis si, elle est toujours comme ça, mais j'espérais que vous n'auriez pas l'occasion de le voir. Allez, portons tout ça au jardin, avant que les autres se demandent ce que nous… »

Brutalement, Holly refit irruption dans la pièce, le visage blanc comme un linge. « Qu'est-ce que c'est que ce bordel ? » hurla-t-elle. Alicia sursauta.

« Qu'est-ce… De quoi parles-tu, ma chérie ? demanda Barbara en reposant brutalement le plat sur le comptoir.

– Joue pas les innocentes avec moi, m'man ! Tu sais parfaitement de quoi je parle. Là, sur la terrasse… »

Holly jeta un regard à Alicia puis revint à sa mère, qui semblait se recroqueviller sous l'assaut.

« Tu parles du club de lecture ?

– Je parle de lui. Qu'est-ce qu'il fiche ici ?

– Holly, ma chérie, je suis désolée, je ne savais pas…

– Mon cul, m'man ! Tu sais, c'est obligé, tu sais tout ce qui se passe dans cette maison. T'as tout manigancé, c'est ça ? Hein, c'est ça ? »

Alicia fit un pas en avant, prête à prendre la défense de Barbara, ne parvenant pas à comprendre ce qui provoquait une telle fureur chez la jeune fille. Ce n'était quand même pas le fait que sa mère réunisse quelques personnes dans le jardin qui la mettait ainsi hors d'elle ?

« C'est censé être chez moi, ici, comment tu as pu me faire ça ? s'égosillait-elle.

– Holly, je t'en prie… »

Mais déjà sa fille était ressortie en trombe et avait disparu dans les entrailles de la maison, laissant les deux femmes interdites.

« Je suis tellement confuse… répéta Barbara, incapable de regarder Alicia dans les yeux.

– Ne t'en fais pas, lui dit Alicia d'un ton réconfortant. Je sais que les adolescentes peuvent faire une montagne d'une taupinière. Viens, allons rejoindre les autres. »

Alicia aida Barbara à rassembler les assiettes et les emporta au jardin, où l'assemblée discutait tranquillement, tout en la surveillant du coin de l'œil. Barbara semblait perdue dans ses pensées tandis qu'elle disposait le buffet sur la table et distribuait des serviettes à la ronde.

« Oh, flûte, j'ai oublié la limonade maison, fit-elle comme si elle reprenait ses esprits. Alicia, est-ce que tu veux bien aller la chercher à la cuisine, le temps que je coure aux toilettes ? Elle est au frigo, dans un pichet. Il faudrait des verres, aussi. »

L'idée de retourner dans la fosse aux lions ne souriait guère à Alicia. Du menton, elle indiqua la cuisine à Lynette.

Sa sœur la questionna du regard, puis saisit.

« Je viens t'aider pour les verres, tu veux ?

– Ah super, merci, Lynette. »

Lynette la suivit dans la cuisine. Après avoir vérifié de tous côtés qu'elles étaient seules, Alicia poussa un soupir de soulagement.

« Un problème ? s'enquit Lynette.

– Je te raconterai, chuchota Alicia. Ne nous attardons pas. Bon, où sont les verres… ? »

Lynette sortit la limonade du frigo tandis qu'Alicia ouvrait les placards jusqu'à ce qu'elle tombe sur un ensemble de verres rose nacré. Elle en posa sept sur un plateau et entendit Lynette rire. Des photos étaient aimantées sur le frigo : Barbara une raquette de tennis à la main, Arthur jouant au golf, les trois sur un grand yacht blanc, et plusieurs photos de Holly, enfant, léchant une énorme glace toute rose ou envoyant un baiser au photographe.

« Elle est adorable, déclara-t-elle, et Alicia s'approcha pour regarder.

– Oui, à peu près aussi adorable qu'un crotale, persifla-t-elle. Je viens de faire sa connaissance, elle a doublé de taille et c'est une horrible morveuse. Elle ne m'a même pas dit bonjour et a incendié sa pauvre mère, je n'ai pas compris à quel sujet. »

En plus des photos, le frigo présentait le fatras habituel, gazette de l'école, magnets publicitaires pour un plombier du quartier ou un spa de luxe, et une note de téléphone de plusieurs pages.

« Eh bien, il y a quelqu'un ici qui aime papoter. »

Comme par un fait exprès, le téléphone se mit à sonner. Alicia le regarda, regarda Lynette, regarda à nouveau le téléphone.

« Est-ce qu'on devrait répondre ? »

Lynette haussa les épaules.

« On n'est pas chez nous. C'est sans doute un…

– Je prends ! » s'écria Barbara en se précipitant dans la cuisine.

Elle attrapa le combiné et répondit d'une voix essoufflée : « Allô, Barbara Parlour à l'appareil. »

Un silence et elle répéta : « Allô ? Allô ? Vous m'entendez ? »

Alicia et Lynette échangèrent un regard tandis que Barbara fixait le téléphone d'un œil vide. Elle raccrocha, sourcils froncés.

« Un faux numéro ? demanda Alicia.

– Hmm, je ne sais pas. J'entendais juste respirer au bout du fil, puis plus rien. C'est la quatrième fois que ça arrive cette semaine. Je ne comprends pas. »

Un homme apparut soudain dans l'encadrement de la porte. Corpulent, les cheveux gris coupés très court, il était vêtu d'un polo rose clair, d'un pantalon à pinces et de mocassins.

« C'était qui ? » aboya-t-il. Il s'arrêta net en voyant les sœurs. « Oh, bonjour, j'ignorais qu'il y avait quelqu'un », reprit-il d'une voix considérablement radoucie.

Il examina les deux sœurs, en s'attardant sur Lynette, ou plus exactement sur la zone de peau nue en dessous de son cou. Lynette n'était pas ce qu'on appelle pulpeuse, mais cela ne parut pas le décourager.

Barbara se tortilla avec gêne et porta ses mains à sa gorge.

« Ah, Arthur ! Heu, eh bien, je ne sais pas qui c'était. Ça a raccroché. Encore un tordu, j'imagine. »

Il se tourna vers sa femme et se rembrunit.

« Encore ? Il y en a eu d'autres ?

– Tu le sais bien, chéri. Oh, j'oublie de vous présenter. » Elle leva vers les sœurs une main tremblante. « Voici Alicia et Lynette, elles font partie de mon nouveau club de lecture.

– Un club de lecture ?

– Tu sais, je t'en ai parlé hier. »

Elle le regarda d'un air apeuré.

« Le Club des amateurs de romans policiers », précisa Alicia en s'avançant, main tendue. Elle était résolue à se mettre en bons termes avec au moins un des membres de la famille. « C'est une maison magnifique que vous avez là, c'est très aimable de nous laisser vous envahir. »

Un grand sourire s'afficha sur le visage parfaitement rasé d'Arthur. « Le Club des amateurs de romans policiers ? » Elles hochèrent la tête et le sourire devint quelque peu sarcastique. « En effet, Barb m'a parlé de sa nouvelle marotte. Je ne savais même pas qu'elle lisait des polars, je croyais que son truc, c'était plutôt les biographies. Quoi qu'il en soit, est-ce qu'on peut parler de club de lecture au sujet de polars ? »

Il avait adopté le ton condescendant d'un professeur de littérature anglaise. Alicia s'efforça de le prendre à la plaisanterie, mais Lynette fut moins accommodante.

« Et pourquoi non ? » demanda-t-elle sèchement.

Il eut un ricanement bref.

« Ne le prenez pas mal, les filles, mais vous risquez de n'avoir pas grand-chose à dire. Ce n'est pas ce que j'appelle de la littérature.

– Et c'est précisément pour ça qu'on adore, riposta Lynette. C'est de la littérature pour les gens qui ne sont pas si imbus de leur personne qu'ils sont incapables de reconnaître une bonne histoire quand bien même elle leur tomberait sur la tête. »

Barbara hoqueta. Ses yeux semblaient près de lui sortir de la tête. Alicia ressentit un vif élan de compassion à son endroit. Ses proches étaient horribles. Pas étonnant qu'elle cherche du réconfort dans la lecture.

« Voilà, heu, bon, bredouilla Barbara, cherchant à reprendre pied. On ferait mieux de retourner dehors. »

Elle pressa ses invitées vers la porte-fenêtre et sortit sur la terrasse.

Juste avant de rejoindre les convives, elle se retourna. Son humiliation faisait peine à voir.

« Je vous prie d'excuser mon mari. Il peut être un peu, heu, disons, cynique, sur les sujets auxquels je m'intéresse. Ne le prenez pas mal.

– Ça ne t'agace pas ? s'étonna Lynette.

– Ma foi, si, un peu de temps en temps. Mais ça va, je suis habituée. J'ai une vie agréable, je vous assure. »

Alicia se demandait qui, des deux sœurs ou d'elle-même, elle s'efforçait de convaincre.

« Pardon, pardon, disait à présent Barbara à ses invités, qui avaient patiemment attendu. Nous pouvons commencer, si vous voulez bien. »

Le reste de l'après-midi se passa dans une paix relative. Claire avait préparé une liste de sujets de discussion autour du roman et chacun prit la parole sur des questions variées, allant du cadre de l'intrigue à son dénouement.

« Il y a une phrase du livre que j'aime beaucoup, déclara Claire en consultant une page marquée d'un Post-it jaune. Donc, notre bon Hercule Poirot est sur cette île loin du monde, dans cet hôtel de standing, avec un éventail de personnages plutôt suspects. Emily Brewster, la sportive un peu rustique, assure que l'endroit est trop beau et paisible pour que quelque chose de mal puisse s'y produire. Mais Poirot n'est pas de cet avis. » Elle se mit à lire : « … *Vous oubliez, miss Brewster, que le mal est partout sous le soleil.* »

Elle leva les yeux. « Je me posais la question : est-ce que c'est une vérité qu'il énonce ? Est-ce que le mal est partout ? »

Lynette fit la moue.

« Non, c'est juste un effet dramatique, Agatha adore glisser ce genre de petites phrases dans ses romans. Pour faire monter la tension.

– Je suis d'accord, pour moi c'est un procédé littéraire », approuva Anders.

Alicia le trouvait particulièrement à son avantage, ce jour-là, dans un jean noir et un tee-shirt gris anthracite très seyant qui, maintenant qu'il avait tombé la veste, soulignait ses épaules découplées. Il croisa son regard et elle détourna les yeux en rosissant.

« Moi, je crois que c'est vrai », lança Barbara avec une véhémence inattendue. Ils la dévisagèrent avec surprise.

« Ah bon ? s'étonna Missy, baissant ses yeux sur son poignet bandé. Tu crois réellement que le mal est partout ? Même ici, par exemple, dans cette maison sublime ?

– Surtout ici », souffla Barbara, mais elle avait parlé d'une voix si basse que seuls Alicia et Anders, assis à ses côtés, l'entendirent.

Ils échangèrent à nouveau un regard, inquiet cette fois-ci.

« J'ai une autre citation », intervint Perry. Il entreprit de feuilleter son exemplaire, bien fatigué, jusqu'à une page qu'il avait marquée au stylo. « C'est une réplique du révérend Stephen Lane – vous ne trouvez pas géniale cette façon qu'elle a de toujours faire entrer dans la danse un homme d'Église un peu louche ?

– Ma foi, je ne sais pas s'ils étaient louches, mais il y avait toujours des ecclésiastiques dans ces villages anglais, à l'époque, intervint Claire. Et sans doute encore maintenant. Ils avaient un rôle central dans la communauté, des espèces de boussoles morales.

– Soit, mais rappelle-toi, ils ne sont pas dans un village, rectifia Missy, mais dans un hôtel de standing. C'est un peu inattendu de trouver des prêtres dans ce genre d'endroit. Et donc, c'est quoi cette citation, Perry ?

– Alors, le révérend est en train de discuter avec Poirot de cette histoire de mal partout sous le soleil et il dit… »

Perry fit une pause, puis se mit à lire, prenant une voix de basse aux intonations pédantes : « *Mais monsieur Poirot, le Mal existe ! C'est un fait ! Je crois au Mal tout comme je crois au Bien...* »

À mesure qu'il lisait, Perry avait enflé la voix ; il conclut en levant un poing au ciel, dans un geste de tragédien. Tout le groupe l'applaudit en riant.

Tout le groupe, sauf Barbara.

Elle regardait Perry les yeux écarquillés en hochant vigoureusement la tête, comme si elle souscrivait de tout son cœur.

Ce soir-là, en se mettant au lit avec son livre, Alicia songeait à l'attitude de Barbara, ses propos, la nervosité qui transpirait de chacun de ses gestes. Comme si quelque chose de diabolique hantait sa demeure de Woollahra, quelque chose qui lui mettait les nerfs à vif.

Elle ne parvenait pas à comprendre. L'époux et la fille de Barbara étaient odieux, certes, mais *diaboliques* ?

Elle baissa les yeux sur la deuxième enquête de Vera entre ses mains et se sermonna.

« Tu devrais faire une pause avec les romans noirs, jeune fille ! » Elle se renfonça dans son oreiller et, ignorant son propre avis, reprit sa lecture où elle l'avait laissée.

8

LE RENDEZ-VOUS SUIVANT était prévu chez le Dr Anders. Alicia l'attendait fébrilement, mais pas seulement à cause de son faible pour leur hôte : ils parleraient de *La Mystérieuse Affaire de Styles*, le premier roman dans lequel apparaît Hercule Poirot, et elle avait griffonné des dizaines de commentaires sur son exemplaire, impatiente de les épater avec ses remarques pénétrantes. C'était Barbara qui avait choisi ce roman, insistant non sans justesse pour qu'ils « commencent par le commencement ». Alicia était curieuse de voir quelles interprétations en donnerait la malheureuse. Hélas, elle ne devait jamais le savoir.

Barbara Parlour ne vint pas.

Le groupe patienta en bavardant pendant une vingtaine de minutes, grignotant les fromages et crackers qu'Anders avait préparés un peu en vrac sur un plat. Alicia n'avait pas du tout imaginé une demeure de ce type. La maison n'avait rien de l'antre du célibataire. Peintures colorées, statues exotiques et tapisseries indonésiennes étaient exposées çà et là, et Alicia se demanda s'il avait une sœur qui l'aurait aidé pour la décoration. Et s'en voulut aussitôt d'avoir des pensées aussi sexistes.

À la différence de chez Barbara, en revanche, aucun élément intime n'était visible, ce qu'elle trouva singulier. Pas de photos célébrant nièces adorables ou exploits sportifs – Anders brandissant un poisson énorme ou paradant en tenue de ski et lunettes de glacier… Il y avait en revanche un superbe piano droit dans un coin, un Steinway, et une grande bibliothèque croulant sous les livres, des classiques pour la plupart – tels que *Moby Dick* ou *L'Attrape-Cœurs* –, et beaucoup de grands formats reliés. Peut-être était-il bibliophile. Comme elle, Anders avait mis une musique d'ambiance, du blues mélancolique, ce qui la surprit également. Elle l'aurait plutôt rangé parmi les fous de jazz ou de musique classique.

Décidément, elle avait beaucoup à apprendre sur Anders Bright.

« Comment va ton poignet ? demanda Anders à Missy, qui ne portait plus de bandage.

– Oh, c'est encore un peu sensible, mais tout va bien, merci mon chou, répondit l'intéressée avec un grand sourire. Et au cas où vous vous poseriez la question, non, non, personne n'a à nouveau cherché à attenter à ma vie. Je touche du bois ! »

Elle se tapa sur le crâne en s'esclaffant. Alicia rit avec elle, mais son sourire disparut quand elle consulta la pendule murale. Il était quatorze heures vingt. Elle prit son agenda, chercha dans le répertoire et composa le numéro de Barbara sur son portable. Peut-être s'était-elle perdue en route. La messagerie se déclencha directement.

« Ça ne répond pas ? » demanda Lynette. Alicia fit signe que non.

« Bon, tant pis pour Barbara, dit Perry. Commençons sans elle.

– Sauf que c'est elle qui devait préparer les questions », rappela Missy.

Il fit la grimace. Ils patientèrent dix minutes supplémentaires en bavardant, puis Alicia reprit son agenda.

« J'ai le numéro du fixe, je devrais peut-être appeler chez elle.

– Elle doit être partie, à l'heure qu'il est, dit Anders.

– À moins qu'elle ne soit malade, ou qu'elle ait oublié ? » suggéra Claire.

Lynette acquiesça. « Peut-être que son horrible mari saura où elle est. Appelle chez elle, sœurette, on verra bien. »

Alicia composa le numéro et attendit. Le téléphone sonna, encore et encore, et elle était sur le point de raccrocher quand une voix de femme, maussade, répondit.

« Oui ?

– Oh, bonjour. Excusez-moi de vous déranger, mais je cherche Barbara.

– Qui c'est ? »

Alicia se posait la même question. La voix n'était pas celle de Barbara ni de sa fille, et avait un fort accent.

« Alicia Finlay, du club de lecture. » La femme ne réagit pas, aussi poursuivit-elle précipitamment. « C'est juste que Barbara n'est toujours pas arrivée, nous nous demandions si elle avait été retenue. »

Il y eut un nouveau silence. « Une minute, OK ? »

Alicia entendit le son du téléphone qu'on posait puis de pas qui s'éloignaient, et, un moment après, celui de pas plus lourds qui se rapprochaient.

« Allô, c'est Alissa ?

– Alicia, oui, du club de lecture. C'est Arthur ?

– C'est moi. Barbara est avec vous ?

– Pardon ?

– Barbara, répéta-t-il avec agacement. Ma femme. Elle est avec vous ?

– Non, c'est pour ça que j'appelle. Nous l'attendons depuis une demi-heure. Elle n'est pas chez vous ?

– Pas en ce moment, non. » Sa voix se fit plus pressante. « Donc vous ne savez pas où elle est ?

– Heu, non, désolée, est-ce que…

– Pas grave, elle doit être retenue quelque part. Merci. »

Comprenant qu'il allait raccrocher, Alicia haussa le ton.

« Attendez, excusez-moi, vous voulez dire que vous ne savez pas où elle est ? » Il y eut un silence. « Arthur, où est Barbara ?

– Je ne sais pas trop.

– Depuis quand a-t-elle disparu ? »

Il eut un ricanement bref. « Elle n'a pas disparu ! Elle est sortie, voilà tout. »

Alicia modifia sa tactique.

« OK, depuis quand est-elle sortie ?

– Depuis hier soir, mais cela ne vous regarde absolument pas. Je lui dirai que vous avez appelé quand elle rentrera. »

Il raccrocha, et elle resta à regarder son téléphone, troublée. Tous les yeux étaient braqués sur elle.

« Alors ? fit Perry. Miss Rabat-Joie est en route ? »

Alicia secoua la tête.

« Elle a disparu.

– Hein ? »

Alicia leur rapporta la conversation et tous restèrent songeurs.

« Étrange, dit finalement Claire en ramenant une de ses boucles sous le petit bibi qu'elle portait ce jour-là, d'un violet éclatant assorti à sa robe années cinquante. Le pauvre doit être affolé. J'imagine mon état si je n'avais aucune nouvelle de mon fiancé depuis la veille.

– Ah oui ? dit Perry. Ton fiancé ne découche jamais ? »

Claire tourna vers lui un regard insondable, les yeux à demi clos. « Pas ces derniers temps, non. »

Lynette et Alicia se regardèrent, et Alicia intervint.

« Ce n'est pas le plus important, Claire. Arthur ne nous a pas fait une très bonne impression quand nous l'avons rencontré, n'est-ce pas, Lyn ? Il était très condescendant, presque agressif. J'ai eu le net sentiment que Barbara avait peur de lui.

– C'est peut-être un peu exagéré, tempéra Lynette, mais en effet, pas très chaleureux ni très agréable, le monsieur.

– Allons, les cocos, elle reviendra ! lança Missy d'un ton guilleret. Si ce que vous dites de son cher et tendre est vrai, ils ont dû se disputer et elle s'est réfugiée chez sa mère pour lui donner une leçon. Si je comprends bien, ce type est une brute.

– Et peut-être une brute qui la trompe, ajouta Alicia. Tu te souviens de ce coup de fil bizarre, Lyn ? Quand Barbara a répondu, elle a juste entendu respirer au bout du fil. Comme quelqu'un qui ne veut pas parler. Peut-être une maîtresse qui espérait tomber sur Arthur.

– Oh, voyons, Alicia, tu n'en sais rien du tout ! s'indigna Lynette. Tu es vraiment la reine du mélo, je te jure ! Elle va réapparaître. Elle a eu quelque chose à faire, ou alors elle a tout simplement oublié. Elle n'est pas toute jeune, tu sais.

– Elle a la cinquantaine, Lynette, riposta sèchement Perry, qui était le plus vieux de l'assemblée. Elle n'est pas encore sénile.

– Oui, bon, en tout cas, je suis sûre que tu l'auras si tu rappelles ce soir, Alicia. Elle sera super gênée et elle s'excusera pendant une heure.

– Tu as peut-être raison, dit sa sœur en rangeant son téléphone et en sortant son livre. Bon, commençons, alors. Je ne pense pas que nous ayons besoin de questions pour parler de ce petit bijou. Anders, est-ce que tu veux commencer par ce que tu as le plus aimé dans ce roman ? »

Deux heures, deux tasses de thé, six crackers au fromage et un gin-tonic plus tard, Alicia concluait la réunion du jour et ils prenaient congé.

« Tu vas appeler Barbara ce soir ? demanda Claire.

– Oui, je t'enverrai un texto dès que je l'aurai eue pour te donner des nouvelles. Comme disait Lyn, elle a dû être retenue quelque part.

– Espérons que ce n'est pas dans un donjon quelconque », susurra Perry, déclenchant une fois de plus l'hilarité de Missy.

Alicia leva les yeux au ciel et se tourna vers Anders.

« Merci beaucoup pour cette belle réunion, et à dans quinze jours. Qui nous recevra, déjà ?

– Moi ! Pas trop tôt ! dit Perry. Vous avez mon adresse, n'hésitez pas à m'appeler si vous vous perdez dans un donjon ténébreux. »

Il leur envoya des bises du bout des doigts puis tout le monde s'en fut.

De retour à Woolloomooloo, une fois Max sorti et dûment nourri et Lynette aux manettes pour préparer un souper léger, Alicia téléphona à Barbara. Après quelques sonneries, le répondeur se déclencha. Elle laissa un nouveau message, sur un ton qu'elle voulait léger, et qui faisait l'effet d'une détraquée en pleine crise maniacodépressive.

« Rappelle l'ogre, là, son mari ! suggéra Lynette depuis la cuisine. À tous les coups elle est chez elle. »

Alicia prit une grande inspiration et obéit. Cette fois, c'est Holly qui prit l'appel.

« Maman ? dit-elle, d'une voix plus mécontente qu'inquiète.

– Heu, non, bonjour, Holly, c'est Alicia, l'amie de ta mère du club de lecture. Elle n'est pas rentrée ?

– Non, elle n'est pas rentrée. »

Sa colère était palpable.

« As-tu une idée d'où elle se trouve ?

– Nan.

– Est-ce que je peux parler à ton père ? »

Holly laissa passer un silence avant de répondre.

« Il est pas là.

– Oh, je vois, il est parti à sa recherche ?

– Comment ça ?

– Eh bien, je veux dire si elle a disparu…

– Elle a pas disparu ! Oh là là ! Elle est juste, je sais pas, partie ailleurs ! Pour pas nous voir, papa et moi. Elle nous déteste, et qu'elle aille se faire foutre ! »

Elle raccrocha violemment, et Alicia se laissa tomber sur une chaise.

« Alors ? » demanda Lynette tout en enfournant ses pizzas maison.

Alicia posa son téléphone et alla la rejoindre. Elle se servit un verre d'eau avant de répondre.

« Rien, la fille dit que sa mère ne veut pas les voir, je ne sais pas très bien ce qu'elle a voulu dire. Et le mari n'est pas là.

– Peut-être qu'il est parti à sa recherche ?

– Mouais, peut-être. Espérons. »

Lynette attrapa un morceau de fromage de chèvre égaré sur le plan de travail et le goba.

« Tu sembles préoccupée.

– Je le suis. C'est-à-dire que j'essaye de ne pas m'inquiéter, mais j'ai du mal, juste après Missy… »

Lynette tira une chaise pour s'asseoir avec elle.

« Missy ? Qu'est-ce qu'elle vient faire là-dedans ?

– Elle s'est fait renverser, rappelle-toi, par un dingue anonyme. Et maintenant, voilà qu'un autre membre du club disparaît, c'est quand même étrange, reconnais. »

Lynette ouvrit des yeux ronds, comme si sa sœur avait perdu la tête. « Qu'est-ce que tu racontes ? Tu crois que quelqu'un a décidé de s'attaquer aux membres du club et de nous tuer ? »

Alicia s'empourpra. Dit comme ça, forcément, cela semblait totalement mythomaniaque.

« Évidemment non, je ne dis pas ça ! C'est juste que je trouve ça étrange.

– C'est une *coïncidence*, Alicia. Les deux faits n'ont rien à voir. Tu as entendu Missy, c'était un accident idiot, un conducteur abruti qui a perdu le contrôle de sa voiture. Et on n'a aucune idée de la raison pour laquelle Barbara est aux abonnés absents, il n'y a peut-être aucun problème.

– C'est vrai, je sais bien. Mais je ne peux pas m'empêcher d'imaginer le pire. J'ai eu une impression vraiment anormale quand on était chez elle. Elle était tellement nerveuse et tellement bizarroïde.

– Elle est peut-être toujours comme ça. On la connaît à peine.

– Je sais…

– Mais ? »

Alicia se mordilla la lèvre.

« Et si Arthur lui avait fait quelque chose ?

– Pardon ?

– Tu sais, la couper en morceaux et l'enterrer dans le jardin, un truc du genre… »

Lynette lui jeta un regard apitoyé.

« Oui, comme dans un film de Hitchcock. Et pourquoi il aurait fait ça, tu peux m'expliquer ?

– Je ne sais pas. Mais on ne peut pas dire que ce soit la maison du bonheur, chez eux. J'ai l'impression qu'il en sait plus qu'il ne nous a dit.

– Et c'est reparti…

– Oui, oui, je sais, j'ai une imagination calamiteuse. Mais tu ne trouves pas étrange que quelqu'un ne donne plus signe de vie depuis vingt-quatre heures et que son mari et sa fille n'aient aucune idée de l'endroit où elle peut être ? C'est quand même louche.

– Qu'est-ce qu'on en sait ? Peut-être que c'est fréquent chez les femmes malheureuses dans leur couple de s'offrir des escapades. »

Lynette se pencha pour vérifier les pizzas. « Mais en tout cas, il faut que tu arrêtes avec l'accident de Missy, ça n'a aucun rapport. » Alicia opina. Sa sœur avait raison.

« Du coup, qu'est-ce que tu vas faire, maintenant ?

– Eh bien, je sais ce que je ne vais *pas* faire, rétorqua Alicia.

– Ah oui ?

– Je ne vais pas renoncer tant que je n'aurai pas la certitude qu'il n'est rien arrivé de grave à Barbara. Et je ne vais pas non plus me sentir idiote pour ça. »

Malgré ces paroles, le malaise d'Alicia ne s'atténua pas. Lynette avait beau dire, elle sentait une espèce de malédiction planer au-dessus d'elle, et se demanda si, véritablement, ils ne risquaient rien.

9

« **BIEN SÛR** qu'il ne lui est rien arrivé ! » dit sèchement Arthur.

Il était huit heures et, à l'évidence, le mari de Barbara n'appréciait pas de voir Alicia sonner à sa porte à une heure aussi matinale pour lui poser « des questions déplacées », selon ses termes. En costume gris, une cravate pendant autour du cou, il s'apprêtait à partir au bureau.

« Comment pouvez-vous en être sûr ? insista Alicia.

– Figurez-vous, ma jolie, que ma femme est une comédienne de première catégorie, mais ça, bien sûr, vous ne pouvez pas le savoir. Vous la connaissez depuis combien de temps, déjà ? Cinq minutes ?

– Quelques semaines. »

Il renifla avec mépris et entreprit de nouer sa cravate.

« Laissez-moi vous mettre au parfum au sujet de cette toquée, d'accord ? Ce n'est pas la première fois qu'elle se volatilise, et probablement pas la dernière. Je n'ai aucun doute sur le fait qu'elle est bien tranquille quelque part à rigoler de sa petite blague.

– Où ça, par exemple ? »

Il lâcha sa cravate.

« Qu'est-ce que j'en sais ? Chez une amie, quelque chose comme ça.

– Quelle amie ? »

Il réfléchit. « Je ne sais pas. Peut-être, voyons… chez Wanda ? À cancaner dans mon dos, en ce moment précis. »

Alicia fronça les sourcils. « Et si ce n'est pas le cas ? Si elle était en danger ? Ou, je ne sais pas, moi, est-ce qu'elle a des idées suicidaires ? »

Il la regarda, abasourdi.

« Suicidaires ? Vous divaguez complètement. Si Barbara voulait se tuer, elle ne s'éclipserait pas discrètement, elle ferait ça ici même, de la manière la plus voyante possible pour que tout le monde soit au courant. Mes futurs électeurs, en particulier.

– Ma foi, la police a peut-être un autre avis sur la question. Qu'est-ce qu'ils en pensent ? »

Il la regarda sans comprendre.

« Vous les avez appelés, n'est-ce pas ? Ça fait deux jours qu'elle a disparu, vous devez le signaler. »

Arthur soupira avec ostentation et consulta sa grosse montre en or. « Je n'ai pas de temps à perdre avec ces âneries. Je dois aller travailler, il faut bien que quelqu'un paye les robes de créateurs de madame. »

Des robes de créateurs ? Les deux fois où ils avaient vu Alicia, elle était vêtue très simplement, et la mode semblait la dernière de ses préoccupations.

« Bon, écoutez, dit-il en repoussant la porte, je vais rappeler ce midi, et si elle n'est pas rentrée, je contacterai la police, ça vous va ?

– Pour le moment », répondit-elle.

La porte claqua devant son nez.

En route vers son bureau, Alicia pestait d'être la seule à s'inquiéter de Barbara. Mais elle découvrit en sortant de voiture que tous les membres du club avaient cherché à la joindre pour prendre des nouvelles.

Elle adressa un bref salut à Ginny, la réceptionniste, qui était au téléphone et fit le geste de se tirer une balle dans la tempe tout en écoutant son interlocuteur. Alicia laissa tomber son sac sur son bureau et composa un SMS de groupe :

Salut, les amateurs. Pas trace de B. Le mari va appeler les flics. Je suis l'affaire. On croise les doigts. Biz. AF

Elle l'envoya et tenta de se concentrer sur son travail. Elle échoua lamentablement.

« Ça va, ma louloute ? » lui demanda Ginny après avoir mis un bol de nouilles au micro-ondes. Elles étaient dans la salle de pause, Alicia faisait chauffer du lait pour son café.

« Ça va, et toi ?

– Bah, les récriminations habituelles des abonnés qui n'ont pas reçu leur numéro, etc. Franchement, qu'ils arrêtent de chouiner et passent à autre chose. Ça se passe comment, avec ton club de lecture ? » dit-elle en arquant un sourcil.

Le sourcil et le ton railleur disaient bien qu'elle s'attendait à une réponse désabusée, aussi Alicia n'eut-elle pas le courage d'évoquer Barbara. Ginny avait jugé son idée ridicule quand Alicia la lui avait exposée deux mois plus tôt et avait décliné sur un sarcasme la proposition de s'y joindre.

« Plutôt m'arracher les ongles que de rester à palabrer sur des vieux machins anglais, avait-elle ironisé. D'ailleurs, je me demande qui aura envie de ça. Regarde les choses en face, Alicia, il y a de moins en moins de gens qui lisent. Kirsten en a pour des mois avant de trouver quelqu'un pour te remplacer, si elle trouve. Les gens ne lisent plus de romans, point barre. Tout le monde est scotché sur YouTube à regarder des demeurés qui jouent à lancer leurs bébés en l'air. Bon courage pour trouver huit personnes qui lisent, et en plus qui lisent des polars, et en plus qui lisent cet éteignoir d'Agatha Christie. »

Alicia n'était pas d'accord.

« Elle fait les plus grosses ventes de polars de tous les temps, je te signale.

– Ce n'est pas la question. Les gens n'admettent pas qu'ils aiment ça, bon sang.

– Ah bon, pourquoi ?

– Mais enfin, c'est tellement plouc ! Et puis, elle avait du succès il y a combien de temps ? Au XIXe siècle ?

– Elle a publié son premier roman en 1920, mais bon, on n'est pas à un siècle près, entre amies…

– Oui, bon, c'est kif-kif. Y a encore des gens qui la lisent ?

– Eh bien moi, par exemple. Et Lynette.

– C'est bien ce que je disais. »

À ce point de la discussion, pour appuyer son propos, Ginny avait baissé les yeux sur la tenue d'Alicia, une blouse de coton sur un jean, puis haussé les épaules, ayant posé son verdict.

Fort heureusement, Ginny s'était trompée, et Alicia avait trouvé six personnes qui aimaient Agatha autant qu'elle. Raison pour laquelle, peut-être, elle n'avait pas envie d'en perdre une.

En s'écartant de la machine, Alicia sentit son inquiétude resurgir.

Et si quelque chose de grave était arrivé à Barbara Parlour ?

« Allez, dis-moi, qu'est-ce qui te tracasse ? » demanda Ginny en regardant le micro-ondes avec impatience. Alicia soupira et entreprit de tout lui raconter.

À sa grande surprise, Ginny s'esclaffa.

« Elle s'est débinée, c'est tout.

– Comment ça ? »

Le micro-ondes tinta. Ginny prit une manique et sortit son bol fumant.

« Elle est venue à une seule réunion, c'est ça ? Elle a détesté et n'a pas eu le cran de te le dire, et elle a préféré vous poser un lapin la fois d'après.

– Mais son mari dit qu'elle n'est pas rentrée…

– Son mari se fiche de toi, rétorqua dédaigneusement Ginny. Ils n'osent pas te dire que ton club est un truc de losers. »

Ginny leva la main pour former un L avec son pouce et son index devant son front.

« Très mature, maugréa Alicia en versant du lait mousseux dans sa tasse. Je ne pense pas que ce soit ça. Barbara est trop polie et trop responsable pour se défiler sans rien dire. Quelqu'un comme toi, oui, ce serait possible.

– Hé ! se récria Ginny. Je ne me suis pas défilée du cercle du lundi, c'est juste que je n'ai pas eu l'occasion de dire à Kirsten que je ne revenais pas, et comme tu as dit que tu allais prendre ma place, tout allait bien dans le meilleur des mondes. » Elle se tut et reprit : « Jusqu'à ce que tu désertes, toi aussi. Je n'arrive pas à croire que tu les aies plaqués comme ça. Il a dit quoi, Wilfred le casse-pieds ?

– Pas grand-chose, en fait, il a pris un air constipé.

– Bah, il a toujours l'air constipé. N'empêche, descendre leur vin avant que ce soit l'heure, quelle anarchiste ! »

Alicia sirotait son cappuccino.

« Mais bon, tout ça n'a rien à voir, je me fais du souci pour Barbara.

– Oui, eh bien arrête de te faire du souci, ça ne changera rien au problème. »

Ginny prit une fourchetée de nouilles et pesta. « Outch, c'est chaud. Et sinon, tu travailles sur quoi, ce mois-ci ? Un nouveau magazine de sudoku à la noix ? Des posters détachables de Justin Bieber ? »

Alicia fit la grimace.

« Tu ne vas pas me croire.

– Dis toujours.

– Bébés chats. Une revue entière à la gloire des bébés minous. »

Ginny se mit à rire à gorge déployée, au point de faire couler son rimmel. « Sérieusement, tu te tapes toujours les boulots les plus délirants. C'est adorable les chatons, on est d'accord, mais devoir pondre tout un magazine sur le sujet... Pas étonnant que tu aimes autant les romans noirs, je crois que j'aurais envie de tuer des gens tous les soirs avec un boulot pareil. D'ailleurs, à ce propos... »

Elle tourna la tête vers la porte. Un homme dans la quarantaine, cheveux gris rasés, jean baggy et sweat noir à capuche, les observait. Hamish Keener, l'éditeur d'une revue pour hommes aux contenus très explicites, avait son bureau un peu plus loin, ainsi qu'un accent cockney à couper au couteau, une bedaine de buveur de bière proprement stupéfiante et un *ego* de la taille des Ayers Rocks.

« Mais, mais, mais, quelle surprise ! Ginny qui jacasse à la machine à café. » Il sourit en regardant Alicia. « Comment elles vont, les petites chattes ? »

Alicia secoua la tête avec lassitude. « Tu es vraiment consternant, Hamish, mais tu le sais ? »

Il fit un clin d'œil. « Et c'est grâce à ça que je me fais des couilles en or. Ça me désole de déranger la fête, ma poule, dit-il à Ginny, mais le téléphone sonne comme un taré et il se décroche pas tout seul. Tu penses que tu aurais cinq minutes dans ton planning *overbooké* pour faire ton taf ? »

Ginny ricana.

« Va te faire… Hamish.

– Non merci, ma poule, on a déjà testé, bof. »

Il s'éclipsa aussi vite qu'il était arrivé, laissant Ginny hoquetant d'irritation. Elle courut à la porte et hurla : « Exact. Le pire coup de ma vie ! »

Elle revint vers Alicia en souriant. L'échange ne semblait pas l'avoir perturbée le moins du monde.

« Bon, je ferais mieux d'y retourner avant que Hamish aille dauber chez le patron, dit-elle en prenant son bol. Et je te parie cinq dollars que ta disparue réapparaît avant la fin de la journée. »

Si seulement, se dit Alicia en retournant au bureau surchargé qu'elle partageait avec un assemblage éclectique d'éditeurs intermittents et de secrétaires de rédaction à temps partiel, qui ne pouvaient véritablement s'intégrer avec leurs publications respectives. C'était le siège à Sydney d'Arial, grand groupe de presse international, et mis à part Hamish et sa revue très spécialisée pour gros bras, il s'en publiait quatorze autres dans ce bâtiment de trois étages, magazines féminins, pour ados, ou spécialisés, mais aussi des publications occasionnelles comme *La Gazette du chaton*, le nouveau trimestriel sur lequel Alicia travaillait à ce moment. Elle collaborait avec un maquettiste pour mettre sur pied ces publications en quelques semaines, parfois en quelques jours. La conception de celle-ci s'avérait plus laborieuse que d'habitude, peut-être parce qu'elle n'avait aucun penchant pour les chats, si mignons soient-ils. S'il s'agissait d'un magazine sur les chiens, elle le bouclerait en un tournemain…

Alicia s'affaissa sur son bureau, perplexe, et, à cause de Ginny, troublée. Peut-être avait-elle raison. Peut-être Barbara avait-elle simplement voulu souffler un peu. C'était une façon plutôt singulière de s'y prendre, mais elle était une personne plutôt singulière.

Alicia se rassit. Il n'y avait qu'un moyen d'être fixée. Elle jeta un œil à la ronde, ramassa son sac et s'en fut, bien consciente qu'elle aurait dû être en train de se creuser la tête sur une page de *Jeux Chat-rivaris pour Chat-ouilleux*. Elle allait retourner chez Barbara pour voir si Arthur avait tenu sa promesse. L'angoisse qui croissait en elle depuis vingt-quatre heures était à son comble, et si Arthur ne l'avait pas fait, elle irait elle-même voir la police.

Armée de son plus beau sourire, elle pressa le bouton de l'interphone. C'est une petite Philippine d'âge indéterminé qui vint ouvrir. Elle portait une robe d'été à fleurs protégée par un tablier, et ses longs cheveux noirs présentaient des mèches orange délavé sur un côté. Une décoloration ratée, présuma Alicia. Son maquillage aussi était déconcertant : un blush presque rouge, un rouge à lèvres rose criard et deux lignes noires insolites là où ses sourcils avaient dû se trouver. Elle offrait une apparence un peu comique, démentie par son expression courroucée, et mâchait frénétiquement un chewing-gum, un iPod Touch pendu au cou, connecté à une oreille.

« Oui, qu'est-ce que vous voulez ? demanda-t-elle d'un ton rogue, tout en agitant en direction d'Alicia son deuxième écouteur d'où filtrait un son violent.

– Bonjour, vous devez être Rosa. Nous nous sommes parlé au téléphone, hier. Je suis Alicia, une amie de Barbara. »

Le mot était certes exagéré, mais elle avait fini par se sentir liée à la pauvre femme et avait l'impression d'être l'une des rares amies qu'elle devait avoir. Fronçant les sourcils, la femme de ménage l'examina des pieds à la tête tout en continuant de mâchouiller son chewing-gum.

« Je voulais savoir si Barbara était rentrée. »

Rosa cessa de mâchouiller, plissa les yeux.

« Tt-tt, je laisse message ? »

Alicia secoua la tête.

« Arthur est là ?

– Il occupé.

– Très bien. Hum. Savez-vous s'il a appelé la police ? »

La femme parut désorientée. Elle allait répondre quand la voix d'Arthur résonna de l'intérieur de la maison.

« Et alors, ma petite Rosa, il vient, ce whisky ? »

Alicia coula un regard derrière l'entrée. Les yeux de la femme de ménage se rétrécirent, pleins de soupçons, et elle repoussa un peu la porte.

« M. Parlour occupé… »

Alicia bloqua la porte avec son pied. « Il ne semble pas si occupé que ça, Rosa. Allons, je voudrais lui parler, et maintenant. »

La femme de ménage réfléchit une seconde puis lui indiqua sombrement :

« Vous attends ici. »

Elle referma au nez d'Alicia. Quelques minutes passèrent, puis la porte se rouvrit violemment. Arthur apparut, un sourire mauvais sur les lèvres.

« Ah, Alissa, encore.

– Alicia.

– Alicia, c'est ce que j'ai dit. Je vois que nous ne nous débarrasserons pas facilement de vous.

– Je regrette de vous importuner, mais je souhaite juste vous poser une question, après quoi vous ne me reverrez plus. »

Il la dévisagea en silence. Elle se sentait ridicule.

« C'est une question un peu bizarre, mais, hum, est-ce que Barbara a véritablement disparu ?

– Pardon ?

– Je veux dire, heu, peut-être qu'elle veut juste, hum, m'éviter… c'est-à-dire, éviter le club ? »

Arthur fronça les sourcils. « Non, je vous l'ai dit, elle n'est pas rentrée depuis samedi soir. »

Alicia sentit son estomac se serrer. « D'accord. C'est vraiment très préoccupant, alors. Pour être franche, ça me surprend que vous ne soyez pas plus inquiet. On est lundi, ça fait deux jours entiers, maintenant. »

Il s'était rembruni.

« Arrêtez de vous faire des nœuds au cerveau, ma jolie. J'ai appelé la police, et ils sont en route. Vous êtes contente ?

– Je ne suis contente de rien du tout, Arthur. Je sais bien que je connais à peine votre femme, mais quand une femme, qui qu'elle soit, disparaît, j'entends des alarmes retentir de tous les côtés. Il faut chercher ce qui se passe.

– Et c'est exactement ce que je fais », dit-il en détachant chaque mot, comme s'il s'adressait à une simple d'esprit.

Alicia allait répliquer vertement quand une voiture de police s'engagea dans l'allée. Elle regarda deux officiers en sortir sans hâte et avancer vers eux. Arthur lui décocha un regard appuyé, avant d'accueillir les policiers avec des poignées de main.

« Merci d'être venus, messieurs. Je suis Arthur Parlour. Entrez, je vous prie.

– Et vous êtes ? demanda un des policiers à Alicia.

– Oh, c'est juste une connaissance de Barbara », fit Arthur, méprisant.

Alicia sourit au jeune officier et lui serra la main à son tour.

« Une amie très inquiète, en réalité. Je m'appelle Alicia Finlay. Nous attendions Barbara pour notre club de lecture hier à quatorze heures, et nous n'avons eu aucune nouvelle. Nous nous faisons beaucoup de souci. » Arthur soupira avec ostentation, mais elle l'ignora et sortit une carte de visite de son sac. « Voici mes coordonnées, si vous avez besoin de me contacter.

– Je ne vois pas pourquoi nous aurions besoin de vous contacter, dit Arthur.

– Qui sait ? »

Elle les salua et retourna à sa voiture. Avant de démarrer, elle prit son téléphone et envoya un SMS au groupe :

Salut, les amateurs. Toujours rien mais les flics sont maintenant dans la boucle. Ceux qui veulent en parler, rv chez moi, 18 heures Biz. AF

10

IL S'AVÉRA QUE TOUT LE MONDE voulait en parler, et que chacun avait sa théorie sur l'affaire.

« C'est la fille ! » trancha Perry. Vu sa tenue, il arrivait directement du travail. Il ôta sa veste milleraie noir et blanc et roula les manches de sa chemise.

« Elle est vraiment pas nette.

– Qu'est-ce qui te fait dire une chose pareille ? » protesta Anders, lui aussi en costume.

Il se laissa tomber sur le canapé et posa à ses pieds un grand sac de sport.

« Eh bien, quand on était chez elle, pendant que vous étiez tous très occupés à rivaliser de remarques subtiles, je suis sorti derrière la maison pour fumer une clope, vous vous souvenez ? Oui, docteur Anders, ça me coûtera quinze années de vie, je sais, mais quelle vie ! » Anders se rembrunit. « Bref, il y a un terrain de tennis derrière, ce qui n'a rien d'extraordinaire, mais j'ai vu la petite demoiselle, raquette à la main, faire des mamours à ce qui m'a semblé être son prof. »

Il les regarda, l'air très satisfait de lui-même.

« Et donc ? demanda Anders. Avoir un flirt avec son prof de tennis ne fait pas de toi un assassin, il me semble.

– Potentiellement, si, si ta chère maman ne veut pas te voir traîner avec un homme plus âgé. Il doit avoir facilement dix ans de plus qu'elle. Et plutôt beau gosse, d'ailleurs, si je peux me permettre. Peut-être que Barbara les a surpris, ils ont voulu l'assommer avec une raquette et ils ont frappé un peu trop fort ?

– Oh, par pitié, dit Claire en libérant sa chevelure soyeuse de sous son grand chapeau de paille et en la lissant de ses mains gantées.

– Eh bien quoi ? Tu crois que le monde est peuplé de bisounours, Claire ? attaqua brutalement Perry. Tu crois que tout le monde est toujours ce qu'il prétend être ? »

Elle le dévisagea, confondue.

« Ce n'est pas ce que je voulais dire…

– Écoutez, arrêtez avec cette petite, intervint Anders. J'ai une meilleure idée, dit-il en sortant une bouteille de vin rouge de sa sacoche.

– Une bien meilleure idée ! » applaudit Lynette en courant à la cuisine chercher des verres.

Ils s'installèrent autour de la table basse, reprenant les places qu'ils avaient occupées lors de leur première rencontre. Anders se mit à rire.

« Il ne s'agit pas de se soûler, mais compte tenu des circonstances, ce ne serait pas inapproprié. Non, je voulais vous dire, j'ai remarqué quelque chose quand Barbara nous a fait visiter la maison, à Alicia, Lynette et moi, et je pense qu'il n'est pas déplacé de le mentionner... puisque, bon, on ne sait pas où elle est. » Il hésita un instant. « Il y avait un numéro sur le tableau blanc près du téléphone, dans la cuisine. Écrit en assez gros.

– Il y avait un tas de numéros, rectifia Lynette en revenant avec des verres à vin. Et donc ?

– Et donc, un de ces numéros est celui d'un numéro d'urgence pour un centre d'accueil.

– Un centre d'accueil ?

– La Citadelle des femmes, un refuge pour femmes battues.

– Je n'ai pas vu ça, dit Lynette.

– C'était un peu cryptique, il y avait juste écrit CIT et un numéro en 1-800. »

Tous restèrent muets. L'excitation de l'enquête retombait, faisant place à la réalité sordide.

« Oh, mon Dieu, souffla finalement Alicia. Tu penses qu'il la bat ? »

Anders leva les mains, prudent.

« Je ne pense rien de tel. Je rassemble les faits, et je n'ai constaté aucun signe de coups ou de contusion sur Barbara, j'ai juste remarqué ce numéro. C'était écrit assez gros, donc elle n'en faisait pas secret. Mais bon, tout le monde ne sait pas ce qu'est la CIT…

– Et comment le sais-tu, toi ? s'enquit Lynette. Ça peut-être un hôtel, ou un truc comme ça.

– Non, c'est le centre, je le certifie, je connais ce numéro par cœur, malheureusement, j'ai souvent eu affaire à eux pour des urgences. Pas pour Barbara, qu'il n'y ait pas de malentendu, elle n'a jamais été ma patiente.

– Bon, résumons, dit Alicia. Barbara avait le numéro d'un centre d'accueil pour femmes battues sur son frigo mais tu ne penses pas qu'elle se faisait battre ?

– Je dis juste que l'on n'en sait rien, mais que cela prête à réfléchir.

– Elle portait une écharpe autour du cou, ce jour-là, fit observer Missy.

– Oui, j'avais remarqué ça moi aussi, dit Alicia, alors qu'il faisait si chaud, ça m'avait frappée. Tu crois que ça pouvait être pour cacher un bleu, par exemple ? »

Missy haussa les sourcils.

« Attendez, les amis, j'ai vu souvent des gens moins jeunes arriver à mon cabinet en plein été avec des manteaux de laine, précisa Anders. On ne peut pas tirer de conclusion à cause d'une écharpe. » Il vit leurs mines désappointées. « Je ne dis pas qu'elle ne subit pas des violences, mais simplement que nous devons être très prudents. Ne commençons pas à porter des accusations sans preuves solides. On va vite à faire une réputation. Le fait est qu'il y a le numéro d'un refuge pour femmes battues près du téléphone de la cuisine, mais on ne sait pas si c'était pour Barbara, ou pour le donner à une amie. Ou même ça n'a rien à voir avec elle. Il y a autre chose, tu te souviens, Alicia, quand elle a dit que le mal rôdait dans sa maison ? »

Alicia réfléchit, et la scène lui revint.

« C'est vrai ! » Elle se tourna vers le groupe pour leur expliquer. « Claire avait lu une citation des *Vacances*, et elle a demandé si on pensait que le mal pouvait rôder sous le soleil. Plusieurs ont répondu non mais Barbara pensait le contraire. Et tu lui as demandé de préciser, Missy.

– Oui, je me souviens, j'ai dit qu'il était difficile de croire que le mal rôde dans une belle maison comme la sienne. Je ne sais plus ce qu'elle a répondu.

– Je sais exactement ce qu'elle a répondu, dit Anders. Je m'en souviens parfaitement, car ça m'a donné le frisson. Elle a dit : *Surtout ici dans cette maison.* »

Du regard, il demandait confirmation à Alicia. Elle hocha la tête.

« Je ne saurais dire à quoi elle pensait, personne ne sait, j'imagine, mais il me semble qu'il faudrait garder ça dans un coin de nos têtes, de même que le numéro du refuge.

– Brillante idée, approuva Alicia, je vais prendre des notes. »

Elle courut chercher un carnet tandis qu'Anders servait le vin et que Lynette allait faire réchauffer les restes de pizzas de la veille.

Dix minutes plus tard, les hypothèses allaient bon train. Tous s'accordaient à dire que quelque chose clochait. Barbara avait-elle eu une dispute avec la femme de ménage, qui l'aurait frappée avec un rouleau à pâtisserie ? Le mari et la femme de ménage étaient-ils complices ?

« Ils sont amants ! proposa Missy. Ils se sont débarrassés de la pauvre mégère. J'ai lu des tonnes d'histoires de ce genre, c'est très courant, enfin dans les polars, en tout cas. Agatha adorait ce genre de scénario. Je me demande si Barbara avait une assurance-vie.

– Je continue à dire que la fille est dans le coup, répéta Perry. Je n'ai pas du tout aimé ses manières.

– Elle n'a pas dû aimer les tiennes non plus, riposta Anders, faisant glousser Missy. Bon, mais qu'est-ce qu'on est en train de faire, là ? » s'enquit-il abruptement.

Les bavardages stoppèrent net.

« Ben, on enquête ? dit Perry.

– Comme l'aurait fait Agatha », ajouta Alicia.

Tous approuvèrent.

« Mais devons-nous le faire ? demanda Claire. Je veux dire, est-ce que nous avons le droit de mettre notre nez dans cette histoire ? N'est-ce pas le rôle de la police ?

– Si, bien entendu, mais quel mal y a-t-il à réfléchir un peu ? dit Alicia. Nous sommes dans une position privilégiée : nous sommes extérieurs à cette affaire, nous pouvons prendre de la hauteur.

– Et tu es sûre qu'il y a une "affaire" ?

– Catégorique, Anders, répondit-elle aussitôt. Vraiment. Barbara Parlour s'est évaporée de la surface de la Terre et il me semble que son mari, sa fille et la femme de ménage – qui n'a pas l'air d'une femme de ménage très conventionnelle, d'ailleurs – prennent ça avec beaucoup de désinvolture. Beaucoup trop, à mon avis. Et je commence à me demander si Barbara n'est pas entrée dans notre club dans un but précis.

– Que veux-tu dire ? demanda Lynette en se resservant du vin.

– Je veux dire : est-ce qu'elle craignait pour sa vie ? Peut-être qu'elle espérait que l'on chercherait à en savoir plus ?

– Tout ça n'est pas du tout tiré par les cheveux », ironisa Lynette.

Mais Perry hochait vigoureusement la tête, en effilant son bouc noir. « Je crois qu'Alicia met le doigt sur quelque chose. Souvenez-vous, Barbara a tenu absolument à ce que la première réunion ait lieu chez elle. Vous vous rappelez ? J'avais proposé chez moi – ce qui aurait été fabuleux, mes biquets, vous allez adorer mon chez-moi –, mais elle a insisté pour qu'on se réunisse dans son gourbi éléphantesque. Pourquoi ? J'ai cru que c'était pour nous en mettre plein la vue, mais peut-être qu'elle pressentait que son sale type de mari voulait en finir et qu'elle espérait que le temps qu'on serait chez elle, on remarquerait des indices. Et puis il y a le livre qu'elle avait choisi pour la réunion. C'est encore elle qui a insisté. » Les voyant le dévisager sans réagir, il reprit : « Enfin, mes poulets, suivez un peu ! *La Mystérieuse Affaire de Styles* ? Non ?

– Perry, Perry, Perry, s'esclaffa Lynette. Tu surpasses Alicia ! Barbara a choisi ce bouquin parce que c'est la première apparition de Poirot. C'est juste logique.

– Ou bien parce qu'elle voulait nous faire passer un message sur son affreux mari et sur sa fille flippante. »

Il fit bouger ses sourcils de haut en bas. Anders leva une main en signe d'apaisement.

« Allons, les amis, nous ne pouvons pas condamner aussi vite toute la famille.

– Pourquoi pas ? fit Perry. Je ne comprends pas pourquoi tu défends ces gens.

– Ttt-ttt, Anders a raison, intervint Missy. Les coupables ne sont presque jamais les premiers suspects.

– Ah, ce n'est pas du tout ce que je voulais dire, dit Anders en riant. Ce que je voulais dire, c'est que l'on doit partir des faits. Par ailleurs, Barbara peut tout à fait réapparaître. Ça ne fait que deux jours. Alicia, tu disais que son mari pense qu'elle est chez une amie ?

– Oui, mais je ne sais plus son nom… Wendy, je crois. Non, Wanda, c'est ça.

– On pourrait commencer par vérifier ça ? Peut-être que cette Wanda a la solution de l'énigme ? »

Tous abondèrent dans son sens.

« Alors, comment se procurer son numéro ? Je vais encore enquiquiner Arthur, ça ne va pas lui plaire.

– Fais-le tout de suite ! » la pressa Perry.

Alicia jeta un coup d'œil à sa montre. Il n'était pas dix-neuf heures, avec un peu de chance Arthur n'était pas encore à table. Elle appela. C'est Rosa qui répondit, et son ton devint revêche dès qu'Alicia se fut présentée.

« OK, il là, fit-elle après un long silence, mais il pas content avec vous.

– C'est bien dommage, Rosa, mais je dois lui parler. Est-ce que vous pouvez me le passer ? C'est important. »

Après un délai interminable, Arthur répondit. Comme prévu, il ne cacha pas sa contrariété devant ce nouvel appel de la fouineuse. L'avantage fut que, désireux d'écourter la conversation, il donna immédiatement à Alicia le nom de Wanda Birchin et son numéro de téléphone.

« Et maintenant, foutez-moi la paix ! rugit-il en raccrochant.

– Il ne lui a pas fallu longtemps pour trouver le numéro, glissa Claire d'un ton soupçonneux.

– Il avait hâte de se débarrasser de moi », répondit Alicia.

Déjà, elle avait établi la communication.

« Allô, Wanda Birchin à l'appareil. » La voix affectait cet ersatz d'accent britannique fréquent chez les rombières des quartiers chic.

Alicia se présenta.

« Je suis à la recherche de Barbara Parlour, je vous appelle pour vous demander si vous savez où elle se trouve.

– Barbara ? Non, bien sûr que non. Vous avez appelé chez elle ? Vous avez demandé à Arthur ?

– Oui, elle a disparu depuis deux jours.

– Oh, je vois. » Le ton devint méfiant. « Vous disiez que vous êtes... ?

– Une amie de son nouveau club de lecture. Elle n'est pas venue à la réunion hier et son mari dit n'avoir aucune idée de l'endroit où elle peut être. On se disait que vous étiez peut-être au courant.

– Pourquoi je le serais ?

– Eh bien, heu... on se demandait si elle pouvait être chez vous. »

Alicia grimaça en disant ces mots, consciente de leur absurdité. Mais il fallait tout essayer.

Un long silence se fit à l'autre bout du fil. Alicia reprit : « Écoutez, je regrette de vous importuner, mais nous sommes assez inquiets. »

Wanda soupira lourdement.

« Oui. Oui, évidemment. » Sa voix s'était radoucie. « Est-ce que vous pourriez passer me voir ? Demain ? Chez moi ?

– Tout à fait. »

Elle prit son carnet et son stylo, sentant le regard passionné de ses compagnons sur chacun de ses gestes. Elle nota l'adresse, raccrocha, et leur fit face.

« Alors ? fit Perry. Raconte !

– Le mystère s'épaissit. Je crois que Mme Wanda Birchin a des choses à nous raconter. »

Claire hoqueta.

« Tu ne penses tout de même pas que Barbara est chez elle ?

– Je n'en sais rien. Peut-être, peut-être pas. En tout cas, Wanda sait quelque chose, c'est clair. Elle veut me voir en personne, j'irai pendant ma pause déj' demain, on verra bien.

– Fouille la maison, pendant que tu y seras, suggéra Perry.

– Mais bien sûr, Perry. Elle va s'asseoir et me regarder fouiner partout chez elle, répliqua Alicia en levant les yeux au ciel.

– Tu ne devrais pas y aller seule, dit Anders, sourcils froncés. Malheureusement, j'ai une intervention demain.

– Je peux t'accompagner, proposa Claire. Je fermerai la boutique une heure ou deux.

– Ce serait super, merci. Ça te va si je passe te chercher vers treize heures quinze ?

– Entendu. » Claire prit son cabas de paille, en parfait accord avec son chapeau de soleil, et en tira une petite carte de visite avec l'adresse de la boutique. « Je serai prête. Mais qu'est-ce qu'on fait si Barbara n'est pas là ? Et si Wanda n'a aucune idée de ce qui a pu se passer ?

– Eh bien, on suivra l'exemple de cette fouineuse de miss Marple, on mènera l'enquête ! »

Tous levèrent leur verre pour porter un toast à cette décision.

Pendant que les verres tintaient, la police poursuivait ses investigations. On venait de trouver la Mercedes argentée de Barbara Parlour près d'une gare de l'Upper North Shore. Elle était fermée à clé et quelques effets personnels étaient restés dedans, abandonnés à la vue de tous.

Il n'y avait pas trace de sa propriétaire.

11

WANDA BIRCHIN ÉTAIT UN PEU L'ANTITHÈSE de Barbara : ample tunique de créateur à motif léopard, tongs Chanel serties de strass, échafaudage sophistiqué de cheveux méchés sur le sommet de la tête, lèvres repulpées au Botox lourdement soulignées de crayon. Elle invita les deux femmes à entrer en agitant des mains couvertes de pierres et d'or.

« Allons près de la piscine, ronronna-t-elle. C'est une si belle journée. »

En la suivant à travers la maison – une autre villa surdimensionnée, meublée dans une gamme de rouges, noirs et ors, qui jouxtait un golf très select –, Alicia et Claire ouvraient l'œil, à l'affût du moindre signe de Barbara. Mais les pièces, immenses, étaient désertes.

« J'imagine que vous avez vu les journaux ? » dit Wanda en leur faisant signe de prendre place sur des fauteuils d'osier blancs, à l'ombre d'une pergola de bois verni.

Derrière elles s'étirait une longue piscine dont les eaux scintillaient sur la mosaïque turquoise, tentatrice. Alicia ne put se défendre d'un accès d'envie. Parfois, mieux vaut ne pas savoir comment vivent certains de nos congénères...

Elle détourna le regard vers la pile de journaux posés sur la table, ouverts aux pages où il était question de la disparue. Elle avait entendu la nouvelle à la radio le matin même et cherché des détails sur Internet. Pour le moment, on ne savait pas grand-chose : la voiture de Barbara avait été retrouvée près de la gare de Hornsby, dans le nord de Sydney, à plusieurs kilomètres de chez elle. La police avait lancé un appel à témoins. Toute personne ayant vu la voiture ou sa propriétaire devait les contacter.

« Apparemment, ils sont dans le brouillard, avança Wanda, en indiquant les journaux. J'espère qu'il n'est rien arrivé à cette vieille chouette. Alors, dites-moi, qu'est-ce que vous venez faire dans cette histoire ? »

Alicia raconta à Wanda la création du club et la réunion à laquelle Barbara ne s'était jamais rendue, ainsi que ses échanges avec Arthur et ses inquiétudes.

« On se demandait si vous pourriez avoir une idée de l'endroit où elle se trouve... Elle n'est pas chez vous, n'est-ce pas ?

– Chez moi ? » Wanda fronça les sourcils. « Vous m'avez déjà posé cette question, mais non, bien sûr que non. Je n'arrive pas à comprendre ce qui a pu vous mettre une idée pareille en tête.

– Eh bien, nous nous disions qu'elle avait pu se disputer avec son mari et venir chez vous pour prendre un peu de recul. C'est ce qu'il nous a suggéré. »

Wanda sourit avec amusement.

« C'est Arthur qui a suggéré ça ? Vieille crapule.

– Vous êtes sa meilleure amie, c'est bien ça ?

– La meilleure amie ? De Barbara ? » Wanda cligna des yeux. « C'est aussi Arthur qui vous a dit ça ?

– Eh bien, il a dit…

– Bon, alors, mettons les pendules à l'heure. Barbara et moi ne sommes pas amies, certainement pas. Il a pu arriver qu'on bavarde gentiment autour d'une coupe de champagne au club, mais pas récemment. Nous avons eu un, hum, différend, si vous voulez tout savoir.

– À quel sujet ? » s'enquit Claire.

Wanda la regarda comme si elle venait tout juste de remarquer sa présence, et parut décider que ce qu'elle voyait lui déplaisait – une femme plus jeune et plus jolie habillée comme une gravure de mode n'était probablement pas la bienvenue sur son territoire. Elle se tourna vers Alicia et déclara sèchement :

« Ça n'est pas votre affaire.

– C'est juste, répondit rapidement Alicia, soucieuse de se montrer diplomate. Est-ce que vous pouvez au moins nous dire quelques mots au sujet d'Arthur ? »

Avant que Wanda puisse répondre, une grande femme aux allures languides fit son apparition, serrée dans une robe blanche très simple, avec des mules de même couleur. Elle devait avoir la soixantaine, cheveux gris très courts, chair tremblotante aux biceps. Dans sa tenue immaculée, elle aurait pu être infirmière, mais selon toute apparence c'était la femme de chambre, servante ou quelle que soit l'appellation que les gens riches donnent aux pauvres qui rangent leur bazar.

« Dieu merci tu es là, Florrie, dit Wanda sans se soucier de faire les présentations. Qu'est-ce que je ferais sans toi ? Un gin-to' tomberait à pic. Et pour vous, mesdames ? Vous me suivez sur le gin ? Ou un verre de vin ? »

Alicia se retint de regarder sa montre – il était à peine l'heure de déjeuner –, et demanda une boisson sans alcool. Claire fit de même, et Wanda parut déçue.

« Rabat-joie », lâcha-t-elle avec un signe du menton à l'intention de Florrie. Quand celle-ci eut quitté la pièce, elle reprit : « Qu'est-ce que vous voulez savoir au sujet d'Arthur ?

– Est-ce qu'il pourrait être impliqué d'une façon ou d'une autre ? demanda Alicia. Je ne voudrais pas paraître alarmiste, mais il n'a pas l'air de s'en faire beaucoup. »

Wanda eut un haussement d'épaules.

« Ce n'est pas le genre de mari aux petits soins, c'est sûr. Mais s'il y a une chose que je peux vous certifier, c'est que là, il se fait un sang d'encre.

– Ce qui est plutôt normal, surtout maintenant que la police a retrouvé la voiture. »

Wanda ignora l'intervention de Claire.

« La police commence à fouiner partout, ils l'ont interrogé ce matin. Ça n'est pas très bon pour ses ambitions politiques.

– La police l'a interrogé ? s'enquit Alicia.

– Ne vous excitez pas, mon chou, il n'est pas encore en garde à vue. Mais en effet, ils lui ont posé tout un tas de questions désagréables. Je viens de l'avoir au téléphone, il est furieux et il vous tient pour responsable.

– Moi ? » dit Alicia en ouvrant des yeux ronds.

Wanda eut un petit rire. Les traits de son visage bougeaient à peine, observa Alicia. Il n'y avait pas que les lèvres qui avaient été botoxées.

« Eh oui ! Arthur a dit que vous étiez, voyons si je me souviens exactement des termes... Ah ! Une "saleté de commère" et aussi une "putain de fouineuse fouteuse de merde" ! »

Elle éclata de rire. Alicia aurait voulu lui écraser son rire crispé sur sa bouche gargantuesque.

« Je ne vais pas demander pardon de m'inquiéter pour Barbara, riposta-t-elle. Il faut bien que quelqu'un se sente concerné.

– Ne vous vexez pas, mon chou. Je vous trouve formidable, surtout à la lumière des dernières nouvelles. Connaissant Barbara, il est impossible qu'elle ait laissé sa précieuse Merco à la merci du premier voleur de bagnoles qui passe. Et qu'est-ce qu'elle serait allée faire à Hornsby ?

Ce n'est pas tout à fait le genre de quartier où elle traîne. Très suspect, si vous voulez mon avis. Bon, mais cela mis à part, je pense qu'Arthur n'a pas tort.

– À mon sujet ?

– Au sujet de Barbara. C'est une sacrée casse-ce-que-je pense, à ses heures, et elle peut être très, très lunatique. D'après lui, elle s'est octroyé des vacances.

– Des vacances ? En abandonnant sa voiture à Hornsby ? Sans rien dire à personne ?

– Eh bien en fait, elle a dit quelque chose à la femme de ménage. Une vraie traînée celle-là, d'ailleurs, sincèrement, je ne comprends pas pourquoi elle la garde. Elle a ferré Arthur, si vous voulez mon avis.

– Attendez, dit Claire, vous voulez dire qu'Arthur a une liaison avec sa femme de ménage ? »

Wanda dévisagea Claire et se retourna vers Alicia.

« Vous n'êtes vraiment au courant de rien du tout, alors ? »

Les deux jeunes femmes échangèrent un regard.

« Expliquez-nous, demanda Alicia.

– Il n'y a pas grand-chose à expliquer, soupira Wanda. Arthur aime bien s'amuser un peu. Pas de quoi en faire un plat.

– Et il s'amuse un peu avec Rosa ?

– Je n'en suis pas absolument sûre. Ce n'est pas un perdreau de l'année ni un canon, cette fille. Mais Arthur en est tout à fait capable, il a toujours eu un faible pour la vulgarité. Franchement, je ne sais pas ce qui est passé par la tête de Barbara quand elle a embauché cette pouffiasse. Pour ma part, je ne prends que des vieilles matrones, comme ça je suis tranquille. Ah, quand on parle du loup ! »

Florrie avait reparu, les biceps tremblotant comme de la gelée sous le plateau qu'elle déposa sans piper mot, l'expression totalement impénétrable. Elle avait préparé des citrons pressés pour Alicia et Claire, avec des rondelles sur le bord du verre et ne souffla mot quand elles la remercièrent, tournant simplement les talons pour disparaître. Wanda prit son gin-tonic et en but une longue rasade avide, comme si elle n'avait attendu que ça. Puis elle leur adressa un clin d'œil.

« Je ne crois pas que j'aie de souci à me faire avec celle-là », fit-elle avec un geste dans la direction qu'avait prise la servante. Alicia sentit son estomac se soulever.

Parfois, mieux vaut ne pas savoir comment vivent certains de nos congénères...

« Et donc, fit-elle avec effort pour revenir au sujet qui l'intéressait, qu'a dit Barbara à Rosa ?

– Ah oui. Il semblerait, mais c'est ce que m'a rapporté Arthur, donc c'est de troisième main, donc à prendre avec des pincettes, OK ? Il semblerait, donc, qu'elle a dit à Rosa qu'elle partait pour l'Europe ou quelque chose comme ça.

– L'Europe ?

– Oui, je sais. Cette imbécile de fille n'a rien dû comprendre. Comme si Barbara allait partir comme ça à Paris ou je ne sais où sans que personne n'en sache rien. Arthur m'a dit que la police n'en croit pas un mot. Ce n'est pas comme si sa voiture avait été retrouvée à l'aéroport. Non, ils craignent qu'il soit arrivé un truc sinistre.

– Et vous, que pensez-vous ? » s'enquit Alicia.

Wanda fit tournoyer les glaçons dans son verre, en prit un et le croqua tout en réfléchissant.

« Je ne sais pas quoi penser, mais je vous assure qu'Arthur dit vrai : Barbara est réellement très instable. On ne sait jamais à quoi s'attendre avec elle. Elle peut faire tout à coup une montagne d'un rien.

– Un rien comme se faire frapper ? intervint Claire, qui contenait sa colère grandissante.

– Se faire frapper ? Par qui ?

– Par son mari.

– Arthur ? Frapper Barbara ? »

Wanda battit plusieurs fois de ses longs cils noirs et finit par se mettre à rire, de ce même rire immobile, comme si elle n'avait jamais entendu pareilles sornettes. Voyant l'expression sévère de ses hôtes, elle porta sa main empierrée à sa bouche.

« Excusez-moi, mesdames, mais stop ! Arthur ? L'inverse serait deux fois plus plausible. Barbara peut être carrément flippante, quand elle s'y met. »

Désarçonnées, les jeunes femmes se consultèrent du regard. Que dire ? Wanda comme Arthur semblaient décrire une tout autre personne que celle qu'elles avaient rencontrée à deux reprises.

« Vous êtes convaincue qu'il ne la bat pas ? demanda Claire.

– Franchement, ça m'étonnerait beaucoup. Je ne l'ai jamais vu poser la main sur elle, ce qui est une partie du problème, à mon avis. Non, non, non, Arthur est sûrement un imbécile coureur de jupons, mais il n'est pas violent. Vraiment pas.

– En fait, quand nous étions chez elle, nous avons remarqué le numéro de téléphone d'un centre d'accueil pour femmes battues, expliqua Alicia. Depuis que nous l'avons rencontrée, elle semble très nerveuse. »

Wanda continuait à secouer la tête en faisant tournoyer les glaçons dans son verre. « Je trouve cette piste absolument sordide. Non, je ne peux pas croire ça de la part d'Arthur. Bon, la fille, en revanche, c'est quelque chose. Sûr qu'elle mettrait volontiers une raclée à sa mère si elle en avait l'occasion. » Claire manqua de s'étrangler avec son citron pressé.

« Vous croyez ? »

Wanda cessa d'agiter son verre.

« Je plaisante, trésor. Vous n'avez aucun sens de l'humour ?

– Je l'ai perdu le jour où Barbara a disparu », siffla Claire.

Wanda la considéra avec dédain puis revint à Alicia.

« Écoutez, je vois bien que vous vous faites du souci, c'est charmant, mais je suis sûre qu'il ne lui est rien arrivé.

– Malgré la voiture ? »

Wanda leva une épaule, faisant glisser son caftan et révélant une peau plissée tannée par le soleil.

« Et donc, vous n'avez aucune idée de l'endroit où elle pourrait se trouver ou de ce qui a pu se passer ?

– Pas la moindre idée, et c'est ce que je dirai à la police si jamais ils me contactent. Je sais que ses parents sont décédés, mais je crois qu'il y a un frère qui se terre quelque part. Un frère plus jeune, qui a causé pas mal de migraines à tout le monde, si ma mémoire est bonne.

– Des migraines ?

– Oui, des problèmes d'argent, etc. » Elle se tut et réfléchit un instant. « En fait, je ne suis même pas sûre que ce soit un frère ou une sœur.

– Et vous ne savez pas où il ou elle se trouve ? »

Wanda vida son verre et regarda autour d'elle, comme si elle espérait voir Florrie se matérialiser d'un coup. Puis revint à Alicia. « Désolée, je ne peux pas vous aider là-dessus non plus. Il va falloir demander à Arthur. Il va être ravi de vous revoir. »

Elle ricana une fois de plus, sans bouger un muscle.

12

ARTHUR N'EUT PAS CE PLAISIR car il était sorti quand, dix minutes plus tard, Claire et Alicia allèrent sonner chez lui. Rosa leur ouvrit, vêtue cette fois d'une robe moulante en lycra noir très très décolletée et très très courte. Le tablier avait disparu, mais la moue revêche était bien là.

« Je sais pas où la famille, dit-elle. Arthur trop occupé. Ils trouvé la voiture, vous sait ? Il très stressé.

– J'imagine, le pauvre, dit Alicia avec une compassion feinte. Est-ce que vous pouvez juste lui dire que nous l'appellerons un peu plus tard ? »

Rosa fit voler ses cheveux noir et orange et leur claqua la porte au nez.

« Quelle malapprise ! s'exclama Claire. À croire qu'elle est chez elle.

– En effet, elle se comporte comme si c'était le cas. »

À cet instant leur parvint un cri depuis l'arrière de la maison. Alicia eut une vision de Barbara, frappée au cœur, couverte de sang, titubant à demi morte vers elle. *Pourquoi n'as-tu rien fait?* gémissait-elle. *Pourquoi as-tu attendu tout ce temps?*

Réprimant un frisson, elle suivit Claire pour contourner la villa. À travers la clôture, on apercevait le court de tennis. Nulle trace de Barbara, mais elles découvrirent Holly, raquette en main, qui vociférait sur un homme plus âgé tout de blanc vêtu.

« Ce doit être le prof de tennis », chuchota Alicia. Claire dévisageait Holly, sourcils froncés.

« J'ai déjà vu cette fille, dit-elle.

– Oui, à la première réunion du club, elle était à la maison, tu te rappelles…

– Non, dit Claire en secouant la tête, je ne l'ai pas vue ce jour-là… »

Elles avancèrent un peu en se baissant derrière la haie qui faisait face au terrain.

« Il faut lui dire ! sifflait Holly à travers ses dents serrées. Nous ne pouvons pas cacher ça !

– Tu ne sais même pas si c'est moi, protesta-t-il d'une voix presque inaudible

– Bien sûr que c'est toi, putain ! » hurla la jeune fille en lui donnant un grand coup sur l'épaule avec sa raquette.

Il grimaça.

« Wanda n'a pas tort, elle fait peur ! » souffla Claire à Alicia.

Elle avait parlé trop fort, car Holly se tut brusquement et fit volte-face.

« Qui est là ? » s'écria-t-elle.

Les deux femmes se consultèrent du regard, soupirèrent et se redressèrent tandis que Holly courait vers elles, suivie de son professeur. Elle s'arrêta devant la haie et les regarda, bouche bée.

« J'y crois pas. Encore ces connasses de concierges de ce crétin de club ! »

Joli virelangue, se dit Alicia. Prenant sur elle, elle sourit hardiment.

« Salut, Holly. Désolée, on ne voulait pas déranger, on est juste venues voir si ta maman est rentrée…

– Ben voyons. Alors, un, vous dérangez, deux, elle est pas rentrée. »

Holly regarda derrière elles. « Y a qui d'autre ? fit-elle d'un air soupçonneux. Il est avec vous ? C'est pour ça que vous êtes là ? »

Alicia la regarda sans comprendre. « Il qui ? De quoi parles-tu ? »

Holly la dévisagea et, l'espace d'un éclair, une expression de vulnérabilité extrême se peignit sur son visage. Elle parut sur le point de fondre en larmes et Alicia fit un pas en avant, tendant la main pour toucher celle de la jeune fille à travers la haie. Holly la repoussa avec une expression de fureur.

« Vous ne pouvez pas nous foutre la paix et arrêter de m'espionner ? cracha-t-elle.

– Calme-toi, Holly, dit l'homme, qui l'avait rejointe. Elles ne pensent pas à mal. »

Holly le regarda. « Et pourquoi elles n'arrêtent pas de fourrer leurs sales naseaux là où on ne veut pas d'elles ? »

Il l'ignora et s'avança pour venir s'appuyer à la barrière, un grand sourire aux lèvres. C'était le genre de beau gosse un peu juvénile, mais il avait au moins quinze ans de plus que son élève, Perry ne s'était pas trompé, visibles aux fines rides qui soulignaient ses yeux bleu-vert. Très bronzé, les cheveux bruns méchés de blond, les épaules larges et musclées d'un sportif, il n'y avait guère que son nez, cassé lors d'une bagarre de gamins ou d'un match de rugby, qui perturbait ses allures de jeune premier. Quand il souriait, comme à ce moment en regardant Claire, on ne voyait plus que ses dents, aussi blanches que son polo.

« Bonjour, mesdemoiselles. Jake Smith, coach de tennis, dit-il avec un regard appuyé à Claire.

– Salut, Jake, je suis Claire, répondit celle-ci avec embarras. Et voici Alicia. Nous sommes des membres du club de lecture de Barbara. Nous ne voulions absolument pas espionner Holly, nous nous faisons du souci pour sa mère, voilà tout. »

Holly plissa le front. « C'est pour ça que vous venez ? Honnêtement ? Pour maman ? » Elle paraissait ne pas les croire.

« Mais oui, Holly, répondit Alicia. Nous sommes très inquiètes. Toi aussi j'imagine ?

– Bien sûr que je m'inquiète. » Elle renifla et s'essuya le nez avec la main. « Tout le monde croit que je déteste ma mère, mais ça me rend malade. Ça fait trois jours, bon sang, et maintenant ils ont trouvé sa voiture abandonnée, et ça c'est genre trop bizarre. Jamais elle laisserait sa caisse comme ça, *no way*, et elle partirait pas si longtemps sans me téléphoner. Elle est où, merde ?

– C'est toute la question, Holly, et nous essayons de la trouver, assura Alicia. Ton papa n'a aucune idée ?

– Nan, aucune, et je sais pas pourquoi tout le monde s'imagine qu'il sait. Il a rien à voir là-dedans. C'est plutôt mon oncle que vous devriez espionner, putain.

– Ton oncle ?

– Ben oui ! C'est lui qui gagnera le gros lot si maman est morte !

– Tu penses qu'elle est morte ? » demanda Claire.

Holly se tut, l'air perdu.

« Oh, bon, j'en sais rien… bredouilla-t-elle. La police pense ça, et ils posent à papa des tas de questions débiles, comme s'il était coupable, genre. Moi j'ai entendu papa parler avec son avocat, et je sais parfaitement qu'il n'a aucune raison de tuer maman, parce qu'elle laisse tout à son frère. Elle s'en fiche de moi. Tout ce qui compte, c'est ce gros nul de tonton Niles.

– Tu veux dire, elle lui laisse tout dans un testament ? dit Alicia.

– Ben ouais ! fit Holly en la regardant comme si elle n'avait jamais vu personne d'aussi stupide de sa vie. Elle lui laisse tout. T'y crois à ça ?

– Tu sais où on peut le trouver ? »

Holly haussa les épaules. « Nan, qu'il crève. Bon, Jake, j'ai séché les cours pour cette séance, alors on joue ! »

Elle repartit à grands pas vers le court, et Claire et Alicia s'apprêtaient à tourner les talons quand Jake les interpella.

« Dites, je sais où est le frère de Barbara, Niles.

– Ah ?

– Il tient un bar à Balmoral, près de la plage, Barb m'en a parlé un jour. Un rade qui s'appelle Sur la paille, elle m'a dit.

– Ce n'est pas le vrai nom, quand même ? » s'étrangla Claire.

Jake se mit à rire. Il glissa sa main bronzée dans ses cheveux en lui adressant un sourire langoureux.

« Nan, c'est un truc avec sable ou plage, je sais plus, Ah si, je me souviens, Le Café sur le sable. Nul, comme nom, hein ? Barb dit qu'il lui demande sans arrêt du fric pour se remettre à flot. Ça la rend dingue.

– Jake ! cria Holly d'un ton acerbe depuis le terrain.

– Merci, dit Alicia, vous avez été d'une grande aide.

– À votre service, fit-il avec un dernier sourire enjôleur à Claire, avant de repartir au petit trot vers Holly.

– Oh, oh, on dirait que tu as un ticket », plaisanta Alicia tandis qu'elles repartaient vers sa voiture.

Claire souffla dédaigneusement.

« J'ai plutôt l'impression que monsieur l'as de la baballe drague tout ce qui passe, surtout les femmes dont il pense pouvoir tirer quelque chose.

– Comme Holly Parlour ?

– Oui, et peut-être, je dis bien peut-être, Barbara Parlour.

– Tu crois ?

– Ma foi, il semble savoir beaucoup de choses sur la famille. Tu as vu comme il l'appelle ? Barb ? Un peu trop familier pour un professeur, non ? Moi ça me dérange. »

Alicia plissa les yeux. « Peut-être qu'il avait une liaison avec la fille et avec la mère ? Holly s'en serait rendu compte et aurait tué sa mère dans un accès de jalousie. Elle nous a montré qu'elle pouvait être plutôt violente. »

Claire s'arrêta brusquement d'avancer et agrippa le bras d'Alicia.

« Je sais où je l'ai vue !

– Qui ? Holly ? »

Elle secoua la tête.

« Non, enfin, oui. En fait, j'avais reconnu Barbara la première fois qu'on s'est rencontrées chez toi, et je n'arrivais absolument pas à me souvenir où j'avais pu la rencontrer.

Ce n'est pas le genre à fréquenter une boutique vintage, a priori, ce n'est pas son style. Mais en fait c'est Holly qui était venue, et Barbara était avec elle. C'était il y a au moins six mois. » Elle réfléchit quelques instants. « Oui, c'est ça, Holly voulait se faire un look années cinquante et sa mère essayait de l'en dissuader. Elle lui a dit qu'elle n'était pas assez mince, quelque chose comme ça.

– Charmant.

– C'est ce que je me suis dit. Mais Holly n'était pas très gentille non plus, si je me souviens bien. Elle houspillait sa mère, je n'avais jamais entendu un jeune s'adresser si grossièrement à un parent. Je n'aurais jamais pu parler comme ça à ma mère. Cela dit, Barbara semblait en avoir vu d'autres, et ensuite elles sont parties. Ce n'est pas Barbara dont je me suis souvenue, pour être honnête, je ne l'aurais pas distinguée dans un alignement de suspects au commissariat, mais cette ado braillarde, je l'aurais reconnue entre mille ! »

Elles riaient encore en s'installant dans la voiture.

« Je me demande quand même pourquoi ces deux-là se disputaient, s'interrogea Alicia en démarrant.

– Eh bien, Barbara disait que des minijupes n'iraient pas à Holly et…

– Non, non, je parle de Holly et de Jake. Tu as vu, elle hurlait avant de nous repérer. De quoi parlait-elle quand elle a dit : "Il faut lui dire" ? Dire quoi à qui ? Tu crois qu'elle parlait de son père ? »

Claire inclina la tête, songeuse. « Bonne question. Et lui, il a dit : “Tu ne sais même pas si c’est moi.” Qu’est-ce que ça signifie ? Tout ça est assez trouble. »

Elles roulèrent en silence pendant plusieurs minutes, puis Claire soupira doucement.

« Je me demande si on ne va pas un peu loin. Si ça se trouve, ils parlaient juste d’une raquette qu’ils ont cassée ou je ne sais quoi. Ça peut être n’importe quoi. Ce dont on est sûres, c’est que Holly a un sale caractère. La façon dont elle sautait à la gorge de sa mère quand elles sont venues à la boutique… Il ne lui en faut pas beaucoup pour sortir de ses gonds.

– Tu as raison, bougonna Alicia. Je l’ai vue à l’œuvre, moi aussi. » Elle raconta à Claire la scène à laquelle elle avait assisté dans la cuisine, et comment Holly s’était mise à éreinter sa mère sans raison apparente. « Visiblement, elle était fâchée qu’on soit sur sa terrasse, à envahir son chez elle. Elle a de sacrés problèmes de gestion de la frustration, ou quelque chose du genre. Donc oui, nous devons nous en tenir aux faits. Comme Hercule Poirot.

– Du coup, que fait-on ? Vas-tu te rendre à Balmoral pour voir le frère ?

– Je voudrais bien, mais malheureusement j’ai un magazine à boucler. Il ne va pas se rédiger tout seul.

– Je comprends très bien, approuva Claire en sortant un miroir de poche de son sac pour se passer à l’inspection. Moi aussi, je dois retourner à la boutique, il faudrait que je vende une pièce ou deux si je veux payer mon loyer cette semaine. Mais c'est dommage, il faudrait rendre visite à ce Niles.

– T'inquiète, la rassura Alicia. J'ai exactement la personne qu'il nous faut! »

« Pas de problème, je m'en charge », dit Lynette ce soir-là alors qu'elles étaient attablées autour d'une concoction qui tenait un peu du bœuf korma et beaucoup du curry massaman. Elle avait appelé sa création le Bangkok-Delhi.

« Tu vois le truc? Une connexion entre la cuisine thaïe et indienne.

– J'avais compris, marmotta Alicia, la bouche pleine. Là, on fait le trajet aller et je compte bien faire le retour, miam! Mais donc, pour revenir à “ce gros nul de tonton Niles”, ça ne te gêne pas d'aller jusque là-bas, de commander un café au lait et de discuter tranquillement avec ce monsieur?

– Mais voyons, je n'ai rien de mieux à faire, c'est connu, rétorqua Lynette en roulant des yeux. Pourquoi moi, au fait?

– Eh bien, tu es la personne idoine.

– Parce que je travaille dans un café?

– Un truc comme ça. »

Nouveau roulement d'yeux.

« J'y vais pour le questionner sur sa sœur, pas pour lui demander comment il fait les crêpes flambées.

– N'empêche, vous êtes dans la même branche. Il se livrera peut-être plus facilement à une consœur. »

Lynette soupira. « OK, mais laisse-moi d'abord passer quelques coups de fil. Le Café sur le sable, ça me dit quelque chose, ce nom. »

Il s'avéra que le bar était bien connu dans le petit monde de la restauration locale pour être la faillite la plus interminable du North Shore. Après une discussion avec son patron, Lynette rapporta à Alicia que le propriétaire se nommait Niles Blakely et que l'établissement aurait dû couler depuis des lustres mais était toujours sauvé *in extremis* avant le naufrage.

« D'après Mario, il ne s'en sortira jamais. Il est incapable de gérer le truc et la cuisine n'est pas top. Mais il tient bon, on ne sait pas trop comment.

– Grâce à Barbara, on dirait. D'après ce que nous ont dit Wanda et Jake, elle entretient son frère depuis des années.

– Et maintenant, c'est lui qui hérite.

– Euh, si elle est morte, tu veux dire.

– Exact. Et ça, pour le moment, on ne le sait pas. » Lynette reposa sa fourchette et soupira lourdement. « Je sais que cette histoire te passionne, Lis…

– Me passionne, c'est un peu fort, Lynette, je ne suis pas précisément *passionnée* par le fait qu'une femme est peut-être morte.

– Oui, pardon, je voulais dire, est-ce que tu es sûre de vouloir t'en mêler ? Moi ça ne me pose pas de problème, tu me connais. Mais toi qui t'angoisses et te mets à imaginer des trucs atroces à la première occasion, je me demande si cette histoire est une bonne chose pour toi. »

Alicia posa elle aussi sa fourchette et but une grande gorgée de vin avant de répondre.

« Je dois le faire, Lyn. Mon imagination est déjà lâchée, tu n'imagines pas tout ce que cette pauvre Barbara a déjà eu à subir dans mes cauchemars. Savoir la vérité sera de toute façon un soulagement, crois-moi.

– OK, OK. Fais juste attention à ta santé mentale.

– Ma santé mentale, c'est déjà un oxymore, ironisa Alicia, mais elle ne plaisantait qu'à demi. Et sinon, ce retour Delhi-Bangkok… ? »

Tandis que Lynette allait les resservir, Alicia regarda l'heure. Dix-neuf heures, il y avait peut-être des nouvelles. Elle alla allumer la télé dans le salon attenant et revint s'asseoir.

« Papa et maman seraient fâchés, pépia Lynette en plaçant deux assiettes à demi remplies sur la table. On ne regarde pas la télé en mangeant !

– Chut ! »

Arthur Parlour venait d'apparaître sur ABC, et il avait piètre allure.

13

LES DEUX SŒURS prirent leurs assiettes et allèrent s'agenouiller devant la télévision, la curiosité piquée au vif. Arthur donnait une conférence de presse en direct de sa résidence de Woollahra. Il incarnait magistralement le mari dévasté.

« Je t'en supplie, Barbara, reviens à la maison, disait-il, le regard droit sur la caméra. Holly et moi sommes fous d'inquiétude. Nous voulons que tu rentres, mon amour. Tu nous manques terriblement. »

La caméra panota sur un homme à l'air grave qui se tenait debout à son côté. La cinquantaine bien tassée, avec sa grande masse engoncée dans un costume gris et son impressionnante moustache en guidon de vélo, il tenait plus du biker que du policier. Au bas de l'écran s'était affiché : Inspecteur de police Kenneth Ward.

« Nous demandons à quiconque aurait la moindre information concernant Mme Parlour de nous contacter. » Un numéro d'urgence apparut au bas de l'écran.

« Inspecteur Ward, pensez-vous que quelque chose de fâcheux soit arrivé à Mme Parlour ? lança une voix d'homme derrière la caméra.

– Je dis que nous sommes très inquiets pour la sécurité de Mme Parlour et demandons toute l'aide possible des citoyens.

– Monsieur Parlour, que répondez-vous aux rumeurs selon lesquelles vous auriez eu une dispute avec votre femme juste avant sa disparition ? » cria une autre voix.

La caméra vira vers le mari, qui parut perdre pied. C'était la première fois, se dit Alicia, qu'il semblait sincèrement préoccupé depuis la disparition de sa femme.

« Je réfute catégoriquement ces rumeurs, dit-il d'un ton rogue. Ma femme et moi sommes un couple très uni, et je suis très inquiet de ce qui a pu lui arriver.

– Selon certaines rumeurs, vous auriez eu une liaison… »

L'inspecteur s'interposa dans le champ.

« Ce sera tout, merci messieurs dames. » Il entraîna Arthur, qui semblait secoué, vers la maison, tournant le dos aux caméras qui bataillaient pour les suivre. Des officiers de police costauds leur barraient le passage et la retransmission fut coupée pour revenir au journal télévisé, où une blonde très chic se penchait sur le bureau, la mine grave. Derrière elle s'affichait une photographie de Barbara, et Alicia sursauta. Elle était méconnaissable. La photo remontait apparemment aux années quatre-vingt, Barbara arborait une coupe très courte, cheveux crêpés sur le devant, qui lui donnait l'apparence austère d'une institutrice à l'ancienne. Arthur n'avait pas choisi la photo la plus récente ni la plus flatteuse pour les médias.

« Vous venez de voir la conférence de presse que donnait en direct depuis sa résidence le banquier bien connu Arthur Parlour, déclama la présentatrice en alignant des papiers sur son bureau. Barbara Parlour, son épouse, est portée disparue depuis samedi après-midi et comme nous venons de l'entendre, la police craint pour sa sécurité. Hum… Hannah, est-ce que vous m'entendez ? »

L'écran se figea un quart de seconde puis une reporter d'ABC apparut, avec en arrière-plan l'imposante villa des Parlour. Elle pressait une main sur son oreille et plissait les yeux vers la caméra.

« Je vous écoute, Fran.

– La police en a-t-elle dit plus sur ce qui a pu arriver à Mme Parlour ? Ont-ils des pistes quant à l'endroit où elle pourrait se trouver ?

– À ce stade de l'enquête, aucune, Fran. Ils n'ont fait aucune déclaration mais il est clair, comme vous le disiez, que les inquiétudes sont grandes. » La reporter jeta un coup d'œil à des notes dans sa main. « Néanmoins, un peu plus tôt dans la soirée, M. Parlour nous a déclaré hors antenne qu'il était convaincu que sa femme allait bien. Il espère qu'elle verra son appel et rentrera. Les enquêteurs de la police semblent beaucoup moins optimistes.

– Très bien, merci, Hannah, nous reprenons l'antenne. »

Le journal passant à un tout autre sujet, les sœurs éteignirent le poste et se remirent à table.

« Qu'est-ce que c'est que cette histoire de dispute qu'ils auraient eue ? demanda Lynette.

– Première fois que j'en entends parler. Les faits et gestes d'Arthur vont être déballés en public, à partir de maintenant. »

Alice était dubitative. « Ça me fait penser à tous ces gens désespérés qu'on voit à la télé qui supplient leur cher mari ou leur femme bien-aimée de revenir, et quelques semaines plus tard, on voit la même personne embarquée par la police… Je ne sais plus quoi penser. »

Lynette mangea quelques bouchées avant de répondre.

« Tu n'as pas eu l'impression qu'Arthur s'adressait vraiment à sa femme, quand il a fait sa déclaration pour qu'elle rentre ? Comme si elle se cachait quelque part. Ça m'embête de devoir dire ça, mais soit il est très bon acteur, soit il est vraiment persuadé qu'elle va rentrer.

– Oui, mais pas la police, comme l'a dit la reporter. En tout cas, je suis contente de voir qu'il a fini par prendre cette affaire au sérieux.

– Il était bien obligé, non ? Surtout si des rumeurs commencent à circuler sur sa fidélité, etc. Ça ne va pas l'aider à passer les primaires pour l'élection.

– C'est exactement ce qu'a dit Wanda. C'est peut-être pour ça que Barbara a disparu. Elle a pu le menacer de révéler ses liaisons à la presse et il a dû se débarrasser d'elle. »

Lynette eut une moue incrédule. « S'il voulait la discrétion, c'est raté, non seulement les bruits circulent, mais en plus on le soupçonne d'être un assassin, c'est plutôt pire, tu ne trouves pas ? »

Alicia sentit son estomac se contracter. Sa sœur avait raison, tout ça n'avait aucun sens et ça ne lui plaisait pas du tout.

À l'autre bout de la ville une personne avait regardé le journal télévisé avec délices. Arthur aurait beau dire ce qu'il voudrait et lancer tous les appels du monde, Barbara ne rentrerait pas.

Elle se retourna et examina le visage muet avec satisfaction, les lèvres fendues en un sourire qui semblait ne plus jamais devoir la quitter. Elle avait une chance inouïe. Dans ses rêves les plus échevelés, elle n'aurait jamais espéré une chose pareille. Le navire appareillait enfin.

Enfin, elle avait pris le contrôle. Elle était la reine et c'était son tour d'être sous les feux de la rampe.

Elle ricana en fixant Barbara, puis un frisson d'angoisse courut dans ses veines, douchant son enthousiasme.

« Garde la tête froide », siffla-t-elle. *Ce n'est pas fini. C'est loin d'être fini.*

Elle saisit la paire de ciseaux luisants qu'elle avait trouvée dans le nécessaire à couture de Barbara, se retourna, et commença à couper…

14

CE MERCREDI MATIN, le temps était triste et humide, ce qui tombait à point nommé pour Lynette. Par expérience, les cafés de bord de mer sont déserts les jours tristes et humides, et elle aurait en principe tout le loisir de discuter avec Niles.

En tenue décontractée, tee-shirt rose sorbet, boucles d'oreilles de couleurs vives et minishort en jean que seule une fille aussi svelte et longiligne que Lynette pouvait s'autoriser, elle emprunta la Torana d'Alicia pour faire le trajet jusqu'à Balmoral Beach via le Harbour Bridge. La petite anse huppée des quartiers chics du nord de Sydney n'arrivait pas à la cheville de Bondi Beach, décréta-t-elle en se garant pour continuer à pied le long du front de mer. Trop proprette et trop sage.

Des mamans en panoplie Nike faisaient leur jogging sur le sentier, poussant leur poussette à trois roues dernier cri et tirant leurs chiens à pedigree. Des petits groupes bien habillés pique-niquaient sur des plaids disposés sur les pelouses sablonneuses, avec des nounous pour veiller sur les tout-petits, tout aussi bien habillés, sur le terrain de jeux impeccable, et quelques personnes âgées étaient réunies sur la plage, ruisselant au sortir de l'eau. De temps en temps un ouvrier passait, incongru avec son hamburger et son Coca, des lunettes de soleil enveloppantes protégeant ses yeux, tuant le temps entre deux travaux de plomberie, de toiture ou quelle que soit l'urgence qui l'avait conduit jusqu'à cette enclave cossue.

Lynette remarqua que plusieurs restaurants bordaient l'esplanade, plutôt vides ce jour-là, comme elle s'y était attendue. Le Café sur le sable était le dernier de l'alignement, jouxtant la route et un grand parc qui s'étendait derrière. Elle avait repéré les lieux sur le GPS de son iPhone, mais il était facile à trouver. Elle avait également chargé une photo de Niles Blakely pour le reconnaître dès qu'elle entrerait. À voir le mauvais cliché du site, il ne serait pas difficile à trouver lui non plus : il avait au bas mot dix ans de moins que sa sœur, des cheveux roux éclatants et le visage couvert de taches de rousseur. Un jeu d'enfant de le distinguer parmi une file de suspects, se dit-elle.

Il était un peu plus de dix heures trente, et le coup de feu du petit déjeuner était passé, aussi Mario lui avait-il accordé, non sans ronchonner, de s'absenter quelques heures. Le café était vide hormis une cliente, une vieille dame installée en terrasse qui bravait les éléments par la grâce d'une théière fumante et d'un gilet vert pâle. Lynette alla s'installer à l'intérieur pour attendre l'apparition d'un rouquin d'une quarantaine d'années. Il apparut, un torchon sale jeté sur une épaule.

Il était plus vieux que sur la photo et semblait n'avoir pas dormi depuis des semaines, cernes gris sous les yeux et cheveux hirsutes. Un profond sillon vertical séparait ses sourcils, donnant le sentiment qu'il passait la majeure partie de son temps absorbé dans des pensées sombres et affligées. Mais dès qu'il eut porté les yeux sur Lynette, le sillon disparut miraculeusement.

« Bonjour, bonjour, dit-il aimablement. Vous voulez le menu ou un café suffira pour aujourd'hui ?

– Un expresso sera parfait, merci. »

Elle attendit qu'il revienne avec sa tasse pour se lancer. « Je sais que ça va vous surprendre, commença-t-elle, et elle vit son œil s'allumer. Mais je suis une amie de Barbara et je me demandais si on pouvait discuter. »

La lueur s'éteignit et le sillon reparut.

« Ah, OK. Vous connaissez ma sœur ?

– Oui, et j'essaye de la trouver. Vous ne savez pas où elle peut être, par hasard ? »

Il la regarda sans comprendre.

« Elle a disparu, précisa-t-elle, vous êtes au courant, je suppose ? »

Niles regarda autour d'eux, vit que sa cliente était abîmée dans la contemplation du paysage et demanda la permission de s'asseoir. Lynette acquiesça et il prit la chaise devant elle.

« Bien sûr. Les flics m'ont contacté et j'en suis malade. Ils m'ont posé un tas de questions incompréhensibles, comme s'ils pensaient que je la cache ou je ne sais quoi. C'est complètement idiot.

– Donc ils n'ont pas avancé ?

– Nan. » Il la dévisagea avec attention. « Qu'est-ce que vous avez à voir avec ça ? Vous n'êtes pas journaliste, si ?

– Ah, non. On est un groupe d'amis et on est très inquiets à son sujet », dit-elle en espérant qu'il ne demanderait pas de précisions.

Elle serait gênée de devoir admettre qu'elle ne connaissait quasiment pas la disparue, mais se dit que, comme la plupart des frères, il ne fréquentait pas les amis de sa sœur et prendrait ses dires pour argent comptant. Ce qu'il fit.

« Ouais, c'est clair, confirma-t-il en hochant la tête, c'est super angoissant. Ça fait quatre jours maintenant qu'elle est partie, c'est incompréhensible.

– Ce n'est pas habituel ?

– Bon Dieu, non. »

Il se pencha vers elle. « Je ne peux pas m'empêcher de me demander si Arthur est mêlé à ça. Vous l'avez vu à la téloche, l'autre jour ? *Nous sommes un couple très uni* – quelle connerie ! Ils ne peuvent pas se supporter, vous savez comment ils sont. »

Pas vraiment, fut-elle tentée de répondre, elle opina néanmoins.

« Quand est-ce que vous l'avez vue, la dernière fois ?

– Environ trois semaines avant qu'elle disparaisse, répondit-il sans hésitation. Je l'ai déjà dit aux flics. Un mardi. Elle est venue prendre des nouvelles, a fait quelques courses, puis elle est repartie. Elle avait l'air tout à fait normale. Je lui ai parlé une fois ou deux la semaine suivante, puis plus rien. Elle a disparu, comme ça. Trop bizarre.

– Vous avez dit tout ça à la police ?

– Oui, ils voulaient savoir où j'étais au moment où elle a disparu.

– C'était quand, exactement ?

– Bonne question. D'après Arthur, elle est sortie dans l'après-midi, samedi, et elle n'est jamais rentrée. Mais on n'en sait rien. Je veux dire, ce n'est pas comme si on pouvait croire ce que raconte Arthur.

– Vous ne l'aimez pas tellement, on dirait ?

– C'est un salopard, et encore, les bons jours. Bref, j'ai dit aux poulets que j'étais là, tout le samedi et tout le dimanche. Ce qui est la vérité.

– Ah, c'est ouvert pour dîner, ici ? »

Il la regarda sans comprendre.

« Hein ? Non, je veux dire, je ferme à dix-sept heures. Vous ne savez peut-être pas comment ça marche, mais…

– En fait, je bosse chez Mario, à Paddington.

– Ah oui ? »

Il la regarda avec admiration. « Ah, d'accord, je vois, je connais ce rade, super risotto. OK, donc tu sais qu'on ne se contente pas de fermer la porte et de filer admirer le coucher de soleil. Il faut faire la caisse, le ménage, pointer les stocks, etc. En plus du cuisinier, je prends une serveuse les week-ends, en principe, mais bon, ces derniers temps, c'est serré… Bref, je ne sors jamais tôt d'ici. Ah, une seconde. »

Il se leva et se précipita dehors, ayant vu la cliente agiter la main en l'air en mimant l'écriture d'un chèque. Ils échangèrent quelques mots en riant avant qu'il rentre préparer sa note.

Il revint quelques minutes plus tard. « Je t'offre un deuxième café ? »

Lynette fit oui de la tête, et se sentant tenue de justifier sa présence, commanda un muffin.

« Ils ont déjà quelques jours, c'est cadeau de la maison », lança-t-il depuis le comptoir. Lynette retint une grimace. Pas étonnant que le café ne marche pas. Mario ne faisait jamais de cadeau, mais ne servait jamais non plus de nourriture datant de plusieurs jours. Ce genre de chose ne fait que laisser dans la bouche des clients un goût de n'y revenez pas.

Niles se prépara un café et se joignit à elle.

« Tu es au courant qu'ils ont trouvé son alliance ?

– Ah bon ? Où ça ?

– Elle l'a laissée chez elle, à côté de son lit.

– Elle pourrait s'être disputée avec Arthur ? Elle a jeté l'alliance et elle est partie ? Et elle attend quelque part que les choses se calment ? »

Il secoua la tête.

« S'ils s'étaient disputés et qu'elle avait décidé de le quitter, elle me l'aurait dit. Elle me dit tout. Je ne peux pas croire qu'elle serait partie sans un mot. Elle n'aurait jamais fait ça. Et elle n'aurait pas laissé son alliance, je te le garantis. Arthur l'a payée une blinde, elle n'y renoncerait pas comme ça.

– Et est-ce que… »

Lynette était embarrassée. Elle ne voulait pas le bouleverser plus encore. Mais il avait compris.

« Barbara ne s'est pas fichue en l'air, si c'est ce que tu veux dire. Si elle avait été déprimée, elle me l'aurait dit. Mais elle n'a jamais rien évoqué de tel. La dernière fois que je l'ai vue, elle était gaie comme un pinson. » Il se mit à se masser la nuque, soucieux. « J'avoue que je suis un peu flippé. La façon dont les flics parlaient, ça ne sent pas très bon.

– Eh bien, ça fait quelques jours, tout a pu arriver.

– Hein ? Ah. Non, je voulais dire pour moi. » Il sirota son *macchiato*. « J'ai l'impression qu'ils pensent que j'ai fait quelque chose.

– Ah oui ? Pourquoi ? »

Elle avait pris un ton léger, mais il se contenta de hausser les épaules. « Parce que c'est toi qui hérites ? » poursuivit-elle.

Il la dévisagea en silence, puis son visage se détendit.

« Elle t'a raconté ça ? Vous êtes vraiment des bonnes amies, alors. Oui, cette sacrée Barb me laisse sa maison. Un petit placement pour sa fille, quand même, mais c'est moi qui récupère la plus grosse part des biens. En tout cas c'est ce que m'ont dit les flics.

– C'est moche à dire, mais c'est sûr que ça fait un sérieux mobile », fit observer Lynette en clignant des yeux, incertaine de la façon dont il allait accueillir ses propos.

Comme elle l'avait craint, il se raidit et le sillon sur son front se creusa encore.

« Je n'ai pas tué ma sœur pour récupérer sa putain de maison ! J'aime Barbara, elle est tout pour moi, c'est plus une mère qu'une sœur. J'ai besoin d'elle, bon sang. C'est grâce à elle que ce café tient debout, elle m'a toujours tellement aidé, elle n'a jamais fait d'histoire. Pourquoi j'aurais fait ça ?

– Niles, c'est juste une remarque. Je sais qu'un restaurant peut être un gouffre financier. Les biens de ta sœur seraient bienvenus pour cet endroit.

– La fortune de ma sœur ne me servirait à rien, objecta-t-il. Pas tant qu'Arthur est en vie.

– Comment ça ?

– C'est ce que j'ai expliqué aux flics. OK, je récupère sa part de cette horreur de tas de briques qu'ils appellent villa, mais il n'est pas question qu'Arthur soit obligé de ficher le camp. Il n'est pas obligé de vendre et de me donner ma part, non.

– Tu veux dire que même si, euh, ta pauvre sœur était, hum, morte, tu ne toucherais rien ? »

Il se passa la main dans les cheveux, les décoiffant encore plus.

« Non, à moins qu'Arthur ait subitement une attaque. Donc, s'il faut dire les choses clairement, ma sœur m'est plus utile vivante que morte. Ou disparue, jusqu'à preuve du contraire. Maintenant, si tu as fini, j'ai du boulot. »

Il repoussa sa chaise et se leva en soufflant, puis disparut dans la cuisine. Lynette termina son café et son muffin puis se leva pour aller payer, mais Niles était toujours dans l'arrière-salle. Elle l'appela et alla glisser la tête par la porte mais ne le vit nulle part. Elle allait retourner au comptoir quand elle aperçut un gros sac à dos et un sac de couchage roulé posés contre le mur. Elle était en train de se demander s'il s'apprêtait à partir quelque part quand elle sentit quelqu'un lui taper sur l'épaule. Elle fit volte-face et se trouva nez à nez avec lui.

« Qu'est-ce que tu regardes ? demanda-t-il.

– Rien, désolée, dit-elle en déglutissant avec peine. Je voulais juste payer, en fait. »

Il la dévisagea quelques secondes avant de répondre. « Ne t'inquiète pas de ça, c'est pour la maison. »

Décidément, je comprends qu'il soit fauché, se répéta Lynette en laissant quelques pièces de pourboire dans un pot près du percolateur.

Repartant vers Paddington, Lynette ne cessait de penser que si Niles était un commerçant calamiteux, et un peu inquiétant sur les bords, il avait parfaitement raison. Il n'avait aucun mobile apparent de tuer sa sœur.

À moins qu'Arthur ne disparaisse lui aussi, bien entendu.

Y avait-il un risque que cela se produise ?

15

PENDANT QUE LYNETTE DISCUTAIT avec Niles, Missy menait sa petite enquête de son côté. Elle était parvenue sans grande difficulté à se faire admettre au domicile des Parlour, laissant sur le carreau plusieurs journalistes ébahis. C'était l'avantage de passer pour une écervelée, se disait-elle en inspectant une pièce après l'autre. Les gens vous jugeaient sans danger et ne demandaient qu'à vous croire, ne serait-ce que pour que vous cessiez de parler.

« Vous trouvé ? » s'enquit Rosa en déboulant dans le salon, une main agrippant son iPod, l'autre ôtant les écouteurs de ses oreilles. Elle portait une autre robe, toujours aussi moulante et décolletée, son visage était outrageusement maquillé et ses cheveux ramenés sur un côté par une barrette en plastique rose en forme d'hibiscus qui jurait atrocement avec ses mèches orange.

Missy lui avait servi une histoire de livre oublié, que Rosa avait écoutée avec un air de désintérêt suprême, avant de lui dire d'entrer pour chercher elle-même. Après quoi, prétextant quelque chose à vérifier avec ses mails, elle l'avait laissée libre de ses mouvements.

Missy détourna les yeux de la table qu'elle venait d'examiner en poussant un soupir accablé.

« Non, je n'ai pas retrouvé mon livre, et je vais avoir de gros ennuis !

– Quel livre ? Le nom ?

– Le titre, c'est *Les Vacances d'Hercule Poirot*, c'est un livre relié, une des premières éditions que nous conservons à la bibliothèque où je travaille, donc c'est assez précieux. Jamais je n'aurais dû le prêter, mais Barbara n'avait pas ce roman, et elle en avait besoin pour préparer notre réunion. Elle avait promis de me le rendre tout de suite, et maintenant… Oh, par pitié, mon Dieu, c'est terrible, je vais me faire tuer ! Je risque de perdre ma place si je ne le retrouve pas !

– Peut-être elle emporté ? » suggéra Rosa en haussant ses sourcils peints.

Missy prit l'air encore plus catastrophé.

« Alors là, ce serait la fin des haricots, parce que, enfin, je veux dire, où est-elle ? Personne ne sait rien. »

Rosa haussa les épaules avec une indifférence manifeste.

« OK, souffla-t-elle, je aider.

– Oh, merci, merciii ! se récria Missy, en faisant mine de parcourir la bibliothèque. Je suis si contente que vous soyez là. J'avais peur que vous soyez partie. »

Rosa se retourna vivement, les yeux écarquillés.

« Pourquoi je pars ? Qui faire manger pour M. Parlour et miss Holly ? Qui s'occupe ? Mon travail !

– Oui, bien sûr, dit Missy, déroutée par sa véhémence. Jusqu'à ce que Barbara soit de retour, c'est logique.

– Pff, fit Rosa en remettant ses écouteurs. Je vérifie chambre. »

Elle s'éclipsa à nouveau, permettant à Missy de reprendre son examen des médailles et trophées. Plusieurs avaient été gagnés par Arthur au golf et d'autres par Holly, catégorie junior, en athlétisme, football et natation. Il n'y en avait aucun au nom de Barbara, et il n'y avait pas de photo d'elle non plus.

« Vous êtes qui, vous, et qu'est-ce que vous fichez dans mon salon ? »

Missy fit volte-face en sursautant. Arthur était debout dans l'encadrement de la porte, poings sur les hanches, l'air furibond. Il semblait ne pas s'être rasé depuis des jours et sa cravate pendait lâchement autour de son cou, comme s'il n'avait pu trouver l'énergie de la nouer correctement ou de l'enlever complètement.

« Oh, bonjour ! » Missy secoua ses boucles rousses avec une candeur redoublée. « Vous devez être le mari de

Barbara ? Je m'appelle Missy, je suis une amie de votre femme, du club de lecture, et je…

– Encore ce club ? s'exclama-t-il avec une expression incrédule. Mais qu'est-ce que vous avez dans la tête, vous autres ?

– Ahhh, je suis désolée, je ne voulais pas vous importuner, monsieur Parlour, je vous assure. En fait je cherche un livre que j'avais prêté à Barbara… »

Missy réexpliqua son histoire à Arthur, qui contrairement à Rosa ne parut pas en croire un mot. Il la dévisageait sans dissimuler son scepticisme.

« Vous avez regardé dans la bibliothèque, je suppose ? dit-il d'un ton sarcastique.

– Oui, mais je ne l'ai pas vu. Après, ma mère dit toujours que je souffre de cécité ménagère – je cherche partout le sel qui est posé juste…

– Écoutez, mademoiselle, ce n'est vraiment pas le moment.

– Oh, oui, bien entendu, je suis désolée, je sais que c'est très difficile, avec Barbara qui a disparu et tout ça. »

Rosa reparut à cet instant. Elle se raidit en voyant son patron, arracha les écouteurs de ses oreilles et les cacha derrière son dos ainsi que son iPod. Arthur lui adressa un regard qui fit reculer Missy elle-même.

« Qu'est-ce que tu fous à laisser n'importe quelle étrangère se balader chez moi ? explosa-t-il.

– Pardon, monsieur Parlour, je penser…

– Eh bien, ne pense pas. Ce n'est pas pour penser que je te paye. Tu n'es pas la patronne, ici, et tu dois me demander avant de laisser entrer qui que ce soit dans ma maison. Compris ? »

Missy regarda Rosa du coin de l'œil. La femme de ménage était écarlate et semblait près de pleurer.

« S'il vous plaît, intervint-elle, je suis désolée, ce n'est pas la faute de Rosa, pas du tout. J'ai insisté pour chercher ce livre, elle a juste essayé de m'aider.

– Son boulot n'est pas de vous aider. Son boulot n'est pas de faire quoi que ce soit d'autre que ma vaisselle et mon dîner. Maintenant, il est grand temps de vous en aller. Si je retrouve votre fichu bouquin, je vous le ferai savoir.

– Oui, bien sûr, je m'excuse… »

Missy le suivit dans le couloir de marbre jusqu'à la porte d'entrée. Elle ne put s'empêcher de se retourner vers Rosa, et l'expression de celle-ci la troubla : l'embarras avait fait place à une expression dure et distante. Elle se demanda si elle visait son employeur ou elle-même.

Arthur ouvrit tout grand la porte. Ses yeux lançaient des éclairs.

« J'en ai plus qu'assez de vous voir tourner autour de chez moi, vous et votre satané club Jane Austen. Si je revois un seul d'entre vous…

– Club des amateurs de romans policiers.

– Hein ?

– C'est le Club des amateurs de romans policiers, pas le club Jane Austen. C'est assez différent. »

Il la fusilla du regard. Il semblait prêt à lui tordre le cou, ce que Missy nota avec intérêt. Assurément, l'homme était sanguin. Comme s'il avait lu dans ses pensées, ou peut-être parce qu'il avait vu les reporters se précipiter vers la porte ouverte, caméras et micros tendus, il referma la porte et prit une profonde inspiration. Il se passa quelques secondes, et quand il se remit à parler, ayant repris le contrôle de lui-même, sa voix s'était radoucie, presque comme une supplique.

« Écoutez, excusez-moi de m'emporter, j'espère que vous comprenez que c'est une période harassante pour moi. Je ne sais pas ce qui est arrivé à ma femme, mais je reste convaincu qu'elle est saine et sauve et sera bientôt de retour.

– Je croyais que vous étiez heureux d'être débarrassé d'elle », avança doucement Missy.

Elle savait qu'elle s'aventurait dans des eaux dangereuses, mais le changement d'attitude d'Arthur et la présence de la presse au-dehors l'enhardissaient. S'il tentait quoi que ce soit, on l'entendrait crier.

Arthur la regarda avec stupéfaction. « Débarrassé ? Pourquoi voudrais-je être débarrassé de Barbara ? Je compte entrer en campagne pour le Sénat l'année prochaine, il me faut ma femme à sa place, à mes côtés. La dernière des choses dont j'ai besoin, c'est d'un scandale qui me mette en difficulté. Vous pouvez le dire à vos copains des amateurs de mystère ! »

Les copains susmentionnés n'en crurent pas un mot. Perry, tout du moins.

« Qu'est-ce qu'il aurait pu dire d'autre ? » remarqua-t-il en prenant quelques carrés de chocolat noir dans un bol de verre rose que Claire venait de poser sur la table. « Il protège ses arrières. » Il goba un carré de chocolat et se lécha les doigts avec délicatesse.

Les membres du club se serraient dans le petit coin café de l'arrière-boutique de Claire… Étant établi que les sœurs Finlay n'avaient pas à accueillir systématiquement leurs réunions, Claire avait proposé de tenir la suivante aux Indémodables Vintage. Après avoir suspendu une pancarte « Fermé » sur la porte, elle les avait invités à s'installer dans le petit salon à l'arrière. Bien qu'exigu et discret, il avait un franc succès auprès de sa clientèle depuis sa création quelques années plus tôt, surtout pour les conjoints lassés qui pouvaient y tuer le temps en sirotant un café et en lisant des revues tandis que leur moitié procédait tranquillement à ses essayages.

Tout le monde était content et la caisse enregistreuse cliquetait d'aise.

Alicia regarda autour d'elle. Une table ronde au milieu de la pièce, quelques chaises en fer forgé raffinées et tabourets chromés à assise de vinyle, des étagères où étaient rangés magazines et livres, plus une minuscule kitchenette où l'on vendait café, muffins, friands et autres douceurs.

Le salon était séparé de la boutique par des rideaux de velours marron qui, associés à un tapis persan à motifs noir et blanc et une lampe Tiffany en verre coloré, vous donnaient l'illusion de pénétrer dans un bar clandestin du Paris des années quarante. Chaque pièce de mobilier était étiquetée et à vendre.

La boutique elle-même regorgeait d'un choix impressionnant de vêtements, chaussures, sacs à main et écharpes, tous en excellent état, et les femmes, ainsi que Perry, durent s'interdire de s'y attarder pour jeter un coup d'œil. Claire leur avait expliqué qu'elle rendait visite à sa mère à Paris plusieurs fois par an pour dénicher sur les marchés aux puces les trésors qu'elle vendait ici. En examinant quelques étiquettes, Alicia constata que ce n'était pas un endroit où s'habiller au quotidien. Pour de la seconde main, les prix étaient plutôt salés.

Ce jour-là, Claire paraissait elle-même arriver tout droit de Saint-Germain-des-Prés, avec son chemisier de soie à pois noir et blanc sur une jupe noire et ses cheveux relevés en un chignon lâche. Elle leur apporta des rafraîchissements et s'assit avec eux autour du carnet d'Alicia pour faire le point des informations qu'ils avaient engrangées.

Certains furent fâchés d'apprendre que Missy avait vu Arthur.

« Tu n'aurais pas dû retourner chez Barbara sans prévenir l'un d'entre nous, la tança Anders.

– Je suis désolée, les cocos, je voulais me rendre utile. Je me sens comme un pansement sur une jambe de bois, par moments, à rester assise sans rien faire dans ma bibliothèque. Je me suis dit pourquoi ne pas aller fouiner un peu, voir si je dégotais quelque chose…

– C'est super de prendre des initiatives, dit gentiment Alicia. Mais on ne sait pas à qui on a affaire. Imagine s'il t'était arrivé quelque chose et qu'on n'avait pas su où tu étais ?

– Mais il y avait une foule de journaleux devant la maison, Arthur n'aurait pas pu bouger le petit doigt. Au fait, si vous regardez les infos sur Channel Ten ce soir, il y a des chances que vous voyiez mon gros popotin.

– Les gens risquent de penser que tu as une liaison avec lui, maintenant », glissa Perry.

Le sourire de Missy s'éteignit.

« Ah, non merci ! Cet homme est vraiment un porc, il ne pense qu'à sa carrière politique. Et du coup, j'ai l'impression qu'il ne ment pas quand il dit qu'il veut qu'elle revienne. Il a besoin d'elle à la maison pour jouer la gentille épouse.

– Ce n'est pas faux, convint Alicia. Donc hormis confirmer que c'est un sale bonhomme, tu n'as rien remarqué ?

– Hmm, non, pas clairement, et c'est ça qui me perturbe. »

Tous l'observaient avec perplexité. Elle retira ses lunettes et entreprit de les essuyer avec le bas de son cardigan de coton pailleté rose pâle.

« Je n'arrive pas à m'ôter de l'idée que quelque chose manquait, mais je ne sais pas quoi…

– Heu, sa femme ? Tu sais, Barbara ? ricana Perry.

– Mouais, c'est peut-être aussi simple que ça, dit-elle en chaussant ses lunettes. Et peut-être que je devrais retourner y regarder de plus près.

– Non ! s'exclamèrent en chœur ses amis.

– C'est bon, c'est bon, fit-elle, piquée au vif. De toute façon, je doute fort que Rosa me laisserait entrer après le savon que lui a passé Arthur. Il était fou de rage ! Et maintenant que j'y repense, elle s'est conduite bizarrement, elle aussi. Elle m'a un peu rappelé la belle-mère de ma sœur.

– Hein ? firent-ils de conserve.

– Bon, Mildred, c'est le nom de la belle-mère, est une femme plutôt agréable si vous n'avez rien à voir avec elle, mais malheureusement, Henny, ma sœur, a quelque chose à voir avec elle. Bref, Henny va passer un week-end entre copines, OK ? En rentrant, elle trouve Mildred dans sa cuisine, en train de cuisiner. Bon, rien de méchant, qui n'aime pas trouver quelques bons petits plats tout prêts en rentrant chez soi ? Mais ça ne s'arrête pas là. La belle-mère a réglé la radio sur sa station préférée, un truc de musique classique casse-pieds, et, tenez-vous bien, elle a déplacé certains meubles d'une manière qui lui plaisait mieux. Elle a été là deux jours max pour s'occuper des enfants, et elle a pris possession des lieux ! Rosa m'a donné exactement la même impression. »

Tous la fixaient, médusés. Anders toussota, en glissant un regard entendu à Alicia.

« OK, enchaîna celle-ci. Je pense qu'on a compris l'idée, Missy. »

À vrai dire, elle n'était pas très sûre de ce qu'était l'idée. Mais il fallait avancer, aussi se tourna-t-elle vers sa sœur.

« Lyn, tu nous racontes ta visite au frère de Barbara ?

– Oui, mais d'abord, je dois préciser que ce que tu dis pour Arthur me paraît valable pour Niles. Ni l'un ni l'autre ne gagneront un prix de camaraderie, mais ils ont l'air plutôt sincères, ils veulent retrouver Barbara saine et sauve. C'est dans leur intérêt à tous les deux. » Elle leur rapporta sa visite au café. « Niles a l'air bouleversé par la disparition de sa sœur, même si, comme je vous disais, il se préoccupe plus des répercussions sur sa vie à lui que de ce qui lui arrive à elle. Genre, qui va payer ses factures ? Et il est super stressé par la police et leurs questions. Il ne m'a pas fait une très bonne impression, il se pose un peu en victime, vous voyez ce que je veux dire ? Mais je ne l'imagine pas trop en criminel.

– On va finir par ne plus avoir aucun suspect, constata sombrement Perry.

– Il y a quand même ce prof de tennis », dit Claire.

Le regard de Perry s'éclaira. « Ah oui, je l'avais oublié. Tu penses qu'il a quelque chose à voir là-dedans ? »

Avec un haussement d'épaules, Claire leur raconta la conversation qu'elles avaient surprise avec Alicia, entre Holly et Jake. Tous s'accordèrent sur le fait que l'échange était pour le moins équivoque.

« À votre avis, de quoi parlait Holly qu'ils ne "pouvaient pas garder pour eux" ? demanda Missy.

– Peut-être qu'elle le soupçonne d'avoir tué sa mère et veut qu'il aille tout avouer à son père ? proposa Perry.

– Ou peut-être que ça n'a rien à voir, dit Claire.

– Pfffou, fit Perry. Tu n'es vraiment pas drôle, miss Hargreaves !

– Oui, il se peut que nous cherchions dans la mauvaise direction, reconnut Alicia. Peut-être s'agit-il de quelqu'un que nous ne connaissons pas du tout et qui a eu un accrochage avec Barbara. Ou un parfait inconnu, un déséquilibré qu'elle aurait pris en stop ?

– La majorité des meurtres sont commis par des proches ou des connaissances, récita Missy. C'est affreusement triste et terriblement tragique, mais c'est un fait. La frontière entre l'amour et la haine est une ligne ténue, mes amis. On ne compte plus les histoires, et je ne parle pas de romans, mais de la vraie vie, de faits bruts : des femmes qui assassinent leur mari, des pères qui assassinent leurs filles, ça n'a pas de fin ! »

Et tes bavardages non plus, pensait Anders, que la volubile bibliothécaire impatientait. « Nous devons garder en tête, dit-il tout haut, qu'à ce stade, nous ne savons même pas si Barbara est défunte. »

Il y eut des grognements.

« Si seulement ils pouvaient retrouver le corps », lâcha Perry. Voyant l'expression horrifiée de Claire, il ajouta : « Pardon, Claire, je sais que ça paraît un peu morbide, mais il faut regarder les choses en face. Combien de chances y a-t-il qu'elle soit en vie ? Sérieusement ? »

Personne n'eut l'énergie, ou la candeur, de protester. Cela faisait maintenant quatre jours…

« Ce qui ne veut pas dire qu'on ne doit pas essayer de la retrouver… quoi qu'il se soit produit, dit Alicia. Elle mérite au moins ça. » Tous approuvèrent. Le problème, c'était qu'ils n'avaient aucune idée de l'endroit par où commencer.

Claire, toujours attachée à respecter la loi, se lança.

« Personnellement, je trouve qu'on devrait aller voir la police.

– En fait, je suis étonnée qu'ils ne m'aient pas contactée, dit Alicia. Je leur ai parlé du club et donné mon numéro.

– Peut-être que tu devrais leur parler, suggéra Anders.

– Et leur dire quoi, exactement ? Ce n'est pas comme si nous avions des révélations fracassantes à faire.

– *Au contraire !* objecta Perry dans un français très snob. Nous en savons probablement beaucoup plus qu'eux. »

Il leva une main dodue, index dressé. « Par exemple, ont-ils vu que Barbara avait le numéro d'un refuge pour femmes battues ? Peut-être qu'il y a un passif de violences conjugales qu'on ne connaît pas ? Deuxièmement, poursuivit-il en dressant un majeur grassouillet, savent-ils que la petite Holly baise avec son prof de tennis et que, d'après ce que vous nous avez raconté, ces deux-là cachent quelque chose ? »

Ce fut au tour d'Anders d'intervenir avec indignation.

« Minute, Perry. Ce sont des questions très personnelles. Nous ne savons pas si elles ont un lien avec la disparition de Barbara.

– Précisément, releva Perry. Voilà pourquoi il faut en parler. Cela peut avoir un lien.

– Il a raison, dit Alicia à Anders. Ce n'est pas à nous de décider ce qui est utile ou pas pour l'enquête. En plus, il y a une autre chose que la police doit absolument savoir. »

Elle leva trois doigts et les agita dans les airs. « Sont-ils au courant que Barbara était malheureuse ? C'est vrai que nous la connaissons à peine, mais contrairement à ce qu'affirme Arthur, j'ai une preuve écrite qu'elle n'était pas heureuse. »

Elle revint au début de son carnet, où était glissée une petite enveloppe, et en sortit la lettre que lui avait adressée Barbara après la parution de son annonce. Elle était rédigée à la main.

« Chère Alicia, lut-elle. J'aimerais énormément entrer dans votre club. Je ne suis qu'une femme au foyer banale, dans la cinquantaine, mais lire des romans policiers m'a souvent permis de traverser sans devenir folle les nombreux épisodes tristes et tragiques qu'inflige la vie. Peut-être parce que cela aide à mettre ses propres problèmes en perspective. Je me demande comment j'aurais survécu sans des écrivains comme P. D. James, Ian Rankin et Agatha Christie. Cette dernière en particulier est une lumière quand tout s'obscurcit, elle montre des issues heureuses quand je n'en entrevois plus. Elle est pour moi un soutien quotidien, et je ne sais pas comment j'aurais pu avancer sans elle.

Très sincèrement à vous, Barbara Parlour. »

Tous les yeux étaient rivés sur la feuille entre les mains d'Alicia, personne ne pipait mot.

« J'avais oublié à quel point cette lettre était déprimante, dit Alicia après quelques instants.

– Dieu du ciel, c'est tragique, gémit Perry. Cette femme nous envoyait un appel à l'aide. Si seulement nous avions pu nous en rendre compte.

– Holà, Perry, intervint Lynette, nous n'avons rien à nous reprocher. Nous avons rencontré cette femme deux fois en tout et pour tout. C'est plutôt son frère qui devrait se sentir coupable. Il a gaspillé son argent pour son affaire minable, et maintenant, tout ce qui l'inquiète, c'est de savoir comment il va s'en tirer et faire marcher son bar.

– Sans parler du reste de la famille et des amis, renchérit Claire. Pourquoi ne font-ils rien ? Je ne veux pas être méchante, mais sa fille est un vrai cauchemar et elle semble se ficher éperdument de sa mère. Et sa soi-disant amie Wanda, elle s'en lave totalement les mains.

– C'est sûr qu'aucun n'a fait preuve de beaucoup d'empathie », reconnut Alicia.

À ce moment, on frappa légèrement à la porte de la boutique. Claire se leva d'un bond avec un sourire radieux.

« Ça doit être Charlie, expliqua-t-elle en tirant le rideau de velours et en traversant la boutique pour aller ouvrir.

– Oh, zut, lâcha Perry en devenant cramoisi.

– Qu'y a-t-il ? demanda Alicia.

– Rien, chut ! »

Il se pencha vers l'avant, couvrant son visage d'une main.

Anders le regarda, puis le reste du groupe.

« Qui est Charlie ?

– Le fiancé, chuchota Missy. Tu sais, celui qui ne veut pas l'épouser.

– Missy ! gronda Alicia. Tu n'en sais rien du tout. »

Missy leva les deux mains. « Quatre ans, c'est quatre ans. Ma cousine Linda a été fiancée quatre ans, et ça s'est terminé de manière désastreuse… »

Elle fut interrompue par le retour de Claire, suivi d'un grand homme mince dans un costume à rayures du plus bel effet, assorti d'un gilet et d'une pochette de soie. Il paraissait avoir lui aussi du sang asiatique et était une publicité vivante pour la boutique de son amie. Leurs points communs étaient évidents, et en tout cas le goût pour l'élégance rétro. Il sourit poliment à l'assemblée, tout en glissant la main dans ses cheveux, coupés façon années cinquante avec une banane à la Elvis.

« Les amis, je vous présente Charlie Szeto, mon fiancé, annonça Claire avec une émotion perceptible. Voici Alicia, qui a créé le club, sa sœur Lynette, Anders à sa droite, Perry à côté, et pour finir, Missy. »

Tout le monde dit bonjour, tandis que Charlie saluait chacun d'un sourire. Sourire qui s'effaça, ou du moins c'est ce qu'il sembla à Alicia, quand il arriva à Perry ; mais il se ressaisit si rapidement qu'elle crut l'avoir imaginé. Les joues toujours empourprées de Perry, en revanche, l'intriguaient au plus haut point.

« Pardon d'interrompre votre petite soirée », dit Charlie. Il s'était retourné résolument vers sa fiancée, qui secoua la tête avec ferveur.

« Tu ne nous déranges pas, n'est-ce pas, tout le monde ? dit-elle avec un regard implorant.

– Absolument pas, dit Alicia. Voulez-vous vous joindre à nous ? Un regard neuf serait bienvenu. »

Elle sentit quelqu'un lui donner un petit coup de pied sous la table. Perry, les doigts déployés devant le visage, lui décocha un regard noir et secoua imperceptiblement la tête.

« Oh, non, non, ça ne va pas être possible, répondit Charlie en entraînant Claire un peu à l'écart de la table. Ma chérie, dit-il en baissant la voix, je dois annuler pour ce soir, de toute façon, il y a eu un imprévu.

– Oh, encore ? » La déception de Claire était manifeste. « Nous avons presque fini, tu sais.

– Désolé, mais je n'ai pas le choix, je le crains. Miller a fait des modifications de dernière minute sur le manuscrit de Grayson, et je dois regarder ça. »

Il chuchotait, à présent, et Alicia devait tendre l'oreille pour entendre. « Je vois Grayson au dîner pour en parler, il n'a que ce soir de libre, il part demain à Londres. »

Claire penchait la tête sur le côté, comme un jeune chiot déconfit.

« Peut-être que je peux vous rejoindre pour dîner ? Nous n'en avons plus pour longtemps.

– Non, non, répéta-t-il. Ça va être ennuyeux au possible. Reste ici et fais ce que tu avais prévu. »

Il adressa un dernier sourire aux invités. « J'ai été ravi de vous rencontrer. » Son regard s'arrêta sur Perry le temps d'un battement de cils, et cette fois, Alicia fut sûre qu'elle n'avait pas rêvé. Il y avait quelque chose. Elle chercha le regard de Perry, mais celui-ci détournait résolument les yeux.

Tandis que Claire raccompagnait son ami à la porte, Lynette se leva pour aller refaire du café, suivie d'Anders. Missy alla inspecter le contenu des étagères. Alicia saisit cette occasion pour se pencher vers Perry.

« Tu veux m'expliquer ? » murmura-t-elle.

Il tenta un sourire innocent. « T'expliquer quoi ? »

Elle secoua la tête avec agacement. « Allez, Perry. Ce n'est pas pour rien que j'ai eu envie de créer ce club. Tu connais Charlie, c'est ça ? »

Le sourire de Perry devint narquois. « On peut le dire comme ça... » Alicia gémit. *Seigneur, c'était donc pire que ce qu'elle avait cru.*

« Arrête, Perry, je n'en crois pas un mot.

– Tu ne crois pas quoi ? » demanda Claire en revenant dans la pièce.

Alicia et Perry sursautèrent.

« Oh, euh, je... balbutia Alicia.

– On se disait qu'il était difficile de croire que la police n'ait pas plus d'éléments, répondit Perry avec une présence d'esprit impressionnante. Qu'en dis-tu, Missy ? »

Missy était plongée dans la lecture d'un numéro de l'*Australian Women's Weekly* de 1953. Elle le regarda sans comprendre et retourna à sa lecture – le couronnement de la jeune reine Elizabeth la fascinait trop pour lui permettre d'entendre quoi que ce soit.

« Je suis bien d'accord, et j'insiste : il faut tout leur dire, lança Claire en regardant Anders, qui se rasseyait avec une tasse de café mousseux. Je comprends ton souci, Anders, et je reconnais que ce n'est pas brillant d'aller raconter leurs petites histoires de famille, mais nous ne savons pas ce qui peut être important. C'est la police qui en décidera, pas nous.

– Bien, admit-il. Euh, est-ce que tu veux un autre café ? Lynette se déchaîne avec ta machine. »

Claire refusa de la tête, dérangeant une mèche brillante de son chignon. Elle la remit en place.

« Non, merci, j'ai bu assez de café pour aujourd'hui. Donc, Alicia, tu vas aller voir la police ?

– Oui, Claire, répondit Alicia sans plus regarder Perry. Dès que je peux. Il est temps que les flics entendent une autre facette de l'histoire. »

Tout en disant ces mots, elle ne cessait de penser que Charlie Szeto, le fiancé de Claire, avait lui aussi une autre facette ; et elle avait la désagréable conviction que cela avait un lien avec Perry Gordon.

16

ALICIA S'ATTENDAIT UN PEU à se voir refoulée et reconduite à la sortie avec un sourire paternaliste, mais quand elle se présenta au bureau de police de Woollahra le lendemain matin, elle fut aussitôt introduite dans le bureau étonnamment accueillant de l'inspecteur chargé de l'affaire. Elle reconnut tout de suite l'homme qu'elle avait vu aux informations télévisées – sa moustache était inoubliable. Il la lissait avec énergie quand elle entra.

« Inspecteur en chef Ward », dit-il en se levant pour lui serrer la main. Il l'invita à prendre place sur une chaise qui lui faisait face et se lissa à nouveau la moustache avant de se rasseoir. « J'ai cru comprendre que vous détenez des informations importantes relatives à l'affaire Parlour ? »

Alicia se sentit soudain ridicule et eut envie de partir en courant. Allait-il lui rire au nez, ou pire, lui reprocher de faire perdre à la police un temps précieux ? Elle déglutit et sortit de son sac la lettre de Barbara. Elle la lui tendit tout en lui expliquant qui elle était et comment elle avait rencontré la femme qu'ils recherchaient. Il l'écouta attentivement, lut la lettre puis pressa un bouton sur son bureau. Alicia grimaça intérieurement en voyant entrer un jeune officier de police au crâne rasé et à fossettes, craignant de se voir reconduire à la porte. Mais l'officier se contenta de regarder son chef, en attente.

« Roger, fais-moi une copie de cette lettre, s'il te plaît, et reviens assister à cet entretien, avec de quoi prendre des notes. »

Alicia était agréablement surprise. En revenant, le policier se présenta comme l'inspecteur adjoint Roger Boyd. Il lui tendit la photocopie.

« Nous devons conserver l'original, expliqua Ward. Bien, reprenons votre histoire. »

En une dizaine de minutes, elle exposa tout ce qu'elle savait, depuis la première apparition de Barbara dans le club jusqu'à l'étrange réunion chez elle et tous les incidents qui s'étaient produits. Elle évoqua également la réticence d'Arthur à prendre au sérieux la disparition de sa femme. Le chef caressait sa moustache tandis que le jeune officier prenait des notes dans un épais carnet posé sur ses genoux.

« C'est moi qui l'ai obligé à vous téléphoner. Il ne voulait pas et il prenait les choses avec une désinvolture qui me déplaisait. Ça m'embête de le dire comme ça, mais j'ai l'impression qu'il cache des choses.

– Ma foi, il y avait une raison à sa réticence, dit l'inspecteur Ward. Mme Parlour n'a pas évoqué un voyage qu'elle envisageait ?

– Non, pas du tout. Nous l'attendions dimanche dernier, c'est elle qui avait choisi le livre dont nous devions parler, et elle était chargée de préparer des questions à débattre. Pourquoi aurait-elle prévu ça si elle projetait de partir ? »

Ward parcourut ses notes.

« La femme de ménage, Mlle Rosa Lopez, a déclaré que Mme Parlour avait quitté la maison vers quatorze heures samedi après-midi en disant : “Je pars à Londres.” Elle ne vous en a pas parlé ?

– Absolument pas. »

Un déclic se fit dans la mémoire d'Alicia. « Maintenant que vous le dites, Wanda a évoqué quelque chose à ce sujet, elle aussi. Arthur lui avait confié que Barbara devait partir pour l'Europe, elle pensait à Paris. En tout cas, aucun de nous n'était au courant. »

Les deux policiers échangèrent un regard. Ward reprit :

« Et Wanda est… ?

– Oh, euh, Wanda Birchin, une amie de Barbara, ou une ex-amie, elles se sont brouillées, semble-t-il, ne me demandez pas pourquoi. Mais bon, comme je vous l'ai dit, je ne pense pas qu'elle devait partir où que ce soit. Elle venait de s'inscrire au club et semblait très désireuse de s'y investir.

– Oui, d'ailleurs la femme de ménage suppose qu'elle a dû mal comprendre, parce que sa patronne n'avait pas de bagage à proprement parler, uniquement un grand sac à main noir.

– Et le vison, monsieur, dit Roger, s'attirant un froncement de sourcils de son chef.

– Le vison ? » répéta Alicia avec curiosité.

Ward soupira.

« Il semblerait que Mme Parlour portait un manteau de vison quand elle a quitté la villa.

– Ça n'a aucun sens. C'est l'été dans deux semaines. Cela dit, c'est presque l'hiver à Londres. Peut-être qu'elle se rendait vraiment là-bas.

– Avec un sac à main et un vison ? Nous avons vérifié tous les vols pour le Royaume-Uni depuis cinq jours, pas trace d'une Mme Parlour. Ni à la douane de Londres.

– Alors vous n'avez rien ? »

Ward se renfrogna.

« En réalité, nous avons plusieurs traces de Mme Parlour ce samedi. Elle a garé sa voiture au Queen Victoria Building vers quatorze heures trente, et dix minutes plus tard on la voit mettre un courrier dans la boîte aux lettres de Pitt Street, puis elle s'est rendue dans une bijouterie au Strand Arcade. On la retrouve sur une caméra de surveillance quand elle retourne au QVB pour récupérer sa voiture, mais ensuite elle disparaît.

– Une bijouterie ?

– Oui. Est-ce qu'elle a fait état d'un bijou qu'elle devait faire réparer, à vous ou quelqu'un d'autre du groupe ?

– Non, quel type de bijou ? »

Ward secoua la tête.

« Je ne peux pas vous donner de détails, mais cela constitue une raison supplémentaire de penser qu'elle n'a pas quitté le pays, ni, comme la presse le laisse entendre, attenté à ses jours.

– Et aussi, il y a la voiture abandonnée.

– Exact. Retrouvée à la gare de Hornsby lundi soir. Vous avez une idée de la raison qui aurait pu l'amener là ? Elle connaît des gens dans le voisinage ? Quelqu'un de votre club habite là ? »

Alicia se voûta légèrement. « Non, je regrette. »

Elle se sentait plutôt inutile et se demandait combien de temps il faudrait à l'inspecteur pour s'en rendre compte et la renvoyer à ses fourneaux. Pour le moment, elle s'efforçait de le faire parler dans l'espoir de glaner le plus d'informations possible.

« Naturellement, elle a pu se garer là pour prendre un train, avança-t-elle.

– C'est le scénario que nous étudions. Malheureusement, pour le moment, aucun employé de la gare ne se souvient l'avoir vue arriver ou repartir. Et les caméras ne fonctionnent pas. »

Son expression en disant ces mots montrait clairement ce qu'il pensait de cette défaillance.

« Vous ne savez pas quand elle est arrivée à la gare, du coup ?

– Ni même si elle y est venue, dit-il avec une pointe de découragement. Mais ce n'est pas de cela que je veux discuter avec vous. Vous dites que vous étiez dans le même club de lecture. De quel livre deviez-vous parler le jour où elle n'est pas venue ?

– Oh, euh, *La Mystérieuse Affaire de Styles.* Le premier Hercule Poirot.

– Vous êtes sûre ?

– Catégorique. C'est la première apparition du petit détective belge. Pauvre Agatha, elle n'imaginait pas qu'il deviendrait si célèbre… »

Ward toussota.

« Non, je veux dire, êtes-vous sûre que c'est bien de ce roman que vous deviez parler ?

– Ah, pardon. Oui, évidemment, je suis sûre, pourquoi ? »

À nouveau, les deux hommes échangèrent un regard.

« Dans la voiture de Mme Parlour, nous avons retrouvé son vison, son permis de conduire…

– Elle n'aurait jamais laissé traîner des choses pareilles, n'est-ce pas ? Est-ce que ça ne prouve pas qu'il s'est produit quelque chose d'anormal ? »

Sans répondre, Ward poursuivit. « Et nous avons également retrouvé ceci. »

Il tendit la main vers une boîte posée sur son bureau et en tira un sachet plastique dans lequel un livre avait été mis sous scellés.

« Est-ce que vous connaissez ce livre ? Deviez-vous en parler lors d'une de vos, heu, réunions ? »

Il lui tendit le sachet. À travers le plastique, elle reconnut *Le Train bleu*, une autre enquête d'Hercule Poirot. L'illustration de la couverture montrait deux contrôleurs de train penchés sur le corps d'une femme affaissée sur la banquette dans un compartiment, morte, évidemment. Un classique du genre.

« Eh bien, c'est un Agatha Christie, d'accord, mais il ne figure pas sur notre liste, précisa Alicia. Je ne le connais pas vraiment, je ne l'ai jamais lu, j'imagine que Barbara avait envie de nous le proposer. Cela vous semble important ? »

Il reprit la pochette et la rangea dans la boîte. « Y avait-il autre chose, mademoiselle Finlay ? »

Alicia réfléchit. Elle était tentée de mentionner les soupçons de Wanda sur une liaison entre Arthur et sa femme de ménage mais décida de se taire. Elle n'avait aucune preuve et s'était déjà fait accuser de répandre des commérages, peu de temps avant. Inutile d'en rajouter. De toute façon, si les journaux étaient sur le coup, la police devait être au courant. Il y avait en revanche deux autres petites choses que l'on pouvait qualifier de commérages mais qu'elle tenait de source sûre et ne voulait pas garder pour elle. Elle s'arma de courage.

« Il faut que je vous dise que le jour où nous étions chez Barbara pour la réunion du club, l'une de nous a vu sa fille, Holly, embrasser son professeur de tennis. »

Elle se faisait l'effet d'être revenue au collège et le regarda piteusement, s'attendant à le voir lever les yeux au ciel. Mais il resta impassible. Elle poursuivit. « Holly a seize ans, et le professeur au moins la trentaine, à ce que j'ai vu. » Elle leva les mains dans un geste de reddition. « Je vous parle de ça comme ça, je ne dis pas que ça ait quoi que ce soit à voir avec la disparition de Barbara, mais j'ai eu l'impression qu'ils cachaient quelque chose, tous les deux… »

Sur quoi, elle leur rapporta la conversation qu'elles avaient surprise avec Claire.

Roger, qui notait toutes ses paroles avec frénésie, son crâne rasé oscillant de bas en haut, s'interrompit pour demander : « Permettez-moi de résumer : la fille, Holly, a dit : “Nous devons lui dire, nous ne pouvons pas garder ça pour nous”, sur quoi le professeur de tennis a répondu : “Mais tu ne peux même pas prouver que c'était moi” ?

– Quelque chose comme ça, dit Alicia. C'était l'idée, en tout cas. Mais une fois de plus, il pouvait s'agir d'un problème tout à fait innocent, une raquette de tennis cassée ou quelque chose de ce genre. »

Ward semblait impatienté. Il avait cessé de caresser sa moustache.

« Laissez-nous décider de ce qui est innocent ou non, mademoiselle Finlay. Merci. Quel est le nom de ce professeur ?

– Jake Smith. C'est tout ce que je sais de lui. »

Il fit un signe de tête à Roger, qui continuait à noter.

« Autre chose ?

– Une dernière, oui. Je suppose que vous êtes au courant, il s'agit du frère cadet de Barbara.

– Niles Blakely ? Je vous écoute.

– C'est lui qui doit hériter de Barbara.

– Et comment savez-vous cela ? »

Alicia hésita. « Apparemment, ce n'est pas un secret. C'est Holly qui me l'a dit, et, bon, Niles l'a dit lui-même à ma sœur. Elle est allée le voir à son café. »

Les sourcils broussailleux de Ward ne faisaient plus qu'un.

« J'ai l'impression que vous êtes partout, vous et votre club.

– On est très inquiets, voilà tout. On s'est dit que son frère pourrait peut-être nous aider à la trouver. Vous savez qu'il a des problèmes d'argent ?

– Oui, merci mademoiselle, nous-mêmes savons mener une enquête. » Il se leva. « Je ne peux pas discuter plus en détail de cette affaire avec vous, mademoiselle Finlay. D'ailleurs, rien ne prouve pour le moment qu'il y ait une affaire. Jusqu'à plus ample informé, nous devons considérer que Mme Parlour va bien.

– Mais vous n'y croyez pas réellement, si ? »

Ignorant sa question, il la reconduisit jusqu'à la porte. « Mademoiselle Finlay, dit-il en plantant ses yeux dans les siens, vous semblez être une personne intelligente, mais vous devez être très prudents, vous et les autres membres de votre club. Nous ne sommes pas dans un roman policier dont on discute assis autour d'une tasse de thé. Mme Parlour peut être partie de son propre chef ou être en grand danger. Pour ma part, les circonstances sont très suspectes et nos craintes pour la vie de cette dame sont grandes.

– J'en suis bien consciente.

– Alors tenez-vous-en à ce que vous faites si bien, la fiction, et laissez les vrais criminels aux experts. Vous me suivez ? »

Alicia promit d'obéir, mais dans un coin de sa tête, elle croisait fermement les doigts. Pas question de laisser tomber Barbara à ce stade. Et de ce qu'elle savait de ses compagnons du club, ils seraient du même avis.

Au moment où Alicia quittait le commissariat, Arthur Parlour avançait sur le fairway de son golf favori. Un peu plus tôt dans l'après-midi, il s'était débrouillé pour glisser entre les pattes des journalistes afin de s'y rendre, et il n'en était pas peu fier. Malgré tout, il se sentait d'humeur sombre et irritable alors qu'il finissait laborieusement le cinquième trou pour aller vers le sixième, traînant derrière lui ses clubs de golf brinquebalant dans un chariot de cuir à roulettes.

Ça n'avait pas marché du tout, se disait-il. Le détour avait été inutile, quelle perte de temps ! Il avait cru qu'elle serait contente de le voir, cela faisait plusieurs jours, après tout, mais elle s'était conduite comme une vraie peau de vache.

Une belle salope, même. Il fulminait.

Qu'est-ce qu'elle espérait de plus ? Il avait besoin d'elle, elle aurait dû le comprendre. Ces derniers jours avaient été épouvantables. Les journalistes campaient devant sa porte, les flics lui tournaient autour comme des vautours, et sa propre fille n'osait même plus le regarder dans les yeux.

Et voilà qu'elle aussi se retournait contre lui ! Il enrageait. Il aurait cru pouvoir se fier à elle. Après toutes ces années. Manifestement, il s'était trompé.

Pestant, il tira son chariot sur la zone de départ, puis le recula un peu pour ne pas gêner son coup. Il sortit son bois 1, plissa le nez, le reposa et saisit le fer 9, qu'il regarda amoureusement. C'était son club préféré, son porte-bonheur, pour ainsi dire. Ces derniers temps il avait effectué grâce à lui nombre de coups phénoménaux, le vieux Jonsey, de la compta, en était resté baba au dernier tournoi de la boîte. Il s'était fichu de lui en le voyant sortir le fer, lui avait conseillé d'utiliser le drive à la place. Arthur lui avait bien rabattu son caquet.

Il ricana et caressa le manche de son club, admirant sa lueur métallique. Il s'était offert cette série neuve six mois plus tôt. Des Callaway, légers, aérodynamiques, qui coûtaient une petite fortune, mais il ne regrettait pas un centime de son achat. Un peu flambeur, c'est vrai, mais il méritait ça. Bon sang, après tout ce qu'il avait dû endurer, il méritait bien ça, et plus encore. Il prit une balle et un tee, se dirigea vers le départ, planta le tee dans l'herbe rase et y posa la balle.

Il recula, examina le parcours sur toute l'étendue du fairway. Personne en vue. Parfait, les conditions idéales.

Il étudia sa balle, jeta un nouveau coup d'œil au fairway, revint à la balle, ajusta sa prise sur le club, s'attarda sur ses lignes d'argent brillant, replaça ses pieds, balança ses hanches. Les balança encore.

Il grogna. Il n'était pas concentré du tout, aujourd'hui.

Bon sang de bonsoir, elle avait vraiment tout foutu en l'air. Il ne taperait pas une bonne balle dans un tel état d'esprit.

Il laissa tomber son club dans l'herbe, secoua les bras, s'efforçant d'évacuer ses pensées parasites. Un petit bruit derrière lui le fit sursauter. Il se retourna, saisi.

« Ah, c'est toi ! Dieu du ciel, tu m'as fichu une de ces frousses », souffla-t-il avec soulagement. Puis il se rembrunit. « Qu'est-ce que tu viens faire ici ? Tu m'as quand même pas suivi ? C'est une blague ? »

Il lui tourna le dos en secouant la tête et en jurant tout bas. Décidément, quelle journée pourrie. Il ne pouvait même pas jouer au golf tranquille !

« C'est tout de même incroyable, explosa-t-il en mettant les poings sur ses hanches. Je n'ai absolument pas de temps à perdre avec ces âneries, je ne vais pas te le répéter… »

Il ne se trompait pas.

Arthur Parlour ne devait plus jamais rien répéter. En une fraction de seconde, sa tête avait éclaté, défoncée par son club rutilant.

17

« **TIENS, VIENS T'ASSEOIR ICI,** dit Missy en poussant quelques livres pour faire une place à Claire, qui les rejoignait à l'instant. Alicia était en train de raconter comment ce macho d'inspecteur de police essaye de nous faire peur.

– Mais nooonnn ?

– Mais si ! » confirma Missy, les yeux agrandis d'indignation derrière ses lunettes.

Ce jeudi, le groupe se réunissait dans une section de la bibliothèque qui à dix-huit heures trente était fermée au public. Hormis Anders, retenu à son cabinet, tous étaient venus, avides de poursuivre leurs investigations.

« Qu'est-ce que j'ai raté ? » demanda Claire. Alicia lui résuma les dernières informations, dont le livre qu'on avait trouvé dans la voiture de Barbara.

« Malheureusement, aucun de nous n'a lu *Le Train bleu*, dit Missy, mortifiée comme s'il s'agissait là d'un grave manquement. Et notre unique exemplaire est emprunté. Et devine qui l'a emprunté ? » Elle avait pris une expression gourmande. « Barbara ! clama-t-elle sans laisser à Claire le temps d'ouvrir la bouche. J'ai vérifié. L'exemplaire que détient la police, celui qu'ils ont trouvé dans la voiture, c'est le mien ! C'est sinistre, non ? Enfin, je dis le mien, c'est-à-dire celui de la bibliothèque. Je le savais bien que j'avais déjà vu Barbara avant notre première réunion. Elle était venue ici. » Elle se tut un instant. « Je me demande pourquoi elle a affirmé le contraire. Bref, dit-elle avec un haussement d'épaules qui fit danser ses boucles cuivrées, elle a emprunté plusieurs livres il y a quelques semaines, avant le début du club.

– Attends, *Le Train bleu*, c'est ça ? Ça me dit quelque chose. Je crois que je l'ai lu.

– C'est vrai ? dit Alicia. Est-ce que tu te rappelles ce que ça raconte ? Peut-être qu'il y a un indice, ou qu'elle a voulu nous faire passer un message ? Un suicide, une femme battue, quelque chose de ce genre ? »

Claire fouilla dans sa mémoire. « Je ne crois pas que les histoires de femmes battues étaient dans le style de miss Christie, si ? Un peu trop *peuple*… Laissez-moi réfléchir… » Elle ramena ses boucles noires derrière son oreille avec une petite moue de ses lèvres peintes. « C'est l'histoire d'un groupe de gens qui sont tous à la poursuite d'un rubis d'une valeur exceptionnelle, qui porte un nom extraordinaire, et tout le monde se retrouve dans ce fameux train bleu qui parcourait la Côte d'Azur… J'aurais adoré faire ce voyage ! Si ma mémoire est bonne, il y a un danseur exotique, des escrocs sournois, un homme qui se fait passer pour un autre… Non, pas de femme maltraitée, définitivement. Une intrigue haletante, c'est sûr, mais je ne vois pas trop le lien qu'il pourrait y avoir. J'imagine que si la police fouillait nos voitures ou nos maisons, ils trouveraient des aventures d'Hercule Poirot oubliées dans les coins. On fait partie du Club des amateurs de romans policiers, après tout.

– Tout à fait exact ! s'exclama Missy, qui s'était installée devant un ordinateur et tapotait fébrilement. Alors, d'après mon petit ami informatique, *Le Train bleu* a été publié en 1928 et réédité régulièrement depuis. Mmm… Ah, c'est intéressant, Agatha a commencé à l'écrire deux ans plus tôt, 1926, ce qui est un délai très long pour elle. D'ordinaire, elle écrivait ses romans en un an à peine. Voyons le résumé… Ah, c'est ça, Claire, le rubis est appelé le Cœur de Feu ! Cette imagination, c'est merveilleux, non ? Cette façon qu'elle a de faire d'un bijou ou d'un train un personnage en soi ?

– OK, mais quel rapport avec la disparition de Barbara ? coupa Perry avec impatience.

– Minute, laisse-moi finir. Alors, d'après Wikipédia…

– On devrait s'en tenir à des sources fiables, ronchonna Alicia.

– Mais elles sont fiables ! Chut, écoutez, une citation intéressante d'un critique anglais. Je vous lis : “Le livre que l'auteur aimait le moins, avec lequel elle batailla tant et plus", blablabla… "intrigue à l'étranger", blablabla… Il conclut en disant : "Il y a des candidats mieux placés au titre de pire roman d'Agatha Christie."

– Oh, je ne trouve pas qu'il fait partie de ses pires romans, protesta Claire, tant s'en faut. Je n'ai pas du tout aimé *L'Homme au complet marron*, par exemple. »

Un long débat s'ouvrit pour déterminer quels romans d'Agatha ils aimaient le moins, jusqu'à ce que Perry lève une main lasse.

« Ohé ! J'ai un rendez-vous galant pour dîner dans une demi-heure, est-ce qu'on peut avancer, s'il vous plaît ?

– Exact, dit Missy. Donc, charmants amis, pourquoi Barbara aurait-elle laissé ce livre-là dans sa voiture, celui qu'Agatha aimait le moins, excusez du peu. Qu'est-ce que cela signifie ?

– Permettez-moi de jouer le rôle d'Anders : "Cela ne signifie sans doute rien du tout", dit Claire. Mais nous devons en prendre note.

– Donc je prends note », dit Alicia en soulignant le titre dans son carnet.

C'est alors que Lynette se leva d'un bond, les yeux écarquillés, bouche bée. « Oh, mon Dieu », hoqueta-t-elle.

Elle fixait son téléphone et semblait pétrifiée par ce qu'elle lisait.

« Que se passe-t-il ? demanda Missy en levant les yeux de son écran.

– Je parcourais les informations, pour voir s'il y avait du nouveau…

– Eh bien ? piailla Perry.

– Arthur Parlour…

– Ils l'ont arrêté ? Il s'est enfui ? » avança Perry.

Lynette secoua la tête, déglutit douloureusement, et releva les yeux vers eux.

« Vous n'allez pas le croire…

– Mais quoi ? s'exclama Alicia avec irritation.

– Il est mort. Arthur Parlour. Ils l'ont retrouvé mort ! »

18

POUR LA PREMIÈRE FOIS depuis le début de leurs rencontres, tous les membres du club restèrent sans voix. Après avoir lâché cette bombe, Lynette s'était mise à consulter furieusement son téléphone en quête de détails, cependant que Missy faisait de même sur son ordinateur. Elle finit par se lever pour allumer la télévision de la bibliothèque. Prenant possession de la télécommande, Alicia zappa de chaîne en chaîne, sans résultat. Le décès d'Arthur ne faisait pas encore la une des infos.

Perry fut le premier à rompre le silence. « C'est fichu pour mon rendez-vous galant », gémit-il. Claire lui décocha un regard assassin.

« Je ne peux pas y croire, soupira Alicia. Je… je me sens tellement horrible.

– Comment ça ? dit Missy. Tu n'y es pour rien.

– Mais si, j'ai harcelé ce pauvre homme des jours durant, j'ai dit aux policiers qu'il n'était pas clair… Je n'aurais jamais imaginé qu'il puisse se faire tuer.

– Attends, rien ne dit qu'il s'est fait tuer, rappela Claire. Il a pu se suicider, ou bien c'est juste un accident…

– Ah, voilà ! coupa Lynette en brandissant le petit écran de son smartphone. C'est partout sur les réseaux… Attendez que ça charge… Voilà, alors, ils disent ici qu'on aurait trouvé le corps d'Arthur Parlour en fin d'après-midi sur un parcours de golf, ah, le golf de Rose Bay… "mortellement blessé", disent-ils… » Elle scrolla rapidement. « Non… Non… c'est tout ce qu'il y a. Mais ça paraît suspect, il n'a pas l'air de s'agir d'un suicide.

– Tu as vu ça où ? » demanda Missy, ses doigts volant sur le clavier pour trouver les sources.

Lynette lui montra l'adresse du site.

« C'est un site d'informations sérieux, mais ça vient tout juste de sortir, probablement, ils n'ont pas grand-chose. Rien à la télé, Lis ?

– Non, toujours rien.

– Quels dinosaures, souffla Lynette, continuant à scroller tandis que sa sœur continuait à se torturer.

– On était là à le regarder comme un assassin, et maintenant il est mort. C'est irréel. Et toujours aucun signe de Barbara.

– Oh, doux Jésus, la pauvre Holly, déplora Missy. Je sais bien que ce n'est pas la gamine la plus sympa du monde, mais quand même, la maman aux abonnés absents et le papa assassiné…

– Rien ne dit que ce soit un meurtre, répéta Claire. Une blessure mortelle, ça peut être aussi un accident dramatique. Une balle de golf perdue, je ne sais pas, moi… »

Personne n'était très convaincu par la supposition.

« Je me demande ce que ça signifie, fit Perry. Est-ce que ça a un rapport avec la disparition de Barbara ? »

Ils le regardèrent avec perplexité. Personne n'avait de réponse à cette question.

« Attendez, les cocos, ici il y a un peu plus de détails », dit Missy. Tous vinrent se presser autour d'elle tandis qu'elle lisait à haute voix. « "*Arthur Parlour, directeur bien connu d'une société d'investissement de la banlieue est de Sydney*", blablabla, "*futur candidat au sénat*", blabla, "*trouvé mort sur le parcours du golf de Rose Bay vers dix-sept heures aujourd'hui par les agents de sécurité du club*", Hum… "*retrouvé avec la tête fracassée, à la suite, présume-t-on, d'une agression inopinée*"…

– Agression ? dit Alicia. Alors c'est bien un meurtre.

– Oui, mais inopinée ? pépia Perry. Ils veulent dire quoi, il s'est pris un coup derrière la caboche comme ça, *oh my God*, à cause d'un taré qui passait par là et qui l'a laissé pour mort ? Ils ne font aucune référence à la disparition de sa femme ? Sérieux ?

– Du calme, mon chou, j'y arrive, tempéra Missy en faisant défiler le texte sur son écran. J'en étais où… ah oui : "*La police devra établir si cette agression est liée à la récente disparition de son épouse, Barbara Parlour, dont personne n'a de nouvelles depuis samedi dernier… Aucune hypothèse n'est exclue à ce stade. Un appel à témoins est lancé*", etc.

– Mais quelle blague ! cracha Perry.

– Évidemment qu'ils considèrent qu'il y a un lien, assura Alicia. Ils ne veulent pas trop en dire, voilà tout. La question est de savoir ce qu'on en pense, nous. Vous croyez que les deux affaires sont connectées ? »

Tous hochèrent gravement la tête.

« C'est impossible autrement, dit Missy. La coïncidence serait énorme. Mais quel est le lien ? Et la raison ?

– Peut-être que c'est vraiment le prof de tennis qui a tué Barbara, avança Perry. Il a obéi à Holly et est allé faire ses aveux à Arthur, mais ils se sont battus… » Il s'interrompit, conscient de l'absurdité de ce qu'il disait. « Ah mais non, j'ai une meilleure idée !

– Et allons donc », marmonna Claire.

Perry fit mine de ne pas l'avoir entendue.

« C'est une affaire de chantage qui a mal tourné ! C'est forcément ça.

– Pardon ? dit Claire.

– Réfléchissez. Les Parlour sont blindés de thunes, ce sont les candidats parfaits pour ce genre de choses. Elle disparaît, Arthur reste très discret, il ne veut pas que les flics interfèrent, il nous soutient que tout va bien. En fait elle a été kidnappée pour obtenir une rançon et on lui a ordonné de ne rien dire à personne. Cet imbécile vaniteux pense qu'il va pouvoir se débrouiller tout seul, payer et la récupérer. Il va à un rendez-vous au golf et au lieu de retrouver sa femme, il se fait tuer. »

Cela n'avait rien d'absurde, d'après Alicia, mais Claire ne partageait pas cet avis.

« Pourquoi le tuer au lieu de libérer la femme ? Tu supposes que c'est Jake qui a kidnappé Barbara, ou quelqu'un d'autre ? Ce n'est pas clair.

– Peut-être que Barbara et Arthur ont découvert l'identité du maître chanteur, et c'est pour ça qu'ils ont été tués. Je ne sais pas, Claire, je n'ai pas toutes les réponses, juste quelques théories remarquables. »

Il se laissa tomber sur une chaise, l'air découragé.

« Eh bien moi, en tout cas, Perry, j'aime bien ta tournure d'esprit, décida Alicia. Tu es encore plus sinistre que moi.

– Merci. Enfin, je crois…

– Mais j'ai une autre théorie, et je pense qu'elle te plaira davantage, Claire. »

Ils étaient tout ouïe. « Lyn, tu as bien dit qu'il a été retrouvé sur un golf à Rose Bay ? » Lynette confirma. « Et qui habite juste à côté d'un golf à Rose Bay ? Qui a une maison qui donne sur le terrain ? »

Claire ouvrit de grands yeux.

« Mais oui, évidemment ! Wanda Birchin !

– Absolument. Wanda Birchin. La soi-disant ex-meilleure copine de Barbara. Celle qui nous a appris qu'Arthur était du genre volage. Et comment est-ce qu'elle le sait ?

Peut-être qu'elle était elle-même une de ses conquêtes ? Peut-être qu'ils ont eu une dispute entre amoureux ? »

Claire ne semblait guère séduite par cette nouvelle hypothèse. Alicia insista.

« D'après moi, c'est parfaitement logique. Rappelle-toi, Claire, elle nous a raconté qu'elle et Barbara étaient brouillées. Mais elle n'a pas voulu dire pourquoi. Peut-être que Barbara l'a surprise avec Arthur ?

– Ou alors le mari de Wanda ! piailla Missy en s'agitant soudain. Elle est mariée, non ? »

Claire et Alicia se regardèrent, interdites. Elles n'en avaient pas la moindre idée. Wanda n'en avait pas fait état, mais elle présentait toutes les apparences de la riche oisive, ce qui implique généralement d'avoir quelqu'un à l'arrière-garde pour alimenter la carte Gold.

« Bon, admettons qu'elle ait un mari, peut-être qu'il les a pris en flagrant délit et qu'il s'est vengé, développa Missy. Dommage qu'on n'ait pas plus de détails…

– Dommage qu'on ne sache même pas si elle couchait avec Arthur, rétorqua Alicia. C'était juste une supposition. »

Elle se radossa au fond de sa chaise tandis qu'un silence morose retombait sur l'assemblée.

Alicia reprit la parole.

« Je dois retourner voir Wanda. Je dois en avoir le cœur net.

– Je ne sais pas trop… dit Lynette avec réticence.

– Désolée, mais il faut qu'elle nous donne des réponses claires. Je pense qu'elle nous a menées en bateau depuis le début. C'est elle qui a tenu à ce qu'on aille chez elle, vous vous souvenez ? Et qui nous a raconté toutes ces fadaises à propos d'une liaison qu'Arthur aurait avec Rosa. Elle a même essayé d'impliquer Holly, en disant qu'elle était violente, etc. Et maintenant, Arthur est retrouvé mort devant sa porte, ou presque. Tttt. Cette dame va devoir répondre à quelques questions, et je n'ai pas peur d'aller les lui poser. » Elle se pencha en avant, levant ses mains jointes devant elle dans un geste de supplique. « Écoutez, je sais que nous avons tous des emplois du temps chargés, et que nous avons déjà passé beaucoup de temps sur cette affaire, mais la mort d'Arthur donne une dimension très différente à tout ça. D'après moi, il faut qu'on passe à la vitesse supérieure si on veut retrouver Barbara vivante.

– *Si* elle est encore vivante, précisa Perry, le menton dans une main. Excuse-moi, mon chou, mais ça semble de moins en moins probable, il faut regarder les choses en face.

– Quoi qu'il en soit, vivante ou non, il faut la retrouver, insista Alicia. Et si ça implique d'aller poser des questions délicates, eh bien tant pis. La mort d'Arthur prouve qu'il se passe des choses très suspectes chez les Parlour. Alors, les amis, on s'en mêle ou pas ? »

Elle fit du regard le tour de l'assistance, recueillant leurs hochements de tête. Aucun d'eux ne connaissait cette femme personnellement, mais tous avaient le goût du mystère et l'énigme était trop tentante. S'ils pouvaient aider Barbara par la même occasion, c'était tout bénéfice.

« Et donc, qu'est-ce que tu suggères, miss Poirot ? demanda Missy.

– "*La petite méthode classique !*" pontifia Alicia avec son meilleur accent belge. "*Procédons par élimination. On élimine les suspects un par un, au lieu de courir dans tous les sens comme des chiots.*" »

Ils la dévisagèrent, les yeux ronds. Elle rosit.

« Pardon, je n'ai pas pu m'empêcher... C'est une réplique de Poirot dans *Drame en trois actes*, j'ai revu le film il n'y a pas très longtemps à la télé. Ce que je voulais dire, c'est qu'il me semble que chacun devrait se concentrer sur un aspect de l'enquête et partir de là. Il faut éliminer les suspects un par un. Pour ma part, je me concentre sur Wanda et je verrai où ça me mène.

– Je pourrais retourner fouiner un peu chez les Parlour, maintenant qu'Arthur n'est plus là ? hasarda Missy, mais Alicia secoua la tête.

– La police doit mettre la maison sens dessus dessous, à l'heure qu'il est. Tu ne pourras jamais passer la porte.

– Il serait temps, remarque. OK, les cocos, je m'en tiens à ce que je fais le mieux, je vais voir ce que je peux trouver d'intéressant dans le livre qu'ils ont récupéré dans la voiture de Barbara. Et je jetterai un œil à l'historique de ses emprunts, pendant que j'y suis. Peut-être que ça donnera une piste.

– Est-ce que c'est bien légal ? » s'inquiéta Claire.

Missy lui décocha un sourire matois.

« Excellente idée, je trouve, dit Alicia. Et quant à vous, mademoiselle Hargreaves… »

Claire haussa délicatement ses sourcils parfaits.

« Moi ?

– Ça ne va pas te plaire, mais je trouve que tu devrais faire une petite visite à notre Casanova du tennis. Voir ce qu'il sait de la famille, tâcher d'en découvrir un peu plus sur ses relations avec Holly. Peut-être qu'il te dira pourquoi ils se disputaient l'autre jour.

– Oh, non, gémit Claire. Il est tellement visqueux.

– Exact, c'est un gros tombeur à qui tu as beaucoup plu, j'en ai peur. Allez, chausse tes jolies tennis blanches, le jeu en vaut la peine.

– Oh, pour ça, j'ai la tenue complète ! s'exclama Claire, ragaillardie. Bon, ça marche, mais il faudra attendre samedi. Je ne peux pas continuer à fermer la boutique pour un oui ou pour un non. Je vais faire faillite, à ce rythme.

– Et moi ? fit Perry en se redressant. Tu n'aurais pas un petit tombeur pour moi ? »

Alicia éclata de rire.

« Qu'est-ce que tu dirais d'aller faire un tour dans cette bijouterie de Strand Arcade ? C'est l'un des derniers endroits où Barbara a été vue vivante. L'inspecteur Ward a laissé entendre qu'elle avait porté quelque chose à réparer, mais il n'a pas donné de détails. Peut-être que tu réussirais à découvrir de quoi il s'agit et si ça a de l'importance ?

– Excellente idée, comment s'appelle la bijouterie ?

– Aïe, Ward ne l'a pas précisé. Mais il ne peut pas y avoir tant de bijouteries que ça dans un centre commercial ?

– Je pense que je peux y arriver, mais c'est comme pour Claire, je ne pourrai pas m'en occuper avant ce week-end, mon patron va m'étriper si je prends une demi-journée de plus.

– En fait, ce sera parfait, dit Alicia. Barbara y est allée un samedi, donc l'idéal serait de parler à la personne qui est là le week-end. Et puis il y a moins de risques de tomber sur le patron, et plus de chances de pouvoir papoter tranquillement. On pourrait se retrouver, disons, dimanche matin pour partager ce qu'on aura récolté ? Faisons ça chez nous vers dix heures, comme ça nous pourrons rester un peu avec ce pauvre Max abandonné et, avec un peu de chance, goûter les exceptionnelles crêpes à la cannelle de Lynette… »

Elle regarda sa sœur avec espoir. Lynette acquiesça.

« Wouah, j'en salive à l'avance, dit Missy. Et toi, Lynette, qu'est-ce que tu pourrais faire, à part nous préparer un de tes festins, bien sûr ?

– Oh, moi, je sais très exactement ce que je vais faire, répondit Lynette en se levant et en s'étirant. Une petite virée à la plage. À ce que je sais, il y a quelqu'un qui doit se réjouir de la mort d'Arthur, et il est grand temps que je lui rende une deuxième visite. »

19

SI NILES BLAKELY SE RÉJOUISSAIT de la mort soudaine de son beau-frère, le moins qu'on puisse dire est que ça ne se voyait pas. Il était encore plus débraillé que la première fois que Lynette l'avait vu, la ride entre ses sourcils était devenue une tranchée et les valises sous ses yeux des malles-cabine. Il ne semblait pas très désireux non plus de parler à Lynette, plantée devant l'entrée de son café, sa sœur sur les talons.

Car Lynette avait tenu à aller le voir le jour même et, ayant échoué à la convaincre d'attendre jusqu'au lendemain matin, Alicia avait tenu à l'accompagner.

« Si tu y vas à cette heure-ci, je viens avec toi. Il pourrait être dangereux.

– J'en doute fort.

– Tu ne le connais pas, Lynette. Et d'ailleurs, j'ai aussi des questions à lui poser. Faisons d'une pierre deux coups… »

Elle avait cligné de l'œil avec un petit sourire d'excuse.

Elles étaient repassées chez elles en quittant la bibliothèque pour nourrir un Max désespéré d'être à ce point négligé et récupérer la Torana, qui serait beaucoup plus rapide que les transports en commun. Plus un sachet de muffins.

Lynette avait tapé sur la main qu'Alicia glissait dans le sachet, soulevant une protestation boudeuse.

« Désolée, sœurette, mais c'est un petit cadeau pour Niles. Un calumet de la paix qui lui déliera la langue, avec un peu de pot.

– Tu ne sais même pas s'il sera là ! grommela Alicia en consultant l'horloge du tableau de bord. Il est presque vingt-deux heures, et tu m'as dit qu'il n'ouvre pas le soir.

– J'ai une intuition. »

Son intuition ne l'avait pas trompée. Niles traînait dans son café quand elles arrivèrent, mais il ne se laissa pas soudoyer par les muffins chocolat blanc myrtilles, qu'il regarda comme s'ils étaient bourrés d'arsenic.

« Non, merci », ronchonna-t-il en refermant la porte vitrée coulissante.

Mais Lynette avait glissé son pied dans l'entrebâillement. Elle lui offrit son sourire le plus enjôleur.

« Allons, Niles. Nous ne sommes pas des ennemies.

– Tout le monde est devenu un ennemi, à ce que dit mon avocat. Vous êtes au courant, pour Arthur ?

– C'est partout sur Internet.

– Eh bien ce n'est pas moi qui ai fait ça !

– Je n'ai jamais prétendu que c'était toi.

– Oui, mais après ce que je t'ai dit hier… »

Il ne termina pas sa phrase, et sa peau blanche se teinta de rose sous les taches de rousseur.

« C'est précisément ce qui me fait penser que ce n'est pas toi qui as fait ça. Tu m'as expliqué que tu n'avais aucune raison de te débarrasser de ta sœur, sauf si Arthur mourait subitement. Tu ne m'aurais jamais dit une chose pareille si tu prévoyais de l'assassiner, si ? »

Il la regarda, désorienté, puis Alicia, qui était restée en retrait, silencieuse.

« C'est ma sœur, Alicia, on est toutes les deux dans le club de lecture de Barbara, c'est comme ça qu'on l'a connue. On peut entrer ? S'il te plaît ? » Elle lui présenta le paquet. « Ils sont tout frais, et vraiment délicieux. Tu peux les vendre demain, si tu préfères. On les fait à cinq dollars pièce chez Mario. »

Il baissa les yeux sur le sachet, faisant manifestement ses calculs, puis soupira, prit le sac et ouvrit la porte pour les laisser entrer.

« Je ne peux pas vous offrir de café, j'ai éteint la machine, dit-il en posant les muffins sur le comptoir. Vous voulez un thé ou un verre de quelque chose ? »

Elles firent non de la tête et tous trois s'assirent à une table.

« Je n'aurais pas pu le tuer, vous savez. Je suis resté ici tout l'après-midi. Les flics sont venus, je leur ai déjà dit.

– Est-ce que quelqu'un peut en témoigner ? » demanda Alicia d'une voix douce.

Il se rembrunit.

« Non, malheureusement. Je n'ai eu pratiquement personne de la journée, pareil qu'hier. J'ai fermé tôt aujourd'hui, vers seize heures, et je suis resté dans l'arrière-boutique à faire ma compta, pendant que ce pauvre type se faisait taper sur la tête.

– Tu sais à quelle heure c'est arrivé ?

– Selon les poulets, son corps a été trouvé vers dix-sept heures, et ils pensent qu'il était mort depuis une heure, deux maximum. Donc vers seize heures, je suppose. » Il se redressa sur sa chaise. « Je ne suis pas censé parler d'Arthur à quiconque.

– D'accord, alors parle-nous plutôt de ta sœur, dit Alicia. Tu n'as pas reçu de lettre de sa part cette semaine, n'est-ce pas ? »

Niles et Lynette la regardèrent d'un air interrogateur.

« J'ai parlé avec l'inspecteur Ward, aujourd'hui, c'est celui qui est chargé de l'affaire…

– Je sais qui c'est. Qu'est-ce qu'il a dit ?

– Eh bien, il a parlé d'une lettre que Barbara aurait postée en ville le jour de sa disparition. Je me demandais si elle pouvait t'être adressée. »

Il secoua la tête avec énergie.

« Ward m'a posé la même question. Je n'ai pas eu un signe de ma sœur depuis qu'elle a disparu. Je l'aurais dit, sinon.

– Exact. C'est parce que tu avais dit à Lynette que ta sœur ne ferait jamais quelque chose sans t'en parler. Je me disais qu'elle aurait pu t'écrire pour t'expliquer ce qui se passait, comment elle allait…

– Elle ne l'a pas fait. Écoutez, je ne sais pas ce qui lui est arrivé, c'est la vérité vraie. Et je n'ai rien à voir avec la mort d'Arthur. Je ne vais pas prétendre que je l'appréciais ni même que je suis triste qu'il soit mort, c'était un porc et tout le monde vous le dira, mais je ne l'ai pas tué. Certainement pas. »

Son regard, suppliant, allait de l'une à l'autre. Lynette posa la main sur son épaule.

« Tout va bien, Niles, c'est juste des questions.

– Ouais, ben vous posez beaucoup de questions tordues, rétorqua-t-il avec humeur.

– Je peux en poser une dernière ? » dit Alicia.

Devant son silence, elle poursuivit : « Au sujet de Holly. »

Il releva les yeux.

« Ma nièce pourrie gâtée ? Qu'est-ce qu'elle a ?

– Est-ce que ta sœur a parlé d'une histoire qu'elle aurait avec son prof de tennis ? »

Il resta perplexe, puis un éclair de compréhension passa sur son visage.

« Ah oui, je vois, un dragueur qui s'appelle Jack ou Jackson, un truc comme ça.

– Jake Smith.

– C'est ça, dit-il en hochant la tête. Je l'ai rencontré une fois à un barbecue. Il faisait du gringue à Barbs, je crois. Pourquoi, vous pensez qu'il flirte avec Holly ? Mais c'est une gamine !

– Une gamine de seize ans allant sur ses vingt-six, selon la description de ta sœur elle-même.

– Minute, je n'ai pas la moindre idée de ce qui peut se passer entre Holly et un prof pédophile, et je ne me souviens pas que ma sœur ait parlé de quoi que ce soit. La seule chose qu'elle m'a toujours dite, c'est que Holly était une fille à papa pimbêche. Elles n'étaient pas très proches, enfin, depuis que Holly avait atteint la puberté. Ça a quelque chose à voir avec sa disparition ? Vous pensez que Jake aurait pu s'en prendre à elle ? Ou à Arthur ? »

Alicia leva les deux mains en signe de dénégation. « Je ne dis pas ça, je me pose des questions à son sujet, c'est tout. Je me demandais si Barbara t'en avait parlé. »

Il secoua lentement la tête.

« OK, tant pis, fit Lynette avec désinvolture. On ferait mieux d'y aller. »

Ce fut au tour d'Alicia d'être intriguée. Lynette ne l'avait pas traînée jusqu'ici à cette heure de la soirée juste pour ça ? Toutes ces questions auraient très bien pu attendre le lendemain. Elle avait imaginé que sa sœur avait un atout caché dans la manche, mais elle s'était trompée.

« On peut te raccompagner chez toi, Niles ? » proposa Lynette en se relevant et en récupérant les clés qu'Alicia avait posées sur la table.

Il fit non d'un geste nerveux de la tête.

« Nan, nan, j'ai de la compta à finir.

– Tu passes beaucoup de temps sur ta compta, on dirait. »

Elle se rassit et reposa les clés sur la table. « Tu es sans domicile, n'est-ce pas ? »

Alicia tomba des nues, plus encore que Niles. Sa sœur avait un atout dans sa manche, finalement.

« Je ne sais pas de quoi tu parles, bredouilla-t-il d'une voix blanche.

– J'ai vu le sac à dos et le sac de couchage hier, Niles, je suis sûre que tu as dormi ici. Je sais bien que les gérants des cafés travaillent tard après la fermeture, mais toi tu sembles passer un temps fou ici. Tu ne peux pas avoir autant de choses à faire, à ce que je vois tu as très peu de clients. »

Il resta muet. Elle lui pressa doucement l'épaule. « Depuis combien de temps ? »

Après un long silence, il secoua la tête avec un grognement.

« Je me suis fait virer de mon appartement de Surry Hills lundi après-midi. Ils ont changé les serrures, je n'ai même pas pu récupérer mes affaires. Enfoirés. Je devais à peine quelques loyers, mais vous savez comment ça marche avec les propriétaires, de nos jours. Bande de salopards.

– Ta sœur te renflouait, habituellement ? »

Il ne répondit pas, mais la honte sur son visage parlait d'elle-même.

« Pourquoi est-ce que tu ne vends pas ce café ? Pourquoi tu ne déménages pas, pour régler tes dettes ? »

Il haussa les épaules, regardant dans le vide avec découragement. Lynette se tourna vers sa sœur.

« Viens, Alicia, on ferait mieux de laisser ce malheureux dormir un peu. » Elle le regarda. « Bonne chance avec tout ça, OK ? »

Il les suivit des yeux sans les voir, tandis qu'elles quittaient les lieux, le laissant seul au milieu de son café désert.

20

ALICIA EXAMINA LE POSTER CENTRAL, un seize pages à détacher de Lady Gaga qu'ils venaient de finaliser avec le directeur artistique. La photo était légèrement floutée, comme toujours quand on utilise une photo d'une définition trop basse pour le format de reproduction. Elle n'adorait pas non plus l'encadré jaune citron, mais savait que les dix-douze ans le jugeraient stylé à mort, et c'était tout ce qui importait. Elle valida et retourna à son bureau.

On était vendredi, et Alicia avait à nouveau du mal à se concentrer sur son travail. C'était en train de devenir une constante. Elle en avait terminé avec la revue spécial chatons, ce genre de chose ne demandait pas trop de temps, et devait passer à la conception d'un magazine de posters mais ne parvenait pas à se concentrer. Cela faisait deux messages qu'elle laissait à Wanda Birchin, sans réponse, et le besoin de s'activer la démangeait, mais vers qui se tourner ? Elle repoussa sa chaise et se dirigea vers la cuisine, où, par un hasard extraordinaire, Ginny se concoctait un cappuccino. Tous les prétextes étaient bons pour quitter son poste à l'accueil.

« Tu as une mine épouvantable, fit Ginny en haussant la voix pour couvrir le vrombissement du chauffe-lait.

– Merci, Gin, tu as toujours les mots qu'il faut pour me remonter le moral.

– Pardon, ma mignonne, mais qu'est-ce qui t'arrive ? Tu passes beaucoup de temps en dehors du bureau, ces jours-ci. Tu vas finir par avoir des problèmes, si tu ne fais pas gaffe.

– Qui le saura ? Le grand patron est à Londres, tu sais.

– Oui, chuchota Ginny après avoir jeté un regard à la ronde, mais pas Hamish Keener. Il est au mieux avec le boss, et il est tout à fait du genre à balancer.

– Il peut balancer tout ce qu'il veut, le magazine est pratiquement fini, j'ai récupéré mes heures chez moi. »

Elle sortit un mug du placard et s'appuya contre le comptoir en attendant que Ginny ait terminé.

« Alors, qu'est-ce qui t'occupe tellement ? Tu n'es pas encore à t'angoisser à cause de cette bonne femme bizarroïde qui a disparu, quand même ?

– Je m'angoisse d'autant plus que son mari s'est fait assassiner. »

Le sourire narquois de Ginny disparut.

« Mais oui ! J'ai entendu ça aux infos ce matin ! Tu as mis le pied dans un drôle de bazar, avec ton club, c'est ça, hein ? Tu vas te faire une réputation détestable, d'abord renvoyée d'un club, puis quelqu'un qui disparaît du suivant, maintenant un meurtre !

– Je ne me suis pas fait renvoyer, Ginny, je leur ai tiré ma révérence, OK ? »

Mais cette précision ne la fit pas se sentir mieux. Elle se laissa tomber sur le banc avec un soupir de tragédienne.

« Pourquoi tu ne laisses pas faire les flics ? dit Ginny en écartant le pichet argenté et en allant chercher une petite cuillère dans le placard. Désolée de te casser le moral, chérie, mais c'est leur boulot, pas le tien. »

Alicia se leva d'un bond et la regarda fixement. « Tu as raison, bon sang. Tu as parfaitement raison ! »

Elle rangea le mug dans le placard et partit en courant à son bureau pour y prendre son sac à main.

« Holà, où est-ce que tu repars, encore ? lança Ginny de l'extrémité du couloir, son pichet à la main.

– Je te prends au mot, pour une fois ! » répondit Alicia en appuyant sur le bouton d'appel de l'ascenseur.

L'inspecteur Ward lui dit d'entrer sans même la gratifier d'un coup d'œil et lui indiqua une chaise tout en finissant de taper quelque chose sur son ordinateur. Finalement, il releva la tête vers elle en lissant rapidement sa moustache.

« Ah, le retour de la détective du club de lecture. Vous avez du nouveau concernant Barbara Parlour ?

– En fait, fit Alicia en posant son sac par terre, il s'agit d'Arthur Parlour.

– Vous avez entendu parler du meurtre, donc.

– Difficile d'entendre parler d'autre chose. Les journalistes campent devant sa porte, ils attendent de pouvoir photographier la pauvre fille dévastée, maintenant. C'est écœurant.

– Vous n'êtes pas journaliste ? fit-il avec une lueur amusée dans l'œil.

– Si, mais je ne ferais jamais ce genre de choses. Même pour des milliards.

– Content de vous l'entendre dire. Ces procédés ne nous aident pas dans notre travail, par ailleurs. Non plus que les interruptions perpétuelles des visiteurs. »

La lueur avait disparu.

« OK, je vais faire vite. Je voulais juste vous parler de quelque chose au cas où vous ne seriez pas au courant, et que ce serait important. Il s'agit de Wanda Birchin.

– Qui ça ?

– Wanda Birchin, vous savez, l'amie de Barbara, ou ex-amie, en l'occurrence ? Je vous en ai parlé l'autre fois.

– Et donc ?

– Je ne l'accuse pas de quoi que ce soit, hein…

– Dites ce que vous avez à dire, mademoiselle Finlay, je n'ai pas de temps à perdre.

– Pardon. Hum. Alors, Wanda habite juste à côté du golf où Arthur a été retrouvé mort. »

Ward changea d'expression et prit un stylo.

« Wanda Birchill, vous dites ?

– Birchin. Wanda Birchin. »

Il prit note du nom qu'elle lui épelait.

« Je ne dis pas qu'elle ait quoi que ce soit à voir dans tout ça, mais elle pourrait avoir vu ou entendu quelque chose.

– Mes hommes sont en train de questionner tous les habitants des environs, mais c'est bon à savoir. Bien, si vous avez fini, j'ai beaucoup à faire.

– En fait… » Il la regarda avec agacement. « J'aurais peut-être dû vous en parler la première fois que je vous ai vu. » Il fronça les sourcils. « Je ne suis pas très à l'aise avec les racontars, et vous en avez probablement déjà entendu parler, mais je crois qu'il y avait quelque chose entre Arthur et sa femme de ménage.

– Rosa Lopez ? Que voulez-vous dire ?

– Je crois qu'ils avaient une liaison, je ne sais pas de quel ordre exactement et si ça peut avoir un rôle dans tout ça, mais je me suis dit qu'il fallait vous en parler. »

Il soupira. Visiblement, cette rumeur n'était pas nouvelle.

« Est-ce que vous avez une preuve quelconque de ce que vous avancez ?

– Moi ? Heu, non, pas exactement. C'est Wanda qui l'a laissé entendre.

– Encore cette Wanda. Et qu'est-ce qui vous fait penser que M. Parlour et sa femme de ménage étaient intimes ?

– Ma foi, rien de vraiment concret. Mais ils avaient l'air très décontractés la dernière fois que je suis passée chez eux. Il l'a appelée "mon chou", et, heu, Barbara nous avait dit que Rosa ne travaillait chez eux que quelques heures le midi, mais elle donne l'impression d'y être en permanence, maintenant. Enfin, c'était le cas avant la mort d'Arthur.

– Peut-être que comme sa femme n'était pas là, il avait besoin d'elle à plein temps.

– Peut-être. Je vous le dis juste pour ne plus avoir ça sur les bras.

– Vous soulagez votre conscience, en quelque sorte ? Très bien, mademoiselle Finlay, s'il n'y a rien d'autre, je dois me remettre au travail.

– Oui, bien entendu. »

Elle se leva précipitamment. Il la raccompagna à la porte, mais s'arrêta avant d'ouvrir. « Quand avez-vous vu Arthur Parlour pour la dernière fois ? »

Alicia réfléchit.

« La dernière fois que je lui ai parlé, c'est lundi soir, quand je l'ai appelé pour lui demander les coordonnées de Wanda. Mais sinon je l'avais vu un peu plus tôt chez lui. Il était à peine plus de treize heures, je crois, juste avant que vos hommes arrivent pour lui parler. Comme je vous l'ai dit, j'avais insisté pour qu'il vous appelle au sujet de l'absence de Barbara. Il était si réticent à le faire que ça m'avait amenée à le soupçonner. Mais à présent, savoir qu'il a été tué… Comment va Holly ?

– Comme on peut imaginer. Elle est chez des amis, je crois.

– Si, j'oubliais, je sais qu'un membre du club l'a vu vivant vers onze heures mercredi.

– Qui ça ?

– Missy Corner. Elle travaille à la bibliothèque du quartier. Elle était allée chez eux pour récupérer un livre qu'elle a égaré. »

Alicia, au courant du petit arrangement de Missy avec la vérité, ne jugea pas nécessaire de préciser. Ward avait déjà demandé aux membres du club de se tenir en dehors de tout ça.

« Je vois. Vers onze heures, vous dites ? »

Alicia cherchait déjà le numéro de portable de Missy sur son smartphone. Elle le donna à Ward.

« Oui, appelez-la, elle vous confirmera.

– Ça n'a sans doute pas grande importance, maintenant, dit-il avec un geste désinvolte de la main. À moins qu'elle n'ait vu quelque chose de suspect.

– Eh bien, elle a dit qu'Arthur avait brutalisé Rosa. »

Il haussa les sourcils.

« Pas au sens littéral, mais il a hurlé. » Elle décrivit l'altercation tandis que Ward caressait sa moustache. Finalement, il ouvrit la porte.

C.A. Larmer

« Un accrochage avec un domestique donne rarement lieu à un meurtre, mademoiselle Finlay, dit-il, la lueur narquoise de retour dans ses yeux. Enfin, sauf dans les romans d'Agatha Christie. »

21

LE TEMPS ÉTAIT ENCORE MAUSSADE quand Claire pénétra sur les courts de tennis de Rushcutters Bay ce samedi matin. Elle serra étroitement sa veste Adidas vintage en examinant les nuages sombres qui, au-dessus de sa tête, menaçaient de se vider. Elle avait choisi une jupette blanche plissée et se sentait un peu trop exposée, à présent. Elle n'avait pas l'habitude de découvrir ses jambes aussi haut, Charlie n'était pas amateur de ce genre de chose, mais elle s'était dit que Jake Smith apprécierait et qu'il fallait mettre toutes les chances de son côté.

Il apparut à cet instant précis par une porte latérale et bondit vers elle, les yeux remontant le long de ses jambes jusqu'à son buste. « Classe, la tenue », dit-il. Son regard redescendit sur ses jambes et ne remonta pas.

Claire eut un rire nerveux.

« Merci pour le rendez-vous. Ça fait des années que j'ai envie de reprendre le tennis à la base.

– Pas de souci, c'était cool que tu m'appelles. J'ai bien vu qu'on avait un bon feeling. »

Il planta ses yeux dans les siens avec son petit sourire aguicheur et Claire oublia sa nervosité, remplacée par de l'indignation et du dégoût. Elle n'avait jamais aimé les charmeurs, trouvait plutôt repoussants les regards concupiscents, les compliments outrés et même les bouquets de fleurs. Mille fois un gentleman droit et réservé comme Charlie.

Elle se plaqua sur le visage un sourire ravi, qu'elle garda tout au long de la demi-heure de cours qu'elle avait réservée. En vérité, Claire n'avait nul besoin de cours : c'était une joueuse d'un excellent niveau, elle avait commencé très jeune, en Angleterre ; mais elle feignit à plusieurs reprises de rater des balles, gloussant chaque fois de façon puérile. Elle avait espéré qu'il se sente supérieur pour l'amener à lui manger dans la main, mais il ne se laissa pas prendre à ses manœuvres.

« Tu joues beaucoup mieux que tu ne l'as montré », dit-il une fois la leçon terminée. Elle avait insisté pour qu'ils aillent boire un cocktail Pimm's-limonade au bar du club et ils se tenaient sur une vaste terrasse ombragée d'où l'on avait vue sur les courts. Seules deux autres tables étaient occupées, l'une par un couple qui se dévorait des yeux, l'autre par un homme vêtu d'un costume, dont les yeux, pour sa part, dévoraient l'écran du portable posé devant lui. Le gérant des lieux, peut-être, se dit Claire en versant la boisson glacée dans un verre qu'elle tendit à Jake.

« Oh, merci, Jake, c'est très gentil de me dire ça », fit-elle en s'interdisant de battre des cils. Trop en faire serait maladroit. « Depuis combien de temps enseignes-tu le tennis ?

– Quelques années. C'est Barbara qui m'a mis en selle. »

Il se tut un instant. « C'est affreux, ce qui est arrivé à Arthur, hein ? »

Elle acquiesça.

« Tu lui donnais des cours à lui aussi ?

– Nan, lui c'était le golf et rien d'autre. Et ça m'allait très bien.

– Tu ne l'aimais pas ? »

Il eut un mouvement d'épaules, prit son verre et but.

« Pourquoi dis-tu que Barbara t'a aidé ?

– Hein ?

– Tu as dit qu'elle t'a "mis en selle". »

Il hocha la tête, puis se frotta la nuque. Elle l'avait déjà vu faire, exhibant son biceps, et ne put retenir un sourire devant ses manœuvres pathétiques pour l'impressionner. Sourire qui ne fit que l'encourager, et auquel il répondit. Elle n'avait pas ôté sa bague de fiançailles pour le cours, mais cela ne semblait pas l'arrêter – comme elle l'avait pressenti, d'ailleurs, se demandant même si cela ne pouvait pas l'enhardir.

« Ouais, bon, au départ, j'ai une formation de jardinier, un sacré job, pénible, tout le temps à trimballer de la boue et du fumier, vraiment pas un truc pour moi. Mais bon, je me suis occupé du jardin de Barbara pendant quelques mois, et j'ai remarqué que personne n'utilisait le court de tennis, apparemment. Tu vois, le court d'entraînement qu'ils ont, sur le côté ?

– Je vois. »

Le sourire de Jake devint roublard.

« Sûr que tu vois, c'est là que vous étiez en train de m'espionner. »

D'espionner Holly, en fait, aurait-elle voulu rectifier. Elle lui retourna le même sourire finaud.

« Bref, un jour j'ai demandé à Barbs si elle jouait, je ne l'avais jamais vue s'approcher de ce court. Elle s'est mise à rigoler comme si elle n'avait jamais entendu un truc aussi bête et m'a dit que le court était là juste pour faire bien. Elle n'aurait pas rattrapé une balle même si sa vie en dépendait. J'ai proposé de lui apprendre et voilà, le reste s'est enchaîné.

– C'est comme ça que tu as monté ton affaire ?

– Les Terreurs du Tennis, exact, ça te plaît, comme nom ? »

Non, pensa-t-elle. « Et tu as beaucoup de clients ? » demanda-t-elle sans répondre.

Il réfléchit un instant.

« Vingt, un truc comme ça. Barbs m'a aidé à recruter des femmes qui s'ennuyaient au golf house.

– Ahhh, les veuves de golfeurs ! »

Il ricana.

« Plutôt des *desperate housewives.*

– Ah oui ? Elles cherchent des aventures ?

Il haussa les épaules avec flegme. « Je n'ai rien contre une femme plus âgée qui veut flirter un peu... »

Claire prit une profonde inspiration et se lança. « Barbara, elle cherchait un flirt ? »

La question le prit de court. Un nuage assombrit son regard bleu, mais il se ressaisit très vite et haussa à nouveau les épaules sans rien dire. Claire inspira derechef. « Et alors, elle est comment ? »

Il écarquilla les yeux.

« Quoi ?

– Barbara, elle est bonne, au tennis ?

– Oh ! Ah, hum, pas mauvaise. Il a fallu quelques mois mais elle a fini par prendre le coup de main. Bon, je ne la mènerai pas à Wimbledon, mais elle est capable de quelques jolis coups et c'est tout ce que veulent ces richardes mondaines. La fille, c'est plus difficile, elle n'écoute rien.

– Une gamine ordinaire, quoi... »

Claire n'avait pas appuyé sur le terme « gamine », mais il parut mettre Jake mal à l'aise. Son sourire mielleux disparut et l'éclair sombre revint dans ses yeux.

« Elle a presque dix-sept ans, dit-il d'un ton neutre.

– Un peu jeune pour toi, donc.

– Je lui donne des cours de tennis, Claire, je ne sors pas avec elle.

– Vraiment ? Ce n'est pas l'impression que ça donne. »

Il la dévisagea en silence.

« On t'a vu l'embrasser, Jake, ajouta-t-elle précipitamment. Le dimanche du club de lecture. »

Il détourna les yeux, contrarié.

« Bon sang, quelle satanée bande de fouineurs. Et alors, c'est quoi le problème ? On s'amuse un peu, rien de plus.

– Tu penses que Barbara serait d'accord ?

– Barbara ? Quel rapport avec Barbara ?

– C'est ta patronne, non ? Et la mère de Holly, au passage, et je connais ces gens. Ils ont généralement dans la manche un juriste très respectable pour veiller sur leur progéniture avant même qu'elle ait quitté l'école primaire. Tu crois qu'elle voit d'un bon œil que le ramasseur de balles fasse copain avec sa fille ? »

Jake plissa les yeux.

« Barbara n'est plus dans les parages, non ? répliqua-t-il froidement. Ce n'est plus d'actualité.

– Tu parles comme si elle était morte.

– Tu crois qu'elle est vivante ?

– J'espère que oui, dit Claire en levant les mains dans un geste alarmé.

– C'est pour ça que tu m'as appelé ?

– Pardon ? »

Il reposa bruyamment son verre sur la table, faisant se retourner le couple d'amoureux. Se penchant en travers de la table, il siffla : « Allez, Claire, je ne suis pas tombé de la dernière pluie. Tu n'as pas besoin de leçons de tennis, tu pourrais me mettre la pâtée sur un court, en forçant un peu. »

Elle rougit.

« Je voulais juste reprendre l'entraînement…

– Tu voulais juste voir si je sais quelque chose sur la disparition de Barbara. Tu crois quoi ? Que Barbara m'a surpris avec sa précieuse petite gosse de riche et que je lui ai flanqué un coup sur la tête ? Et que je l'ai enterrée sous le court ? » Le sourire revint, mais il était amer et il avait planté sur la table ses poings serrés, comme prêt à se battre. « Holly avait raison à votre sujet. Tu peux aller dire à ta bande de tarés que la dernière fois que j'ai vu Barbara, elle était en pleine forme.

– C'était quand ? » hasarda Claire, tentant le tout pour le tout.

Une fois tombé le masque de charmeur, le beau sportif avait tout de la petite frappe de bas étage, les yeux rétrécis, la bouche tordue dans un rictus mauvais. Tout à coup, Claire se le figura attrapant sa raquette et la brandissant de façon menaçante. Jetant un œil autour d'eux, elle constata avec inquiétude que les amoureux étaient rentrés dans le bar. En revanche, l'homme en costume était toujours là, tête relevée, et il regardait les alentours lui aussi. Elle ravala ses craintes et prit un air bravache. Peut-être Jake le vit-il également, car il se détendit, décrispa les poings et la gratifia d'un haussement d'épaules nonchalant.

« Samedi matin, si tu veux savoir. Je lui ai donné un cours, mais rapide, car elle a dit qu'elle devait se préparer.

– Se préparer pour quoi ?

– Aucune idée. Elle était agitée, elle a parlé d'une autre leçon…

– Une leçon ? Ah bon ? Tu sais où ?

– Pas du tout. Elle a marmonné un truc et m'a planté là sur le court, je suis reparti. C'est la dernière fois que je l'ai vue. J'ai déjà dit tout ça aux keufs, t'as qu'à leur demander. Ils m'ont appelé hier après-midi. »

Il marqua un arrêt. « Visiblement, quelqu'un leur a rapporté des potins. » Il posa sur elle un regard noir et Claire leva à nouveau les mains, sur la défensive.

« Holà, Jake, je n'ai pas du tout parlé à la police. Promis.

– Ouais, bon. » Il se leva, reprit sa raquette et sa casquette. « J'en ai assez de ces conneries, j'ai pas à répondre, ni à toi ni à personne. » Il consulta sa grosse montre de sport. « Et j'ai une vraie cliente qui m'attend.

– On cherche Barbara, Jake, rien de plus. On s'inquiète.

– Oui, vous arrêtez pas de répéter ça. En tout cas, pour le moment, c'est Arthur qui est mort, pas Barbara. »

Il se pencha jusqu'à être à quelques centimètres du visage de Claire et murmura d'une voix à peine audible. « Peut-être que c'est Arthur qu'il aurait fallu protéger. Vous y avez pensé, à ça ? » Sur ces mots, il tourna les talons et s'éloigna à grands pas.

Claire but une grande goulée de son Pimm's en essayant de réfréner ses tremblements. Elle était plus ébranlée qu'elle ne l'avait cru et son cœur battait à toute allure. Jake lui avait vraiment fait peur, elle percevait chez lui une face menaçante. Par chance, l'homme en costume n'avait pas quitté la terrasse.

Qui sait si les choses n'auraient pas fini autrement.

Claire tira son portable de son sac de sport, inspira à fond et appela Alicia pour lui raconter ce qu'avait dit Jake. Alicia n'en revenait pas.

« Quoi ? Il a dit que Barbara serait impliquée dans le meurtre d'Arthur ? Qu'on devrait regarder de ce côté ?

– C'est ce que j'ai compris.

– Tu penses qu'il sait quelque chose ? »

Claire regarda vers les courts, en bas. Jake montrait comment servir à une femme d'âge moyen, très légèrement vêtue. Elle l'entendait glousser comme une collégienne.

« Honnêtement, je n'en sais rien, Alicia. Mais c'est un faux jeton, peut-être qu'il ne dit ça que pour ne plus nous avoir dans les pattes.

– Tu penses qu'il pourrait être mêlé à tout ça ?

– Peut-être. » Elle raconta comment Jake avait abandonné un emploi qui lui rebutait pour se mettre à son compte. « Apparemment, il est redevable à Barbara de lui avoir trouvé ses clientes friquées. Si jamais elle l'a vu avec Holly, elle l'a peut-être menacé de ruiner son business, d'appeler ses copines de golf et de démolir sa réputation. Un prof qui couche avec des bonnes femmes mariées qui s'ennuient, c'est une chose, mais c'en est une autre s'il commence à tourner autour de leurs petites princesses. Il jouait avec le feu, et peut-être, je dis bien peut-être, que c'est Barbara qui s'est brûlée.

– Et Arthur, dans tout ça ? »

Claire se mordit la lèvre, songeuse.

« Peut-être qu'il était au courant aussi. Peut-être qu'il les a tués tous les deux. Simplement, le corps de Barbara n'a pas encore été retrouvé.

– C'est une possibilité, bien sûr, répondit Alicia, l'air sceptique. Mais ça paraît un peu tiré par les cheveux. Je veux dire, il y a sûrement assez de femmes désœuvrées dans les parages pour ne pas en arriver à de telles extrémités, non ? Même si Barbara menaçait de prévenir ses amies, ce n'est pas comme s'il ne pouvait trouver aucune autre cliente. »

Claire soupira.

« Je sais, c'est assez improbable. N'empêche, je trouve ce type effrayant, un peu menaçant, même.

– Il t'a vraiment menacée ?

– Non, pas vraiment. C'est juste son attitude. Il était sur la défensive, très contrarié par mes questions. Il y a autre chose qu'il a dit qui me semble intéressant. »

Elle rapporta à Alicia qu'il avait donné un cours à Barbara le jour de sa disparition, et qu'elle avait parlé d'une autre leçon qu'elle devait préparer.

« Hum, intéressant, en effet. De quoi parlait-elle, à ton avis ?

– Si seulement je savais… Il y a beaucoup d'éléments mystérieux qui semblent n'avoir aucun sens. »

Alicia était bien d'accord. Elle se demandait même si tout cela était vrai, ou si Jake leur donnait de fausses informations pour brouiller les pistes. Une tournure d'esprit digne d'Agatha Christie.

« Pour autant qu'on sache, reprit-elle, la police n'a pas trace d'un rendez-vous qu'aurait pu avoir Barbara, hormis la bijouterie. En tout cas, ils ne m'ont rien dit.

– Oh, mon Dieu, je ferais mieux de partir, maintenant, fit Claire d'une voix tendue. Je deviens peut-être parano, mais Jake me fixe avec un regard d'assassin.

– Oui, éloigne-toi de là, Claire, on ne sait pas de quoi ce gars est capable. Et merci, ça n'a pas dû être facile. Je me demande comment Perry s'en sort, de son côté… »

Perry s'en sortait fabuleusement. Il était treize heures vingt-deux et il s'était rendu chez l'unique bijoutier du Strand Arcade, le centre commercial de luxe du centre-ville. S'appuyant familièrement sur le comptoir de verre, il jouait le rôle de l'assistant de Barbara Parlour, et jusqu'à présent, le vendeur de la boutique, un jeune homme fort bien vêtu mais affligé d'une vilaine peau et d'yeux de fouine, semblait y croire.

« Je suis désolé, monsieur, mais ce bijou a déjà été réparé et est reparti de chez nous. »

Perry feignit la surprise et l'indignation.

« Comment ? C'est une plaisanterie ? Dites-moi que vous plaisantez ?

– Heu, ah, non, je regrette. Nous l'avons envoyé mardi.

– Oh. Mon. Dieu, articula Perry en s'éventant avec une brochure trouvée sur le comptoir, comme s'il était sur le point de se trouver mal. C'est inconcevable... J'ai reçu des instructions très claires de Mme Parlour pour venir le récupérer.

– Il doit s'agir d'un malentendu.

– C'est plus qu'un malentendu, jeune homme, c'est un galimatias épouvantable ! »

Déstabilisé, le vendeur sortit un registre de sous le comptoir et se mit à le feuilleter en grommelant :

« Pourtant je m'en souviens très clairement, monsieur, elle avait bien insisté sur l'adresse, je vous assure...

– Vous lui aviez parlé vous-même ?

– Absolument. »

Il s'interrompit, triomphant. « Ah, voilà ! Envoyé à l'Hydro, comme elle l'avait demandé, c'est là qu'elle voulait qu'on le lui retourne, et c'est là que nous l'avons retourné. »

Perry nota mentalement ce nom, tout en secouant la tête avec une expression incrédule.

« Vraiment ? L'Hydro ? Elle n'a rien dit d'autre ?

– Rien d'autre, monsieur.

– Et à quel nom deviez-vous l'envoyer ? »

Le jeune vendeur allait lire le tout à voix haute quand un doute l'arrêta. Ses yeux de fouine se rétrécirent encore.

« Vous m'avez dit que vous êtes... ?

– L'assistant de Barbara ! Bruno Myers, je vous l'ai dit. J'organise tous ses déplacements. Au départ, c'est moi qui devais vous apporter le bijou samedi dernier, mais elle avait à faire en ville, donc elle est venue par la même occasion...

– Vous savez qu'elle était chez nous juste avant sa disparition ? »

Le jeune homme écarquillait les yeux à présent, avide de potins.

« Oui, hélas, je sais. Je suppose que la police est venue vous voir ?

– Oui, monsieur Myers, naturellement.

– Parfait, parfait. Mais faites-moi confiance, à mon avis elle va réapparaître très prochainement, et il faudra que tout soit en ordre. Et donc que j'aie récupéré ses bijoux.

– Heu, il n'y en avait qu'un, monsieur.

– Hum ? Oh, oui, bien entendu. Est-ce que je pourrais voir, hum, votre reçu ? »

Yeux en tête d'épingle, à nouveau. Le vendeur referma le registre avec autorité. « Avez-vous une pièce d'identité, monsieur ? Ou une procuration ? »

Perry ne s'était pas attendu à cette volte-face. Il prit un air offusqué. « Je n'en ai pas, et n'en ai nul besoin ! Notre bijoutier précédent, Henri, chez Tiffany's, n'aurait jamais demandé une telle chose ! Vraiment, je n'arrive pas à comprendre qu'elle ait choisi une petite boutique aussi minable ! »

Ayant débité ces inventions, il se mit à parcourir le magasin d'un regard dédaigneux. Des clients entraient à ce moment, et le vendeur leva la main dans un geste d'apaisement.

« Excusez-moi si je vous ai froissé, dit-il à voix basse, mais nous avons eu plusieurs journalistes qui sont venus fouiner ici, voyez-vous, et mon directeur m'a dit que nous devions, hum, vérifier l'identité des gens avant de leur délivrer des informations. » Il se pencha vers Perry d'un air de conspiration. « Un journaliste a même prétendu être de la police ! Vous imaginez que des gens fassent des choses pareilles ? »

Perry hoqueta.

« Oh, non, c'est indigne ! Se faire passer pour quelqu'un d'autre ! C'est révoltant !

– Oui, monsieur, vous comprenez pourquoi mon directeur nous a demandé de ne délivrer aucun renseignement personnel. Mais je vous garantis que tout est en règle ici, j'ai suivi les instructions de Mme Parlour à la lettre, je n'ai rien fait de travers. Vous pourriez peut-être appeler l'Hydro pour en savoir plus. »

Perry soupira lourdement en hochant la tête.

« Très bien, très bien, je vais m'occuper de réparer vos bévues. »

Sur ces mots, il partit d'un pas pressé. Une fois sorti du centre, il poussa un petit cri de victoire. Il s'était bien amusé à jouer l'assistant rouspéteur, mais finalement, il repartait avec plus de questions que de réponses. Parmi lesquelles : qu'est-ce que c'était donc que cet Hydro ? Et pourquoi Barbara y avait fait envoyer un bijou juste avant de s'évanouir dans la nature ?

22

LE CLUB DES AMATEURS DE ROMANS POLICIERS était rassemblé pour un brunch dominical autour de la table des sœurs Finlay. Ils se régalaient des crêpes à la cannelle et aux épices de Lynette, en particulier Missy, comme toujours. Elle s'était déjà resservie deux fois quand les autres n'avaient pas fini leur première tournée.

« Tu es la femme la plus chanceuse du monde, Alicia, dit-elle, la bouche pleine. Vivre sous le même toit qu'une cheffe ! J'adorerais que ma mère soit capable de préparer ne serait-ce qu'une crêpe de base. »

Pris d'une quinte de toux subite, Perry cracha du café dans toutes les directions.

« Ne me dis pas que tu vis toujours chez tes parents ? » Lynette lui jeta une serviette et il entreprit d'éponger les taches de café sur le devant de son débardeur blanc moulant. « Tu nous avais caché ça.

– Pas du tout, se défendit-elle. On n'en a jamais parlé, voilà tout. Je ne peux pas me permettre plus pour le moment. Si vous saviez le salaire de misère que je gagne à la bibliothèque, maman dit que j'aurais de la chance si j'arrivais à payer l'électricité avec ça. J'économise.

– Et tu as bien raison », approuva Claire. Vêtue d'un jean bleu foncé, d'une chemise western rouge et bleu nouée sur le devant et les cheveux rassemblés en couettes basses, elle semblait surgie d'un vieux film de cow-boys. « Je ne rêvais que de partir de chez moi, à ton âge, mais financièrement, ça a été acrobatique.

– Oui, et sans parler de le faire toute seule. Au moins tu as ton fiancé pour partager les factures.

– Ah, nous ne vivons pas ensemble, Charlie et moi. »

Perry s'arrêta de tamponner sa chemise, pris d'un intérêt soudain.

« Ah oui ? Et pourquoi pas ?

– Ça ne nous a jamais paru nécessaire, j'imagine. Quand on se mariera, on déménagera. »

Si vous vous mariez un jour, eut envie de dire Perry. Mais le regard sévère d'Alicia le fit taire. Il garda la bouche résolument close, se contentant de lever les sourcils d'un air entendu. Alicia n'avait pas eu l'occasion de demander à Perry ce qu'il savait du fiancé de Claire, mais la seule pensée de ce qu'il pourrait raconter lui faisait hérisser l'échine. Ce n'était pas le moment de s'attarder sur cette question ; elle changea de sujet.

« Comment ça va, tout le monde ? Quelqu'un a-t-il des bonnes nouvelles ? »

Tour à tour, chacun informa les autres de ce qu'il savait. Lynette relata sa visite récente au Café sur le sable et la débâcle financière de Niles, au point d'avoir perdu son logement.

« Moi, au moins, je ne suis pas obligée de dormir par terre dans un café, dit Missy avec un regard en coin à Perry. C'est affreusement déprimant. Je ne sais pas comment je vivrais ça. Se faire expulser, en plus, c'est hyperdémoralisant ! J'ai une ex-collègue de la bibliothèque à qui c'était arrivé. Elle était en miettes. Ils avaient jeté toutes ses affaires dehors sur le trottoir, vous y croyez ? Et…

– Dans quel état est Niles ? » coupa Anders pour remettre la conversation sur les rails.

Alicia nota l'expression blessée de Missy – qui pinça les lèvres et parut batailler pour garder une contenance.

« Crevé et très tendu, mais il y a de quoi, répondit Lynette. Et toi, Claire, comment ça s'est passé avec le gros dragueur ? »

L'intéressée grimaça.

« Ça a tourné à l'aigre, je pense qu'il ne recommencera pas de sitôt à me faire du plat.

– Charlie sera content de le savoir », glissa Perry, goguenard.

Alicia retint un soupir. À quel jeu jouait-il ? Elle pressentait en tout cas que la perdante serait Claire. Elle appréciait la jeune femme et était heureuse de l'avoir dans le groupe. Claire avait l'esprit affûté et n'hésitait pas à se faire l'avocat du diable, ce dont Perry, comme elle-même, avaient grand besoin de temps à autre pour garder le fil et ne pas laisser leur imagination battre la campagne. Pas question de laisser Perry la faire fuir, qu'il garde pour lui ses insinuations sordides.

« Raconte-leur ce qui s'est passé, Claire », intervint-elle, ignorant Perry.

Claire raconta sa conversation avec Jake et la façon dont elle s'était envenimée.

« Il ne s'est pas laissé duper par ton histoire de leçons de tennis, alors ? s'enquit Lynette.

– Pas une minute, mais j'avoue que jouer la comédie n'est pas mon fort.

– Moi, pour ma part, je crois que j'ai gagné l'Oscar, hier, se rengorgea Perry. J'ai bien embobiné le vendeur. »

Sur quoi il entreprit un compte rendu très romancé de ses exploits à la bijouterie.

« Qu'est-ce que c'est que cette histoire d'hydro ? fit Anders.

– Ça me dit quelque chose… tenta Alicia.

– Il y a bien la Snowy Hydro, dit Missy. Une firme de production d'électricité, non ?

– J'ai un pion d'avance sur vous, mes biquets, annonça Perry. J'ai une théorie, vous voulez savoir ? »

Tous opinèrent à l'exception de Claire, qui prit une expression dédaigneuse.

« Toi et tes théories…

– OK, alors, je pense que notre Barbie a fait graver un bijou pour son amant, qui, écoutez bien, travaille pour une compagnie de production hydroélectrique ! Elle lui a fait expédier à son bureau, pour lui faire une surprise. Peut-être qu'elle se cache avec lui en ce moment même ! Il faudrait juste savoir de quelle compagnie il s'agit. J'ai googlelisé les centrales, naturellement, il y en a des dizaines. Et on n'est même pas sûrs que ce soit dans la région.

– Attends, quel amant ? » s'interposa Anders, qui lui aussi avait le chic pour doucher les extravagances de Perry.

Celui-ci haussa les épaules.

« Tu nous as parlé d'un bijou à réparer, non ? Pas à graver ?

– Bon, peut-être qu'ils appellent tout pareil. Le bijoutier n'a pas voulu donner de détails, il a fini par se fermer comme une huître, mais déjà, on sait que c'était un seul bijou. Pourquoi elle l'aurait fait envoyer là ?

– Hydro… J'ai entendu ce nom quelque part, répéta Alicia en abandonnant un bout de gâteau dans la gueule grande ouverte de Max.

– Oui, oui, on vient d'en parler, une centrale hydroélectrique, grogna Lynette avec impatience.

– Non, ce n'est pas ça, j'ai vu quelque chose, récemment. Je n'arrive pas à me rappeler…

– Si tu n'avais pas bu tant d'alcool dans ta jeunesse, tes petites cellules grises fonctionneraient beaucoup mieux », se moqua Lynette.

Elle se baissa pour éviter le coussin que lui lançait Alicia.

« Et donc, Perry, le bijoutier n'a pas voulu te dire à qui le paquet était adressé ? demanda Anders.

– Non, et ce n'est pas faute d'avoir essayé, croyez-moi. Bon, laissez-moi faire, je vais creuser cette histoire. À qui le tour ? Alicia ? Tu as vu Wanda ?

– Non, pas de chance, je n'ai pas réussi à la joindre, c'est pour ça que je suis allée voir la police, mais ils n'ont pas été d'une grande aide. J'ai l'impression que Wanda ne répond plus au téléphone, il va falloir que j'aille directement sur place et que je me débrouille pour entrer. Je vais peut-être même y aller dès que nous aurons fini.

– Mais vas-y avec quelqu'un, dit Anders. Bon, si personne n'a rien d'autre à ajouter, j'aimerais vous montrer quelque chose que j'ai découvert. »

L'air fier de lui, il sortit de sa poche arrière un journal froissé, le déplia et le posa sur la table basse pour que chacun puisse voir.

« C'est le *Herald* de mardi, précisa-t-il. Je l'ai remarqué en aidant la réceptionniste à débarrasser la salle d'attente de tous les vieux journaux. C'est aux pages des petites annonces.

– Qu'est-ce que ça dit ? demanda Claire.

– *Amis et proches de Rosa Lopez*, lut-il tout haut, *née aux Philippines…*

– Rosa ? La femme de ménage de Barbara, j'imagine ? dit Missy.

– C'est ce que je me suis dit. *Amis et proches de Rosa Lopez, née aux Philippines, merci de vous manifester. Écrire poste restante, boîte 268 Sydney 2001.* »

On aurait entendu une mouche voler. Même Max, qui appréciait fort cette compagnie inhabituelle, semblait interdit, observant Alicia puis Lynette d'un air d'expectative.

Alicia rompit le silence.

« Cette affaire est étrange au-delà des mots. Je me demande s'il s'agit bien de la Rosa qu'on connaît. Pourquoi irait-elle mettre une annonce dans le *Herald* ?

– Je me suis fait la même réflexion, renchérit Anders. C'est vraiment singulier. On a l'impression de découvrir sans arrêt de nouveaux petits indices qui semblent n'avoir aucun sens ou guère d'importance, et pourtant…

– Et pourtant ils sont peut-être très importants ! compléta Missy. Peut-être qu'à la fin, on verra qu'ils se complètent tous, exactement comme dans les romans d'Agatha. Il faut que tu ailles montrer ça à la police. »

Anders manqua s'étrangler.

« Dans quel but ? On ne sait même pas si ça a quelque chose à voir avec tout ça.

– Ce que j'ai du mal à comprendre, intervint Lynette en prenant le journal et en l'examinant, c'est pourquoi Rosa aurait recours aux annonces du *Herald* et à une boîte postale. Je veux dire, elle est plutôt à la page, Missy, tu as dit que la dernière fois que tu l'avais vue, elle écoutait de la musique avec son iPod et lisait ses mails ?

– Ça ne signifie pas qu'elle ne peut pas mettre une annonce dans un journal, objecta Alicia. C'est ce que j'avais fait, moi, c'est tout à fait possible.

– Oui, mais toi, tu n'es pas normale », riposta Lynette.

Alicia saisit un autre coussin, qu'Anders intercepta avant qu'elle ait pu le lancer sur sa sœur, en lui décochant un large sourire qui la fit rougir jusqu'aux oreilles. Il se tourna vers Lynette.

« Qu'est-ce que tu ferais, toi ?

– J'utiliserais Internet, évidemment, Facebook, c'est dix fois plus rapide. Tu peux retrouver tous tes amis en dix secondes. Ou Twitter, ou Google. On n'a plus besoin d'annonces dans un journal, c'est complètement dépassé.

– Oui, mais c'est tellement Agatha Christie », répéta Missy.

Alicia prit le journal des mains de sa sœur. « Et si on demandait à Rosa, tout simplement ? Peut-être qu'il y a une explication tout à fait logique. Une réunion de famille, et les anciens ne sont pas sur Internet ? » Elle s'adressait à Anders, espérant confusément le subjuguer par la logique de ses déductions. « Je peux le garder pour le dossier ? » Anders acquiesça de la tête. « Bon, avançons. Anders, j'ai une petite mission à te confier, si tu veux bien. »

Cette fois, il lui sourit jusqu'aux oreilles.

« Tout ce que tu voudras, dis-moi.

– Ooohhh, susurra Perry, il y a de la déclaration dans l'air ! »

Alicia devint cramoisie.

« Silence, Perry. Alors, Anders, ce serait génial si tu pouvais en apprendre plus sur la mort d'Arthur. Les journaux ne savent pas grand-chose, et la police ne dit rien. Je me demandais si tu avais accès à des informations, des dossiers médicaux, des choses de ce genre ? »

Il secoua lentement la tête.

« Pas véritablement. Évidemment je suis médecin, mais ce genre d'information est strictement confidentiel et on n'a pas accès comme ça aux dossiers… Cela dit… » Il se tut, réfléchit. « À la réflexion, il y aurait peut-être un moyen… Oui, je sais à qui je peux demander. Elle adore les potins, si quelqu'un peut nous donner un scoop, c'est la belle Georgie.

– Formidable », dit Alicia, tout en se demandant pourquoi elle avait subitement envie d'étriper « la belle Georgie ».

Anders consulta sa montre et se leva, comme saisi par une urgence irrépressible. « Je dois faire vite, elle va toujours nager à Bondi, le dimanche matin. »

Ben voyons, grogna Alicia *in petto, en bikini microscopique sur la plage, à t'attendre bien gentiment.*

« En me dépêchant, je devrais la croiser. Je ferai comme si je la rencontrais par hasard, c'est le plus simple.

– C'est ça, fais comme si ! Allez, *run* Anders ! s'exclama Perry en se levant pour le pousser vers la porte.

– Tu nous diras ce que tu as récolté, hein ? » lança Alicia. Elle se retourna vers la pièce, vit Lynette et Perry la regarder d'un air rigolard, fit mine de ne rien remarquer. « OK, pour Anders, c'est réglé. Qu'est-ce que l'on doit voir d'autre ?

– Moi j'aurais voulu dire quelque chose, déclara Missy. Il me semble qu'il faudrait revenir à Agatha Christie. »

Claire leva les yeux au ciel.

« Tu veux qu'on fasse une séance de spiritisme ? s'enquit Perry. Qu'on la fasse revenir du royaume des morts pour nous dire qui a fait le coup ?

– Tais-toi, andouille… Non, je veux dire nous inspirer d'elle. Vous avez compris que c'est pour ça que je suis retournée chez les Parlour, l'autre jour, non ? C'est comme dans *Le Crime d'Halloween…* »

Une fois de plus, tous la dévisageaient sans comprendre, mais elle était rodée, désormais, et elle poursuivit sans se troubler.

« Vous connaissez ce roman ? Je l'ai lu il y a longtemps, mais si mes propres petites cellules grises ne me trahissent pas, je me souviens d'une phrase de Poirot qui dit que pour résoudre une affaire de meurtre, il est important de savoir qui était vraiment la victime, avec ses défauts, etc. "Il faut revenir à la victime", un truc comme ça. Vous comprenez ? Je crois que nous devrions nous demander qui était vraiment Barbara Parlour. » Voyant que tous restaient muets, elle remonta ses lunettes à monture zèbre sur son nez et poursuivit d'un ton ferme : « Réfléchissons, les cocos. Qui est-elle, en fait ? D'un côté nous avons rencontré une femme très douce, courtoise, visiblement dépressive, qui paraît incapable de faire du mal à une mouche, et de l'autre, nous avons ses amis et sa famille qui disent qu'elle adore le mélo et est à peu près aussi profonde qu'une flaque d'eau. » Elle s'interrompit et s'empourpra légèrement. « Pardon, c'est un peu incohérent, je sais…

– Pas du tout, tu as entièrement raison, déclara Alicia. La vérité se trouve sans doute entre les deux, il est rare que les gens soient tout noirs ou tout blancs, mais ce serait bien d'en savoir plus sur elle. Ça peut nous aider. »

Claire approuva.

« Mais comment faire ? À part retourner sa maison sens dessus dessous…

– Je ne sais pas trop, dit Missy. Mais c'est pour ça que j'étais allée chez elle, et que je me suis renseignée sur le livre qui était dans sa voiture. Qu'est-ce que ça nous raconte de Barbara Parlour ? »

Les autres la regardaient, ne sachant quoi en penser. Perry se lança :

« Peut-être qu'il faudrait retourner parler à ses amis ?

– Sauf que : qui sont -ils ? questionna Claire. On croyait que Wanda était sa meilleure amie, mais ce n'était pas du tout le cas.

– Et son frère ? proposa Lynette. Apparemment c'est lui qui était le plus proche d'elle. En tout cas c'est ce qu'il dit. Je pourrais retourner le voir, et lui demander de raconter l'histoire de sa sœur ?

– Au moins, tu sais où le trouver, constata Alicia.

– Absolument. En revanche, ça attendra demain, j'ai prévu de travailler sur quelques recettes cet après-midi.

– Ça me va ! dit Claire. À vrai dire, ça ne nous ferait pas de mal d'arrêter un peu de penser à tout ça et de retourner à notre vie normale. Laisser nos petites cellules grises digérer, comme le ferait Poirot.

– J'aimerais bien, dit Alicia, mais pour ma part, je vais aller voir Wanda après notre réunion. Je veux m'en occuper immédiatement. Je suis sûre qu'elle cache quelque chose, et je veux savoir quoi. »

23

WANDA BIRCHIN TOURNA LES TALONS dès qu'elle aperçut Alicia par le pan vitré de la porte d'entrée. Amusant, l'effet que le Club des amateurs de romans policiers commençait à avoir sur les gens. Alicia frappa plus fort.

« Allons, Wanda ! cria-t-elle. Je sais que vous êtes là ! » Silence. « Je vous ai vue à l'instant, Wanda. Je vous en prie, c'est très important ! »

Une minute passa, puis la porte s'ouvrit à la volée. Wanda était là, dans une nouvelle tenue orientalisante décontractée, mais elle-même n'avait pas l'air décontractée pour un sou.

« Vous voulez vraiment m'attirer des ennuis ? demanda-t-elle.

– Pardon ?

– La police ! Ils m'ont appelée hier, ils ont dit qu'ils avaient eu une conversation très intéressante avec vous et m'ont posé tout un tas de questions bizarres. Comme si j'avais quelque chose à voir avec tout ça ! Je vais vous répéter ce que je leur ai dit : je ne suis pas la copine de Barbara !

– Non, mais vous étiez celle d'Arthur, n'est-ce pas ? »

La femme la regardait fixement. « Je ne sais pas de quoi vous parlez. »

Le lifting de Wanda l'aidait à conserver une expression impénétrable, mais Alicia n'était pas prête à la laisser s'en tirer comme ça.

« Vous avez ri quand nous sommes venues vous voir avec Claire l'autre jour, vous avez dit que nous ne savions rien du tout. Eh bien, à présent, nous en savons un peu plus, Wanda. » Elle fit un geste vers l'intérieur. « S'il vous plaît, est-ce que je peux entrer ? C'est important. »

Wanda la dévisagea un long moment, puis, avec un soupir théâtral, s'effaça pour la laisser passer. Alicia la suivit jusqu'à la cuisine. Wanda ouvrit le réfrigérateur.

« Vin blanc ? dit-elle en se tournant vers Alicia.

– Je préférerais un café au lait, s'il vous plaît. »

Wanda renifla avec dédain. Elle sortit une cafetière à piston, mit de l'eau à chauffer et prépara deux grandes tasses, du lait et du sucre.

« Que voulait la police ? » demanda Alicia.

Wanda lui jeta un regard puis revint à sa cafetière.

« Oh, ils avaient un milliard de questions. Quand j'avais vu Barbara pour la dernière fois. Quand j'avais vu Arthur pour la dernière fois. Où j'étais tel jour à telle heure, etc. Et pour couronner le tout, ils ont commencé à m'interroger au sujet de cette fichue femme de ménage. Écoutez, Alicia, pour être franche, je n'ai pas la certitude qu'Arthur couchait avec elle, c'est juste une impression que j'avais. Mais c'est une chose de bitcher autour d'un verre devant une piscine et c'en est une autre d'accuser quelqu'un dans un commissariat. Vous ne vous rendez pas compte du tort que vous pouvez faire aux gens ?

– Du tort ? Plus que se faire tuer ? » répliqua Alicia.

Wanda détourna les yeux.

« Je ne vais pas m'excuser d'avoir répété à la police ce que vous m'avez dit, Wanda. Si Arthur était infidèle, ça peut ouvrir de nombreuses perspectives.

– Je ne vois pas en quoi. Du lait ? Du sucre ?

– Seulement du lait, merci. Réfléchissez, Arthur a pu être tué par un amant ou un mari jaloux. On ne sait pas ce qui a pu se passer. »

Wanda eut le même rire sans expression.

« Oh, pour l'amour du ciel. Vous adorez les psychodrames, vraiment. C'est grave, une petite liaison entre adultes consentants ?

– À vous de me le dire. »

Wanda planta ses yeux dans ceux d'Alicia. « C'est reparti. Qu'est-ce que vous voulez insinuer ? »

Alicia joua le tout pour le tout. « Vous le fréquentiez, n'est-ce pas ? Arthur ? C'est pour ça que vous vous êtes brouillée avec Barbara. Vous couchiez avec son mari derrière son dos. »

Wanda hésita brièvement.

« C'est tellement romantique, la façon dont vous en parlez. Ne me regardez pas comme ça, ce n'était pas totalement derrière son dos. Elle le savait très bien, ou si elle ne le savait pas, c'est qu'elle est encore plus crétine que je ne le croyais.

– Et c'est vous qui appeliez chez eux et raccrochiez quand Barbara répondait ?

– Pourquoi j'aurais fait une chose pareille ? répondit Wanda avec indignation. Je ne suis pas une petite minette pathétique. Arthur et moi sommes tous deux des adultes, on s'amuse un peu, rien de plus. » Elle s'arrêta. « Enfin, on s'amusait… On plaisantait souvent à ce sujet. On disait qu'on allait larguer nos légitimes et se mettre à la colle, mais ce n'était pas sérieux. Je n'ai jamais eu l'intention de quitter mon mari, et sûrement pas pour Arthur ! Il m'aurait trompée au bout de deux jours. Et pour une raison que Dieu seul connaît, Arthur ne voulait pas quitter Barbara. Ça nous convenait parfaitement, point barre.

– Vous avez raconté votre petite histoire à la police ? »

Wanda resta silencieuse, se tourna vers les placards.

« Évidemment non. Je ne suis pas stupide.

– Oh, Wanda, vous devez leur dire. »

Wanda fit volte-face, le regard furibond.

« C'est ça, et me retrouver impliquée jusqu'au cou ? Je ne crois pas, non !

– Mais puisque vous n'avez rien à cacher…

– J'ai tout à cacher, espèce d'idiote ! Il se trouve que j'ai eu la satanée malchance d'être au mauvais endroit au mauvais moment.

– De quoi parlez-vous ? »

Wanda prit une tasse et la tendit à Alicia. Puis elle soupira. « Oh, zut, autant vous le dire. J'étais avec Arthur à peine dix minutes avant sa mort. »

Alicia resta bouche bée.

« Oh, je comprends.

– Vous ne comprenez rien du tout ! Il ne s'est absolument rien passé, mais si la police apprend que je l'ai vu ce jour-là, ils vont me mettre ça sur le dos. Mon mari sera au courant, mon mariage sera détruit… Enfin, ce qu'il en reste… » Elle regardait sa tasse de café, la mine lugubre. « Grant aura une attaque s'il l'apprend.

– Votre mari ? Il ne sait rien ?

– Bien sûr que non, il ne sait rien, bon sang ! Je ne suis pas aussi indifférente et cruelle qu'Arthur. Mais maintenant, tout va se savoir, par votre faute.

– Hé, ce n'est pas moi qui couche à droite et à gauche. Mais attendez, expliquez-moi, vous disiez que vous étiez avec Arthur juste avant le meurtre ? »

Wanda gronda.

« Il semblerait. Pas longtemps. Il faisait son parcours de golf habituel, et ma maison n'est pas loin du cinquième trou, au cas où vous n'auriez pas remarqué. Il aime bien faire un saut chez moi, à l'occasion.

– C'est comme ça que l'on dit, de nos jours ? »

Wanda ricana.

« Il est resté moins de dix minutes.

– Ah oui, c'est un rapide.

– Oh, arrêtez un peu. Je vaux mieux que ça. Nous n'avons rien fait du tout. Si vous voulez tout savoir, j'étais un peu fâchée après lui. Je lui avais dit clairement de ne pas venir. » Elle s'interrompit pour boire son café. « Je l'avais appelé après déjeuner pour savoir comment il allait, et il m'avait dit qu'il voulait passer. Je lui avais répondu surtout pas, Grant rentre tôt aujourd'hui. Mais naturellement il n'en a tenu aucun compte et il a débarqué, il a commencé à me faire son cinéma, à me dire qu'il m'aimait à la folie, etc., comme d'habitude. Je l'ai envoyé promener.

– À quelle heure est-il arrivé ? Exactement ?

– À seize heures vingt. Je le sais parce que je n'avais que dix minutes pour me débarrasser de lui avant le retour de Grant. Il était en pleine forme et son cœur battait parfaitement quand il est reparti, je peux vous le certifier. »

Ce fut au tour d'Alicia de grogner.

« Donc votre mari était dans les parages quand Arthur a été tué ?

– Il était ici, à la maison, pourquoi ? »

Alicia posa sa tasse et la dévisagea. Elle n'avait vraiment pas fait le rapprochement ?

« Pardon, mais vous ne craignez pas que Grant ait vu Arthur vous faire “son cinéma”, l’ait suivi jusqu’au golf et l’ait agressé dans un accès de jalousie ?

– Oh là là ! Vous devriez écrire des romans policiers, vous aussi ! C’est grotesque. Il est rentré à seize heures trente, comme prévu, c’est quelqu’un de très ponctuel, c’est agaçant mais on s’y fait. Et il n’a montré absolument aucun signe de jalousie ou de colère ou quoi que ce soit qu’on montre, en principe, quand on vient de voir sa femme roucouler avec un autre. Il était content de sa journée, ils avaient bu un coup au boulot, apparemment. On a pris un cocktail puis on a dîné, et c’est tout.

– Donc vous pouvez garantir ses allées et venues pour toute la soirée ? »

Wanda réfléchit.

« À peu près. Je veux dire qu’il est allé nager un peu pendant que je réchauffais le dîner. Florrie avait préparé un saumon succulent…

– Nager ?

– Oui, il fait des longueurs tous les soirs. Ça le déstresse, à ce qu’il dit.

– Et donc il a fait ses longueurs ce jour-là ? Vous en êtes sûre ?

– Je ne suis pas restée au bord de la piscine à lui tenir sa serviette, si c’est ce que vous voulez dire. Il est rentré, environ, oh, trente minutes après, rouge et essoufflé.

– Il aurait été essoufflé s’il venait de tuer quelqu’un. »

Wanda hoqueta.

« Je n'aime pas votre ton ! Grant n'a pas tué Arthur, mon mari n'est pas un psychopathe capable de démolir la tête de quelqu'un avec un fer 9 et de rentrer s'asseoir tranquillement pour dîner. Sérieusement.

– Comment savez-vous que c'était un fer 9 ?

– Mais je n'en sais rien du tout ! J'ai dit ça comme ça ! »

Alicia écarta sa tasse, laissa passer un silence.

« Je n'essaye pas de vous pousser à bout, Wanda. J'essaye juste d'établir les faits. Il faut absolument que vous alliez voir les enquêteurs. Racontez-leur tout, la visite d'Arthur, etc.

– Non, non et non, tempêta Wanda en secouant la tête. Hors de question. Qui êtes-vous pour jouer les juges, les procureurs et les bourreaux ? La vie est un peu plus compliquée que vous ne l'imaginez, vous vous en rendrez peut-être compte quand vous serez grande.

– J'ai trente ans, Wanda, pas treize.

– Eh bien, il serait temps de vous comporter comme telle ! Mes affaires sont mes affaires et elles ne vous regardent en rien, vous m'entendez ? Rien ! Ni vous ni votre satané club, ni personne. Vous allez voir, ils vont trouver très vite qui a tué Arthur. Mon mari n'a pas à en subir les conséquences.

– Et Barbara ? Qu'est-ce qu'elle devient dans tout ça ?

– Écoutez, soupira Wanda avec lassitude. Je suis désolée pour Barbara, je n'ai aucune idée d'où elle se trouve, honnêtement. Et je suis désolée pour Arthur, aussi. » À la grande surprise d'Alicia, ses yeux se voilèrent de larmes, qu'elle essuya d'un geste rageur. « Ben oui, j'avais un petit faible pour ce sale type, faites-moi enfermer si ça vous chante. Mais je ne lui ai rien fait, ni à sa femme, en l'occurrence. Je vous le dis, je n'ai rien à voir dans tout ça.

– Et votre mari non plus ?

– Encore moins mon mari !

– J'espère que vous ne vous trompez pas, Wanda, dit Alicia en se levant pour repartir. Dans le cas contraire, vous vivez peut-être avec un criminel, là, juste sous votre parfait petit nez. »

Une lueur d'inquiétude transparut finalement sur les traits momifiés de Wanda.

24

ALICIA TRAVERSAIT LES RUES TORTUEUSES de Rose Bay pour rentrer chez elle quand son téléphone sonna. Elle vérifia d'un coup d'œil dans son rétroviseur qu'aucune voiture de police n'était en vue avant de l'empoigner et de décrocher. C'était Anders, et il semblait essoufflé.

« Comment ça s'est passé ?

– Très bien, dit-il. La belle Georgie est toujours aussi commère, elle s'était déjà renseignée sur toute l'histoire. Elle est incroyable, cette femme.

– Bravo à miss Incroyable, fit sèchement Alicia. Et donc, qu'avait-elle à raconter ?

– Ma foi, c'est un peu long. Tu ne veux pas qu'on se retrouve quelque part ? »

Le cœur d'Alicia trébucha.

« Bonne idée, que proposes-tu ?

– On va boire un verre ? Je t'invite. »

Coup d'œil à l'horloge de la voiture, il était presque seize heures. Une heure acceptable pour se préparer à l'apéro.

« Avec joie ! Où ça ?

– Que penses-tu du Wolly Hotel, ce n'est pas loin de chez toi, ce sera pratique ?

– C'est parfait. Est-ce que j'appelle les autres ?

– Ah, balbutia-t-il, heu, je ne sais pas si c'est si important que ça… Inutile de déranger tout le monde à cette heure un dimanche. »

Alicia souriait aux anges. « Non, non, tu as raison. OK, j'y serai dans, voyons, dix minutes environ. »

Ils coupèrent la communication et Alicia se mit à danser derrière son volant. Un rendez-vous en tête à tête avec le Dr Anders ! Incroyable !

Bon, ne commence pas à te faire des idées, se gourmanda-t-elle. *Il veut simplement raconter ce qu'il vient d'apprendre, tout ça est parfaitement innocent.* Mais tout en roulant vers son quartier, elle ne pouvait s'empêcher d'espérer que non.

Le Wolly était noir de monde et il lui fallut quelques minutes pour trouver Anders quand elle entra. Un groupe de rock en vogue se produisait sur une petite scène dans un angle de la salle, et elle n'avait jamais vu une telle horde se presser au bar et sur la piste de danse, sautant et transpirant.

Génial, super romantique, grommela-t-elle *in petto.*

Elle finit par repérer Anders, debout à l'extrémité du comptoir, qui regardait les musiciens avec une moue dubitative, un verre de vin rouge dans chaque main. Malgré son jean noir et sa chemise à carreaux aux manches relevées, il avait l'air d'un canard perdu dans un poulailler. Elle l'observa un moment de loin, en se demandant comment un homme si grand et athlétique pouvait se révéler si doux et vulnérable. D'où tenait-il cela ?

Comme s'il avait senti son regard, il se mit à fouiller la pièce des yeux et, aussitôt qu'il l'aperçut, la moue fit place à un sourire irrésistible. Le cœur d'Alicia fit à nouveau une galipette, ça devenait agaçant. Elle se fraya un chemin à travers la foule.

« Donc c'est vrai, tu es toujours en avance ? cria-t-elle par-dessus le brouhaha.

– Je te l'ai dit, c'est ma malédiction ! fit-il en riant. J'espère que tu aimes le cabernet, je t'en ai pris un verre car je me suis dit qu'il faudrait refaire la queue pendant une heure pour arriver au bar.

– J'adore, merci.

– On sort sur la terrasse ? Ce sera sûrement plus calme.

– Carrément. »

Alicia prit un verre et le suivit à travers la marée humaine jusqu'au jardin, qui était en effet presque désert. Le groupe attirait les clients à l'intérieur, et ils s'en félicitèrent. Il y avait là un autre couple, dans la soixantaine, qui semblait s'ennuyer au plus haut point. La femme les regarda entrer avec envie, l'homme toussa bruyamment, fronça les sourcils et détourna les yeux. De toute évidence, ils n'appréciaient pas l'ambiance. Anders choisit une table au fond, posa son verre sur un sous-bock et avança une chaise pour Alicia.

« Tu veux commencer ? »

Elle hésita sur la signification à donner à ses mots, abîmée dans une rêverie sur le fait qu'elle était en cet instant seule avec le Dr Love. Enfin, seule, si seulement ces deux-là voulaient bien débarrasser le plancher...

« Pardon ? fit-elle en battant éhontément des cils.

– J'ai appelé chez toi, Lynette m'a dit que tu étais partie chez Wanda et que tu la soupçonnais de nous cacher des choses. Et que tu étais partie toute seule. »

Alicia s'empourpra.

« Ah, oui, Wanda Birchin. » Elle but lentement son vin pour rassembler ses esprits. « Exact. Oui, j'avais le sentiment qu'elle ne nous avait pas tout dit, et j'avais raison. Wanda avait une liaison avec Arthur Parlour, et depuis un moment.

– Sérieusement ?

– Ben, maintenant que tu poses la question, pas vraiment sérieusement, non, plutôt des petites visites vite fait sur le parcours de golf, tu vois le genre. Elle habite juste à côté du terrain où il s'entraîne, c'était donc extrêmement pratique pour tous les deux. Mais voilà le problème : Wanda a vu Arthur quelques minutes avant le meurtre. »

Il ouvrit grand ses yeux brun profond.

« Quoi ? Ils étaient ensemble ?

– Wanda jure qu'il ne s'est rien passé, que son mari était sur le point de rentrer et qu'elle a flanqué Arthur dehors. Et qu'il allait très bien quand il est parti.

– Tu la crois ?

– Oui, fit Alicia en hochant la tête, je crois que je la crois.

– C'est tout de même très suspect. La police est au courant ?

– Pas encore. J'espère qu'elle va leur dire la vérité. Je lui ai donné jusqu'à ce soir pour le faire, je lui ai dit que sinon j'appellerais moi-même l'inspecteur Ward. Elle m'a regardée comme si elle allait me tuer. »

Il posa son verre, l'air soucieux.

« Il faut être prudente, Alicia, ce n'est pas un jeu.

– C'est ce que m'a dit le gentil inspecteur. Ne t'en fais pas, Wanda Birchin n'est rien d'autre que le prototype de la richarde oisive, elle est inoffensive.

– Inoffensive, c'est à voir. Tu as vu le film *Les Femmes de Stepford* ? »

Alicia se mit à rire.

« Nan, Wanda est une femme bien. Je ne sais pas ce qu'il en est du mari, en revanche.

– C'est le genre jaloux ?

– Je ne le connais pas, mais elle paraît terrifiée à l'idée qu'il l'apprenne. Remarque, j'imagine qu'on n'est sûrement pas très tranquille quand on couche à droite et à gauche dans le dos de son conjoint. C'est pathétique. »

Anders s'étrangla, éclaboussant sa chemise de vin rouge. « Bon sang », jura-t-il. Alicia se précipita pour prendre des serviettes en papier sur une desserte et les lui tendit.

« Désolé, quel maladroit, dit-il en tamponnant sa chemise.

– Tout va bien ? On dirait que tu as vu un fantôme ? »

Une expression bouleversée avait traversé le visage d'Anders au moment où il s'était étouffé avec son vin. Elle avait du mal à définir ce qu'elle exprimait. De la culpabilité ? De la honte ? L'expression lui avait rappelé celle de Perry lors de leur première rencontre, comme s'il taisait quelque chose dont il n'était pas très fier.

Pitié, Alicia, se dit-elle. *Arrête de te faire des films !* Elle s'obligea à freiner son imagination suractive en le regardant tamponner sa chemise, puis toucha légèrement sa main dans un geste de réconfort. « Ne t'en fais pas pour ça, Anders, on est dans un vieux pub miteux, on n'attend pas la reine pour l'inspection des troupes. » Ils sourirent et la tension retomba. Le couple voisin les observait. Anders roula en boule les serviettes souillées et les lança dans une poubelle placée un peu plus loin.

« Je déteste cette chemise, de toute façon, fit-il. Ma femme me l'avait donnée pour… »

Il cessa de parler, devint cramoisi. Il semblait complètement perdu.

« Tu es marié ? » Stupéfaite, elle avait failli se lever d'un bond. Elle ne comprenait plus rien. Il avait pourtant bien dit être célibataire, à leur première réunion.

Avait-elle mal compris ?

Avait-il menti ?

« Ah, non… C'est-à-dire, oui, enfin… » balbutia Anders.

Alicia le regarda droit dans les yeux. « Anders, soit tu es marié, soit tu ne l'es pas. C'est assez simple. » Elle eut un petit rire sans conviction, s'efforçant de paraître indifférente.

« En réalité, ce n'est pas simple du tout. »

Il détourna les yeux, mais elle eut le temps d'entrevoir cette expression de culpabilité, de honte ou quoi que ce puisse être qu'il avait eu un instant plus tôt.

Ce n'était pas son imagination qui faisait des siennes, il y avait quelque chose. Est-ce que, comme Wanda, il avait trompé son épouse ? Est-ce qu'il avait eu l'intention de recommencer ?

Anders but longuement, vidant presque son verre. Puis il le reposa sur la table, le tenant à deux mains comme s'il craignait de le renverser.

« Écoute, est-ce que ça t'embête qu'on ne parle pas de ça ? Ce n'est pas pour ça que je voulais qu'on se voie aujourd'hui. »

Elle le regarda sans comprendre, le cœur tiraillé dans tous les sens.

« C'est juste que j'avais cru…

– Quoi donc ?

– Rien, pardon, c'est absurde. J'avais mal compris… De toute façon, ça ne me regarde absolument pas. Je veux dire, ce n'est pas comme si toi et moi… »

Elle suspendit sa phrase. Il la scrutait de son regard brun.

« Laisse tomber. Alors, comment ça s'est passé avec ton amie ? » poursuivit-elle précipitamment. Elle se sentait vide. Un peu vaseuse. Et surtout très bête.

« Hein ?

– La belle Georgie, là, répliqua-t-elle d'un ton aigre.

– Ça va ? s'enquit-il avec étonnement.

– Mais oui ça va, mais je ne vais pas pouvoir rester très longtemps, alors si tu pouvais me raconter… Que t'a dit ton amie Georgie ?

– Oh, ah oui, OK. Oui, donc, comme je disais, je l'ai trouvée, elle était toujours à Bondi, à se faire bronzer…

– Oui, bon, OK, résume. »

Alicia n'était pas d'humeur à l'écouter s'étendre sur toutes les femmes de sa vie.

« Ah. D'accord. Donc elle avait entendu des choses. Je simplifie en langage néophyte ?

– Mouais.

– Donc, d'après ses sources, et je sais d'expérience qu'elles sont fiables, Arthur est mort d'un traumatisme contondant à l'arrière de la tête. Probablement occasionné par un club de golf.

– Un fer 9 ? demanda-t-elle avec espoir.

– Ah, désolé, je n'ai pas eu beaucoup plus de détails. Pourquoi cette question ?

– Pour rien, continue.

– Il n'y a pas grand-chose d'autre à dire. Pas de lésions défensives. Le médecin légiste pense qu'il a été frappé par surprise. Rien n'indique qu'il s'est défendu.

– Pas d'ADN sous les ongles, alors ? »

Il prit un air amusé.

« Eh non.

– Bon, après tout, c'est de bonne guerre. Agatha devait bien se débrouiller avant qu'il soit question d'ADN, donc à notre tour. »

Il parut sur le point de dire quelque chose mais referma la bouche.

« Oui ? dit-elle.

– C'est juste que... Bon, je voulais te parler d'une question un peu, hum, délicate. C'est pour ça que j'ai proposé qu'on se voie.

– Ah ?

– Je ne me sens pas tranquille.

– Pas tranquille ? Qu'est-ce qui ne va pas ?

– C'est juste que je me demande si nous avons raison de nous mêler de tout ça. Nous, le club, je veux dire. »

Alicia sentait un accès de panique la gagner.

« Comment ça ?

– Eh bien, ce n'est pas pour ça qu'on a signé, hein ? C'était juste un divertissement, on était seulement censés se réunir tous les quinze jours pour parler de littérature policière. Je n'avais pas prévu de me retrouver à poursuivre des vrais criminels, tu vois ? »

Alicia commençait à bouillonner. Ce rendez-vous ne tournait pas du tout comme elle l'avait espéré. D'abord cette épouse sortie d'un chapeau, et voilà qu'il voulait se carapater du club.

« Personne n'a dit que tu devais poursuivre qui que ce soit, Anders. Tu peux arrêter quand tu veux. »

Elle s'évertuait à parler avec détachement, mais ça ne marchait pas du tout. Anders la dévisagea, fronça les sourcils tandis qu'elle vidait son verre, s'efforçant de se calmer. Elle se sentait ridicule. Elle avait cru que les membres du club se piquaient au jeu comme elle-même le faisait. Elle avait cru qu'ils se sentaient concernés par cette enquête. Manifestement, elle s'était fourvoyée.

« Ce n'est pas ce que je veux dire, Alicia, fit-il d'une voix douce.

– Ah bon, tu veux dire quoi, alors ?

– Que cela m'inquiète que…

– Oui, eh bien arrête de t'inquiéter, Anders ! Tu n'as pas à t'inquiéter de quoi que ce soit. Quitte le club, trouves-en un autre où tu pourras te divertir tant et plus. Qui sait, tu pourrais même te trouver des à-côtés et tu ne risqueras pas de te mettre en danger. »

C'était une remarque totalement déplacée, elle en était consciente, injustifiée qui plus est – que savait-elle de cet homme et de sa vie ? Elle se recroquevilla en voyant son air de confusion peinée. Elle se sentit horrible, et, saisie d'un épuisement soudain, elle repoussa son verre et se leva.

« Excuse-moi, Anders, je n'aurais pas dû dire ça. Je suis fatiguée. Il faut que je parte.

– Que… Où vas-tu ? »

Il se leva lourdement.

« Écoute, ça n'a rien à voir avec toi, je dois retourner au magasin de DVD avant la fermeture. » Elle s'interrompit, se retourna vers lui. « Je sais que tu ne veux plus t'occuper de cette enquête, mais moi, si, et j'ai appris un truc qui pourrait être utile.

– Alicia, tu ne comprends pas… »

Elle le fit taire d'un signe de la main. « Ne t'inquiète pas pour ça, vraiment. Ça n'a aucune importance. Tu as raison, il n'était pas prévu de s'occuper de gens qui disparaissent et de meurtres. Bon sang, et Missy qui s'est fait renverser. Rien de tout ça n'était prévu, il était juste question de s'amuser. Et si tu ne t'amuses pas, il faut que tu arrêtes. » Elle se força à sourire. « Merci pour le verre. »

Sur quoi elle partit à grands pas par la porte latérale, laissant Anders planté là, à la regarder s'éloigner. Désemparé, le cœur gros, il se laissa lourdement retomber sur sa chaise, et considéra son verre d'un œil vide.

Il avait tout gâché.

Derrière lui, le couple ouvrait des yeux ronds, enchanté de ce divertissement inattendu.

Ce soir-là, une tasse de chocolat chaud à la main, Lynette assise avec elle sur le canapé du salon, Max ronflotant à leurs pieds, Alicia regarda une copie neuve d'un très vieux film adapté du *Crime d'Halloween.* Elle continuait à ruminer les remarques d'Anders, tout à la fois piquée au vif, désorientée et furieuse, avant tout contre elle-même. Quelle idiote, de s'imaginer qu'il aurait pu se passer quelque chose entre cet homme et elle ! Que savait-elle de lui, au fond ?

Et doublement idiote de considérer que tous les membres du club auraient envie de consacrer leurs précieux loisirs à enquêter sur la disparition d'une femme dont ils ne savaient rien du tout. Anders avait raison. Ce qu'ils recherchaient, c'était une distraction. Attendre plus était un pur fantasme de sa part, et elle le leur dirait à leur prochaine réunion. Peut-être d'autres personnes étaient-elles dans le même état d'esprit qu'Anders.

Peut-être fallait-il ajouter au règlement une clause de retrait ?

Elle s'interdit de penser à l'expression blessée et triste d'Anders et se concentra sur l'écran. La remarque de Missy sur la nécessité de se pencher sur la personnalité de la victime l'avait décidée à louer ce film pour entendre Poirot expliquer cette idée. Bien sûr, il aurait été préférable de relire le livre, mais un dimanche soir la bibliothèque était fermée et le temps manquait. La version mise à l'écran pouvait être tout aussi éclairante.

En tout cas, elle était très distrayante, et les sœurs se laissèrent tellement prendre par l'intrigue qu'elles faillirent laisser passer la fameuse réplique. L'un des personnages principaux, Ariadne Oliver, auteure de romans policiers, parlait en termes critiques de la fillette victime d'un meurtre puis se reprenait et demandait à Poirot s'il la jugeait sans cœur. Le détective regardait son visage contrit et déclarait : « *Dans le cas d'un meurtre, il n'est pas sans cœur de dire qui était la victime.* »

« Ah, ah ! » piailla Alicia en s'emparant de la télécommande pour revenir en arrière. Elles repassèrent l'échange, puis un peu plus loin, le commentaire que Missy avait cité : « *La personnalité de la victime est la cause de bien des assassinats.* »

Une fois le film achevé, Lynette se redressa et regarda sa sœur.

« Bon, ça nous aide en quoi ? Je veux dire, qu'est-ce qu'on fait de ça ?

– Eh bien, comme le disait Missy, nous ne connaissons pas Barbara. L'un dit qu'elle est horrible, l'autre qu'elle est une sainte. À mon avis, Poirot veut dire qu'il est important de rester objectif à propos de la victime quand on cherche à élucider un meurtre, une disparition ou quoi que ce soit. Regarde Arthur, par exemple. S'il a été tué, a priori, ce n'est pas parce que c'était un type adorable. À mon avis, il ne l'était pas du tout, et ça ne nous mènerait nulle part de prétendre le contraire. Si l'on veut accéder à la vérité, il faut la regarder en face, droit dans les yeux. Il paraît assez probable que quelqu'un n'ait plus supporté l'attitude dominatrice d'Arthur, ou ses liaisons, ou quelque chose de ce genre.

– Mais si c'est un meurtre accidentel, un fou…

– Alors c'est autre chose, naturellement. Mais quand une personne est tuée de sang-froid, il y a en général une bonne raison, et en général c'est que quelqu'un avait un problème avec elle. En général. Ça s'appelle le mobile. Donc, qu'est-ce qu'Arthur a bien pu faire pour contrarier quelqu'un au point de prendre un club de golf et de le lui balancer sur le crâne ? Et, plus important encore, qu'est-ce qu'a bien pu faire Barbara ? »

Lynette se rassit pour considérer la question.

« Elle peut très bien n'avoir rien fait du tout. Elle peut s'être juste trouvée en travers de la route de quelqu'un.

– De qui ? C'est exactement pour ça qu'il faut en savoir plus sur elle. Nous sommes tous restés dans nos idées préconçues ! Missy peut être agaçante par moments, à toujours blablater, mais en l'occurrence, elle met le doigt sur quelque chose. On ne sait rien de Barbara Parlour, ce qui n'est pas étonnant puisqu'on ne l'a rencontrée que deux fois quelques heures. Nous n'avons vu que ce qu'elle a bien voulu nous laisser voir, ou ne pas voir, d'ailleurs, mais qui est-elle en réalité ? A-t-elle fait quelque chose qui a provoqué sa disparition ? On pourrait en dire autant de chaque membre du club. Qu'est-ce qu'on sait d'eux ? Ils sont tous un peu, comment dire, *particuliers*. Comme s'ils avaient tous des petits secrets à cacher… »

Lynette était éberluée.

« Qu'est-ce que tu racontes ?

– Écoute, prends Perry, par exemple. Il fait une fixette sur le fiancé de Claire, je ne sais pas pourquoi, et je redoute de l'apprendre. Et Claire… Bon, c'est quoi, son histoire ? Elle me fait un peu l'effet d'une perfectionniste maniaque – et pourquoi n'a-t-elle toujours pas épousé son fiancé ? Et Missy, on dira ce qu'on voudra, mais ce n'est pas tous les jours qu'une voiture te fonce dessus. Qu'est-ce qui s'est passé ? Et ne me lance pas sur le cas de ce cher Anders ! Il nous dit qu'il est célibataire, et en fait il ne l'est pas.

– Il ne l'est pas ?

– Non, il ne l'est pas du tout, merde. Il est marié. Voilà. Je l'ai craché. »

Lynette la regarda avec attention.

« Comment tu te sens ?

– Je me sens parfaitement bien, pourquoi je ne me sentirais pas bien ? Qu'est-ce que j'en ai à faire ? »

Lynette leva les mains avec candeur.

« OK, on se détend. C'est juste qu'il m'avait semblé que toi et lui, tu vois…

– Mais non ! Moi et lui rien du tout !

– Bon, si tu le dis… »

Le téléphone sonna à l'autre bout de la pièce. Alicia se leva d'un bond, son regard allant de l'appareil à sa sœur. Il était plus de vingt-trois heures, un peu tard pour un appel ordinaire. La première idée qui lui vint fut qu'Anders voulait lui annoncer sa démission du club. *Bon vent !* se dit-elle, avec un pincement au cœur. Puis elle s'imagina que quelque chose d'atroce était arrivé à leurs parents ou à leur frère. Un cambriolage à main armée chez eux, à Cairns ? Un accident de voiture ? Son cœur se mit à tambouriner.

« J'y vais », annonça Lynette d'un ton léger. Elle ne connaissait jamais les affres de sa sœur vis-à-vis de ce genre de choses. « Allô ? »

Après quelques secondes de discussion, ses yeux s'écarquillèrent et elle se mit à claquer dans ses doigts en pointant quelque chose sur la table basse. Alicia secoua la tête.

« Quoi ? articula-t-elle silencieusement.

– La télécommande ! lança Lynette en couvrant le combiné de la main. Mets ABC ! »

Alicia obéit tandis que Lynette continuait à parler au téléphone. C'était l'heure du journal du soir. Une journaliste mal fagotée se tenait devant la villa des Parlour, abritée sous un parapluie. Son pouls s'accéléra.

« Oui, James, disait-elle, c'est exact. Malheureusement, nous n'en savons pas plus à ce stade, mais je vous fais signe s'il y a du nouveau. »

L'image bascula vers un homme impeccablement coiffé, dans les locaux de la chaîne. « Merci, Verity. C'était Verity Velour, en direct de Woollahra. Nous vous tiendrons informés des développements de cette affaire. Nous passons à la bourse. L'ASX 100… »

Alicia coupa le son et revint vers sa sœur, toujours au téléphone. Celle-ci secouait la tête en poussant des exclamations.

« Quoi ? C'est vrai ? Dieu du ciel ! Alicia était avec elle il y a quelques heures… OK… D'accord… OK, bon, tu informes les autres et… Oh oui, absolument, il faut qu'on se voie très vite. Demain ?… Compris… Tu t'en occupes ? Super, c'est sympa. Tu as tous les numéros ?… Excellent… D'accord, à demain Missy. Merci. *Bye.* »

Elle raccrocha, se tourna vers sa sœur qui la regardait avidement.

« Par pitié, ne me dis pas qu'ils ont retrouvé le corps de Barbara.

– Non, non, rien à voir. »

Lynette retourna s'asseoir, l'air abasourdi.

« C'est quoi, alors ?

– C'est au sujet d'Arthur.

– Et donc ?

– Ils ont arrêté un suspect pour son meurtre. »

Alicia se détendit un peu.

« Formidable. Qui ça ?

– Wanda Birchin. »

Lynette ferma les yeux avec une grimace, anticipant le hurlement de sa sœur. Gagné.

« Quoi ? hurla Alicia. Mais pourquoi ? Quand ça ?

– J'en sais pas beaucoup plus. Missy l'a entendu aux infos. Ils disent qu'elle est retenue pour être interrogée.

– Ce qui veut dire en clair qu'elle est en garde à vue, on le sait. Arghhh ! Je peux pas y croire. Elle a dû aller parler aux flics comme je lui avais dit de le faire. Oh, mon Dieu, c'est affreux !

– Arrête, coupa Lynette. Ils ne la garderaient pas si elle n'avait rien à voir là-dedans. Ils ont dû fouiller chez elle et trouver quelque chose. Ou bien elle a avoué.

– Je ne peux pas y croire.

– Peut-être que c'était un homicide involontaire, ou alors elle s'est rendue complice après coup en couvrant le coupable ?

– Ouais, possible. N'empêche, je me sens affreusement mal. Mince alors, j'étais certaine qu'elle était innocente. Je me disais qu'elle irait avouer sa liaison, peut-être que son mariage serait fichu, mais rien de plus… »

Les paroles d'Anders lui revinrent à l'esprit. Elle avait passé l'après-midi dans la maison d'une criminelle. Sa réaction n'avait rien de disproportionné, finalement.

« Tu ne connais pas Wanda, rappela Lynette, comme si elle lisait ses pensées. C'est exactement ce que tu disais à l'instant, et tu avais raison. Nous sommes tous étrangers à cette histoire. À part toi et moi, personne ne se connaît dans le groupe, et ne parlons pas de Wanda, Barbara ou Arthur. C'est vrai, non ? Tu as rencontré Wanda, combien, deux fois ?

– Oui, mais on croit toujours que notre instinct va sonner l'alarme ou un truc du genre. Je ne l'imagine pas du tout commettre un meurtre, voilà tout. Je me demande ce qu'ils ont pu trouver. »

Lynette prit la télécommande et entreprit de zapper d'une chaîne à l'autre, à la recherche d'autres journaux d'informations. « En fait, si on met tout bout à bout, ça fait sens, Lis. Regarde : elle avait une liaison avec Arthur, ça, on le sait. On sait aussi qu'il ne voulait pas risquer un scandale alors qu'il s'apprêtait à mener campagne. Il l'a dit lui-même à Missy. Pourquoi serait-il allé chez Wanda et aurait-il voulu faire ses petites affaires ? Il savait que les médias ne le lâchaient pas, ç'aurait été stupide. Wanda a pu te mentir au sujet de ce qui s'est passé. Peut-être qu'il est venu la voir pour rompre et qu'elle a mal réagi. Peut-être qu'elle était tellement hors d'elle qu'elle l'a tué dans un moment d'aveuglement. Ou alors… Elle a d'abord tué Barbara en espérant se mettre avec lui, et quand il l'a découvert, il est allé l'accuser et elle l'a tué lui aussi. Peut-être que c'est pour ça qu'il est venu la voir ce jour-là. » Elle se tut brusquement. « Oh, bon sang, je me mets à parler comme Perry ! »

Alicia laissa échapper un long soupir affligé. Elle n'écoutait plus sa sœur mais repensait à une autre réplique du film qu'elles venaient de voir. Une autre de ces petites perles de sagesse de l'inimitable Hercule Poirot.

« *Les vieux péchés ont de longues ombres.* »

Les vieux péchés de Wanda Birchin l'avaient-ils finalement rattrapée ?

25

LA SEMAINE DÉBUTA sous de glorieux auspices. Le soleil brillait, une douce brise soufflait et les deux sœurs n'avaient aucune envie de travailler. C'est toujours un peu difficile quand le temps est radieux, mais c'était particulièrement pesant à la lumière des événements de la veille. Comment diable se concentrer sur quelque chose d'aussi vain que le travail ?

Lynette avait déjà baissé les bras et décidé de prendre sa matinée. Vêtue d'une microrobe bain de soleil jaune vif et de sandales à talons compensés absurdement hauts, elle raccrochait en saluant son chef mécontent au moment où sa sœur descendit prendre son petit déjeuner.

« Tu es en retard pour aller bosser », marmonna Alicia en sortant un bol pour ses céréales.

Elle avait passé une nuit infecte à se tourner et se retourner, agitée par des sentiments mêlés de culpabilité et de colère. Culpabilité d'avoir contraint Wanda à se rendre à la police, colère qu'elle lui ait menti avec un tel aplomb chaque fois qu'elle l'avait vue.

Et puis, bien entendu, il y avait cet accrochage avec Anders. Elle se repassait inlassablement la scène. Devait-elle considérer qu'il ne faisait plus partie du club ? Pourquoi avoir dit qu'il était célibataire alors qu'il était marié ?

Peut-être était-il séparé de sa femme, se disait-elle avec espoir. Elle n'avait pas vu de signe qu'une femme vivait là quand ils s'étaient réunis chez lui. Mais en ce cas pourquoi ne pas l'avoir dit tout simplement la veille ? Pourquoi avoir été aussi embrouillé ? Son cœur refit son agaçant petit salto. Peut-être Anders espérait-il se réconcilier avec sa femme, peut-être s'aimaient-ils encore ? Elle frissonna et s'efforça de chasser le beau médecin de son esprit.

« Je viens d'appeler Mario pour lui dire que je ne viendrai pas ce matin. Il est furibard, naturellement, mais tant pis pour lui. J'ai bien l'intention d'aller revoir Niles, dussé-je y laisser la vie !

– Et piquer une tête à Balmoral tout en menant l'enquête ? s'enquit Alicia en pointant du doigt la bretelle de maillot qui dépassait de sous la robe légère de sa sœur.

– Pourquoi pas ? Si cette sale affaire nous a appris quelque chose, ma petite, c'est à profiter de la vie tant que nous pouvons. Tu viens avec moi ? On se fait un *fish and chips* après, je connais un super restau de poissons, là-bas. »

Alicia se servit un bol de céréales avec du lait et prit place sur un tabouret de bar.

« Désolée, non, tu iras sans moi. Je veux retourner à la villa…

– Chez Barbara ? Je croyais qu'on avait décidé qu'on restait à distance ?

– Ça, c'était avant que Wanda assassine Arthur. Là, il faut que j'y retourne, vérifier qu'on n'est pas passés à côté de quelque chose. Et puis j'aimerais bien voir Rosa, si elle est là, pour la questionner au sujet de cette petite annonce. »

Elle enfourna une cuillère de muesli en fixant son bol d'un œil torve.

« Ça va ? » Lynette plissa les yeux. « Tu as une sale tête.

– Super, merci Lynny.

– Désolée, mais tu as l'air crevée, et franchement, tu étais d'une humeur massacrante, hier. Tu ne veux pas me dire ce qui se passe ?

– Ça va, ça va, j'ai mal dormi, c'est tout.

– Tu rumines cette affaire, c'est ça ?

– Mouais, plus ou moins, ronchonna Alicia avec un haussement d'épaules.

– C'est sûr que ça ne va pas t'aider à dormir.

– Je sais, je sais… »

Lynette prit son sac, chaussa des lunettes de soleil XL et se pencha pour caresser Max.

« Je dois y aller, j'ai du travail.

– Oui, toutes ces baignades, ça va être épuisant, railla Alicia. Bon, sois prudente quand même, promis ?

– Juré ! » lança Lynette.

Elle claqua la porte d'entrée et partit vers l'arrêt de bus.

Le trajet de Woolloomooloo à Balmoral est très long, avec deux changements de bus, mais Lynette s'y était préparée. Elle avait pris avec elle *Le Crime de l'Orient-Express* et se plongea dans sa lecture dès qu'elle fut assise. Ils avaient prévu d'en parler à leur prochaine réunion et, bien qu'il ne soit pas assuré que celle-ci ait lieu, Lynette tenait à le relire, au cas où. Il y avait des années qu'elle s'était embarquée dans ce train fatal avec Poirot et douze suspects pleins de colère, et le souvenir qu'elle en gardait était nébuleux.

Elle avait envisagé de se contenter de regarder le film, la formidable adaptation avec Albert Finney en Hercule Poirot et une ribambelle de stars hollywoodiennes – Lauren Bacall, Ingrid Bergman et Sean Connery, pour ne citer qu'eux. Mais bon, les adaptations au cinéma restent des adaptations, et ils faisaient partie d'un club de lecture, tout de même !

Une bonne heure plus tard, elle était tellement prise par son livre qu'elle ne remarqua pas que son bus s'engageait en ahanant dans la dernière ligne droite, la promenade qui longe la plage de Balmoral. Elle était tombée sur une autre petite phrase célèbre de Poirot qui lui avait rappelé l'affaire Parlour : après avoir inspecté le compartiment où gisait la victime et découvert un mouchoir brodé avec des initiales, un cure-pipe, une montre en or très opportunément arrêtée à l'heure du crime et plusieurs autres objets intrigants, le détective remarquait ironiquement : « *En tout cas, dans cette affaire, on ne peut pas se plaindre de manquer d'indices. Ils pullulent.* »

C'était un peu pareil dans le cas de Barbara, se dit-elle en inscrivant un repère dans la marge. Elle se radossa et réfléchit. Tous ces indices qui se bousculaient : le tableau blanc de la cuisine, les objets laissés dans la voiture… et pourtant rien de tout cela ne semblait faire sens. Elle se demanda, comme Hercule Poirot, si c'était délibéré.

« Terminus, ma p'tite dame ! » annonça le conducteur. Lynette sursauta et releva la tête. Le bus était vide et ils étaient arrêtés dans le virage.

« Oups, désolée ! » s'exclama-t-elle en fourrant son livre dans son sac et en se précipitant vers la porte.

Elle sauta sur le trottoir, regarda autour d'elle, puis, s'étant repérée, s'engagea sur la promenade qui menait au bar de Niles.

Le bar était plein à craquer, comme prévu par une telle journée, et Niles était visiblement submergé. Elle chercha des yeux un serveur mais comprit vite qu'il était tout seul.

Il la frôla en se précipitant vers le percolateur. « Je n'ai pas de temps à te consacrer. C'est la folie, aujourd'hui. »

Elle le suivit à l'intérieur, posa son sac à l'arrière du comptoir et s'empara d'un tablier suspendu à un crochet.

« OK, tu veux que je fasse quoi ? »

Il leva les yeux vers elle, déconcerté.

« Tu veux m'aider ?

– Je te le répète depuis le début. On va commencer par mettre un peu d'ordre. Toutes les commandes sont prises en terrasse ?

– Les tables 3 et 6 attendent toujours, ils ne sont pas contents.

– On va voir ça ! »

Il lui lança un carnet de commandes et un stylo et elle fila dehors.

Une demi-heure plus tard, Lynette constata que l'approvisionnement fondait, en particulier les serviettes et les sachets de sucre. Elle ne vit pas trace de stocks dans la réserve.

« Et merde ! J'ai fait les courses hier, dit Niles quand elle lui posa la question, mais je n'ai même pas eu le temps de décharger le coffre. » Il attrapa des clés cachées sous le comptoir. « Ça ne t'embête pas d'y aller ? C'est la vieille BM qui est garée à l'arrière. »

Lynette traversa la cuisine en trombe, passa derrière le cuisinier débordé qui bataillait avec des œufs et une poêle brûlante, et sortit par la porte de derrière. Elle repéra tout de suite la BMW noire. Alors qu'elle entreprenait de sortir les cartons du coffre, une petite sonnette retentit dans son crâne, mais ce n'était pas le moment de s'arrêter pour réfléchir, des hordes affamées attendaient. Elle prit les cartons et les porta à l'intérieur.

Une vingtaine de minutes après, le calme revint. Le coup de feu du petit déjeuner était passé, les consommateurs buvaient les dernières gouttes de leur café avant de se rendre à leur club de sport, de bridge ou quels que soient les lieux que fréquentaient les gens qui n'avaient pas à se soucier de payer leur loyer. Lynette rentra avec un plateau chargé de vaisselle sale.

« Pose ça dans la cuisine, je m'en occuperai tout à l'heure, fit Niles. Et merci.

– Ne me remercie pas trop vite. Ça va recommencer pour le déjeuner, non ?

– Oui, je sais. J'ai appelé Annie, elle va arriver dans une minute.

– Ah, parfait. On pourra se poser et papoter un peu. »

Il lui adressa un regard inquiet mais ne dit rien. Une fois la jeune serveuse arrivée, l'air de sortir du lit, Niles leur prépara deux cafés *latte* et ils s'installèrent à une table du fond. Il soupira avec lassitude.

« C'est tout le problème avec ce boulot. Un jour c'est le désert, le lendemain c'est blindé, et c'est toujours quand je n'ai pas de personnel sous la main qu'il fait beau.

– Avec un temps pareil, tu te doutais qu'il y aurait du monde aujourd'hui, quand même ? »

Il haussa les épaules. Il n'avait aucun sens des affaires, décidément, et il devait essayer de faire des économies en réduisant le personnel. Lynette décida de ne pas entrer dans ces considérations. Elle n'était pas là pour ça. C'était de Barbara qu'elle voulait parler.

« Qu'est-ce que tu veux savoir ?

– Quelle personne elle était.

– Je croyais que vous la connaissiez, toi et ta bande.

– Moi aussi, mais je me demande s'il n'y avait pas une autre facette de Barbara que nous n'avons pas vue. »

Elle goûta son café, faillit se brûler la langue et le reposa pour qu'il refroidisse. Les *latte* ne sont pas censés être servis bouillants, faillit-elle lui dire, mais elle se contint. On ne peut pas sauver quelqu'un de lui-même.

« En fait, poursuivit-elle, nous avons l'impression que chacun nous donne une vision différente de ta sœur, et j'en viens à me demander si la personnalité qu'elle nous a montrée au club n'est pas assez différente de ce qu'elle pouvait être par ailleurs. »

Il se frotta les yeux avec une grimace embarrassée.

« Je veux juste savoir qui elle est en vrai, Niles. Pas la version sucrée et permanentée des photos. Je voudrais savoir qui est la vraie Barbara Parlour. Parle-moi d'elle. »

Il cessa de se frotter les yeux et réfléchit. « Ma sœur était… est… » Il s'interrompit, désemparé. « Mon Dieu, je ne sais même pas si je dois parler d'elle au présent. Tu crois qu'elle va bien ? »

Elle eut un mouvement d'épaules. Elle ne pouvait lui offrir ce réconfort, elle n'en avait aucune idée.

« Bon, reprenons du début. Barbara est quelqu'un de bien mais elle a fait de mauvais choix dans la vie.

– Arthur Parlour, par exemple ?

– Exact. Je sais qu'on ne doit pas dire du mal des défunts, etc., mais ce type était un vrai salopard. Tout ce qui comptait pour lui, c'était d'être un gros bonnet. Je t'ai dit qu'il voulait entrer en politique ? » Elle acquiesça. « Il aurait été tout à fait à sa place avec ces crapules. Il la trompait, en plus. Ça la rendait folle.

– Il ne l'a jamais frappée ?

– Quelle idée ! répliqua Niles avec véhémence. Je lui aurais démoli la tête s'il avait ne serait-ce qu'essayé. » Il s'interrompit, se reprit. « Mais je n'ai rien fait ! Je veux dire, je n'ai jamais touché ce type.

– Oui, je sais, tu me l'as dit. »

Elle n'était pas d'humeur à écouter son numéro de victime innocente, aujourd'hui. Là, dehors, l'océan lui faisait de l'œil.

« Et pourquoi restait-elle avec lui, s'il était aussi infidèle ?

– Elle n'avait pas vraiment le choix. On n'a pas d'argent de famille, tu vois, on vient plutôt du mauvais côté du manche. On n'a pas fait d'études, on n'est pas allés à la fac, et ce que je sais, c'est que Barbara ne voulait plus avoir à bosser. Elle a essayé plusieurs choses, le secrétariat, le théâtre, l'écriture… Elle préfère se faire entretenir. » Lynette sentit une pointe de dédain dans sa voix. « Rester avec lui était plus facile, j'imagine. L'énorme baraque, l'argent qui tombe du ciel, etc.

– Elle ne pouvait pas demander le divorce ? Récupérer la moitié de ses sous et partir s'installer ailleurs ?

– Et faire quoi ? Il y a aussi Holly à prendre en compte.

– Holly sera bientôt une adulte, elle a seize ans. Elle s'en sortira très bien.

– Je ne sais pas… » Il hésita. « Il y avait quelque chose chez ma sœur, hum… une amertume, on pourrait dire. Elle était toujours fâchée après Arthur, mais… je ne sais pas…

– Quoi donc, Niles ? Qu'est-ce que tu essayes de dire ?

– Ne répète pas ce que je te dis. »

Lynette ouvrit les mains.

« Tu as vu un magnéto ? Une caméra ? Je ne suis pas journaliste, Niles, je te l'ai déjà dit, je suis une amie.

– Je sais. Bon, écoute, j'aime ma sœur, je lui suis mille fois redevable, que ce soit clair, mais parfois je me suis demandé si sa vraie raison de me prêter tout cet argent, c'était pas de se venger d'Arthur. Elle en parlait beaucoup et lui remettait tout le temps le nez dans les histoires de fric. Ce que j'essaye de dire, c'est que je crois que son dégoût pour Arthur la motivait, lui donnait un but, tu vois ? Et mon bar aussi par la même occasion.

– Et ça ne dérangeait pas Arthur qu'elle utilise son argent pour payer tes factures ? »

Il se mit à masser la ligne entre ses sourcils.

« Il n'avait pas le choix. C'était le prix à payer pour ses frasques, disons.

– Donc, si j'ai bien compris, d'après toi ça amusait ta sœur de claquer l'argent d'Arthur ? C'était une façon de le narguer ? »

Il arrêta son geste, soupira encore. « Mouais, je crois que c'est ça. Je me souviens qu'un jour elle avait acheté un rubis énorme, un truc rouge foncé hideux dans une boîte dorée tape-à-l'œil. Quand j'ai fait une remarque, elle a ri et elle m'a dit qu'elle n'aimait pas les rubis, que c'était juste pour emmerder Arthur. Comme je te disais, j'aime ma sœur, mais ce n'est pas une sainte, loin de là. » Son regard se fit implorant. « Tu crois qu'elle va bien ? Je veux dire, qu'elle est en vie ? »

C'était la deuxième fois qu'il posait cette question, et d'un coup, Lynette fut prise de pitié pour lui. Elle lui toucha la main.

« Honnêtement, je n'en sais rien, Niles. Je voudrais te dire oui, mais je n'en sais vraiment rien. C'est pour ça que je suis là. Est-ce qu'il y a quoi que ce soit d'autre que tu puisses me dire à son sujet ? Quoi que ce soit qui puisse être utile ? »

Il réfléchit longuement, tout en jetant des coups d'œil au café qui recommençait à se remplir.

« Non, je ne vois rien.

– OK, parfait. Tu as mon numéro si jamais tu penses à quelque chose. Même un petit rien, tu m'appelles, d'accord ?

– D'accord. Bon, il vaudrait mieux que j'y aille.

– Oui, moi je vais te laisser.

– Attends, combien je te dois pour la matinée ? Pour ton aide. »

Il sortit un porte-monnaie de sa poche mais elle l'écarta d'un geste.

« Ne sois pas bête. Tu m'offres le café, OK ? »

Il la remercia d'un signe de la tête, joignant les mains comme s'il priait, puis se dirigea au-devant d'un client qui entrait. Lynette reprit ses affaires et partit à la plage.

Le soleil était haut, à présent. Lynette étendit sa serviette sur le sable blanc et chaud et ôta sa robe d'été. Quand elle apparut en bikini à carreaux roses et blancs, plusieurs hommes tournèrent la tête pour la regarder, hypnotisés par sa peau d'un brun crémeux et ses longues jambes fines, mais Lynette n'y prêta pas garde. Il était rare qu'elle remarque l'attention que lui portait la gent masculine, hormis s'il s'agissait d'hommes riches et d'âge mûr prêts à la hisser sur un piédestal jusqu'au rang de princesse. À ceux-là, elle renvoyait un grand sourire en faisant voler ses cheveux blonds soyeux ; et elle passait à l'action.

Lynette attendait une adulation inconditionnelle des hommes qu'elle fréquentait. Le problème, avec cette configuration, du moins du point de vue de sa sœur aînée, c'était que l'adulation ne durait jamais très longtemps. Assez vite, les hommes riches et d'âge mûr commençaient à traiter Lynette moins comme une altesse royale et plus comme l'être humain qu'elle était en réalité. Lynette s'en offusquait et les plantait là pour bondir sur un autre piédestal. Et le cycle infernal se répétait.

Mais pour le moment, les hommes quels qu'ils soient étaient très loin de son esprit. Elle se tartina d'écran solaire et alla piquer une tête. C'était divin. Tout en faisant la planche, soulevée par le clapotis, elle songea à ce que Niles venait de lui raconter. Elle commençait à voir se dessiner quelque chose, une autre face de Barbara, sombre et tortueuse, qu'elle n'avait absolument pas laissé entrevoir aux membres du club, à qui elle s'était présentée comme une femme douce, angoissée et vulnérable.

Comme une victime.

Or, Niles décrivait une femme déterminée, qui savait parfaitement ce qu'elle voulait et gardait tout sous contrôle. Au point de sembler jouer un jeu. N'avait-il pas dit qu'elle avait fait du théâtre ? Cela concordait avec un terme qu'Arthur et Wanda avaient tous deux utilisé pour parler d'elle : une comédienne, avaient-ils dit.

Lynette se remit brusquement sur ses pieds, manquant d'assommer un *bodyboarder* qui lui tournait autour d'un peu trop près.

Et si Barbara avait joué la comédie avec le club ? Avait dissimulé sa vraie personnalité, avait feint d'être tout autre qu'elle n'était ? Mais dans quel but ?

Lynette sortit de l'eau et alla s'allonger sur sa serviette, sans cesser de se demander ce que Barbara tentait si ardemment de dissimuler.

Rassemblant ses affaires une heure plus tard, elle entendit le cliquetis d'un trousseau de clés dans son sac. Bizarre, elle n'avait pas pris la voiture d'Alicia et la clé de chez elle ne faisait pas de bruit. Fouillant son sac, elle découvrit que dans un geste automatique elle y avait rangé les clés de Niles après avoir déchargé la voiture. Elle pesta. Elle n'avait aucune envie de retourner affronter ses mines de chien battu et ses lamentations. Mais il fallait faire demi-tour. C'est alors que l'alarme qui, un moment plus tôt, s'était déclenchée quelque part dans sa mémoire se mit à sonner à toute volée.

Soudain elle se souvint. Elle se figea sur place, le souffle court.

Ça ne pouvait pas être possible.

Elle contourna le café pour retourner derrière. Là, elle examina avec attention la voiture de Niles. Et cessa de respirer. La BMW avait des vitres teintées, noires, et l'un de ses flancs était bosselé. La peinture était légèrement écaillée à un endroit, comme après avoir heurté quelque chose.

Ou quelqu'un.

Un courant électrique courut le long de sa colonne vertébrale tandis que les paroles de Missy lui revenaient :

« *Tout ce que j'ai vu, c'est une vieille BMW de couleur foncée, avec des vitres fumées, comme une voiture de dealers.* »

« Tu es encore là ? » C'était la voix de Niles. Elle fit volte-face. Depuis la porte de la cuisine il l'observait, mains dans les poches, une expression indéchiffrable sur le visage.

« Oh, hum, j'ai oublié de te rendre tes clés », bredouilla-t-elle en lui lançant le trousseau sans bouger d'où elle était.

Il les attrapa au vol, d'une main. « Merci. Tu repars maintenant ? »

Elle hocha la tête, hésita, prit une profonde inspiration. Alicia ne lui pardonnerait jamais de ne pas avoir posé la question.

« Qu'est-il arrivé à ta voiture ? dit-elle d'un ton détaché en montrant le flanc cabossé du véhicule.

– Aucune idée, répondit-il avec indifférence. Je l'ai retrouvée comme ça.

– Ah oui ? »

Le ton détaché s'était teinté de soupçon.

« Eh oui. Pourquoi ? » Il lui jetait un regard noir.

« Tu n'aurais pas percuté quelque chose… ou quelqu'un ? »

Il la dévisagea durement.

« Bien sûr que non. Je m'en souviendrais, tu ne crois pas ? Qu'est-ce qu'il y a ?

– Je me demandais juste comment on peut abîmer à ce point une voiture sans savoir comment, fit-elle avec indifférence.

– Manifestement, un imbécile m'a embouti quand j'étais garé et n'a pas daigné laisser ses coordonnées, cracha-t-il. C'est ma faute ? »

Non, pensa-t-elle, *rien* n'est *jamais* ta faute. Elle scrutait son visage, perplexe. Était-ce de la gêne ou de l'incompréhension qu'elle lisait sur ses traits ?

Il valait mieux en rester là pour aujourd'hui ; d'ailleurs, rien ne disait que l'accident de Missy avait à voir avec la mort d'Arthur ou la disparition de Barbara. Pourquoi diable Niles aurait-il voulu renverser la pauvre Missy ? Qu'est-ce que ça aurait apporté dans l'un ou l'autre cas ? Lynette sentait les questions tournoyer dans sa tête, et sa tête en avait assez. Il était temps de laisser reposer tout ça.

Et puis, tout harassé qu'il soit, Niles était encore assez costaud pour l'assommer d'un coup de poing, cela, elle n'en doutait pas un instant.

Elle lui fit au revoir de la main et tourna les talons, le laissant planté là à regarder sa voiture, intrigué. Vraiment, Niles Blakely était-il aussi innocent qu'il voulait le faire croire ?

26

EN ARRIVANT À L'AGENCE ce lundi-là en retard, Alicia prit une décision qui l'étonna elle-même. Elle n'irait pas à Woollahra aujourd'hui, ne parlerait pas avec Rosa Lopez et ne s'occuperait de rien qui concerne Barbara Parlour et l'assassinat de son voyou de mari. Rien aujourd'hui. Aujourd'hui, elle ferait ce que Claire et Lynette avaient fait la veille : s'accorder une pause bien méritée.

Peut-être Anders avait-il raison, à sa manière horripilante. Elle s'impliquait trop dans tout ça. Peut-être devait-elle mettre les choses en perspective, prendre de la distance. Et puis le travail commençait à s'amonceler dangereusement sur son bureau.

Elle adressa un bref salut à Ginny qui roucoulait à l'accueil avec un coursier à vélo. Moulé dans du Lycra, son casque dans une main, il notait de l'autre son numéro dans son portable. Alicia secoua la tête en se dirigeant vers son bureau. Pour sûr, Ginny ne perdait pas de temps.

Ce n'était pas elle qui resterait à se languir pour un médecin marié.

Son ordinateur reprit vie, et elle regarda un flot intarissable de mails venir s'empiler dans sa boîte. Elle décida de les ignorer et se mit à l'ouvrage. Elle devait peaufiner le dernier numéro de *Lady Gaga Magazine* et trouver des accroches percutantes et spirituelles. Ce n'était pas chose facile quand on avait pour sujet une pop star futile, et elle devait se contrôler pour ne pas laisser de sarcasmes suinter dans sa prose. *Tous gaga de Lady Gaga* avait été fait un milliard de fois, et *The Lady is a Tramp* pouvait être mal reçu… Elle soupira lourdement et continua à se creuser la tête…

Deux heures et un nombre incalculable de points d'exclamation plus tard, elle abandonna la une du magazine pour parcourir ses mails. Mieux valait désengorger un peu sa boîte avant qu'elle déborde, se persuada-t-elle tout en triant les messages comme sur une carcasse de poulet, cherchant les bons morceaux et poubellisant les déchets.

Le vingt et unième de la file retint son attention. Son éditeur anglais avait eu une idée pour un prochain projet et voulait lui en parler. Elle ouvrit le message mais n'alla pas plus loin que les deux premières phrases.

Ça va être l'été, chez vous ? écrivait-il. *Je me demandais si un numéro spécial spas serait d'actualité ?*

Et c'est là que toutes ses bonnes résolutions s'envolèrent.

Alicia se laissa tomber au fond de sa chaise, sonnée, puis déconnecta sa messagerie, prit son sac et repartit d'où elle venait. Ginny était toujours en train de glousser avec son coursier, qui de toute évidence ne faisait pas honneur à l'adjectif *Express* de sa société. Ou était-ce un autre coursier, s'interrogea Alicia en saluant Ginny de la main, s'émerveillant une fois de plus de son taux de réussite.

« Où est-ce que tu vas, encore ? » lui cria Ginny. Mais Alicia n'avait pas le temps de s'arrêter.

Grâce à son éditeur, elle venait enfin de se rappeler où elle avait vu le nom « Hydro » et pourquoi il lui avait paru familier. Elle devait retourner chez les Parlour, et *fissa.*

Sur le trajet, elle passa un bref coup de fil à sa sœur, qui était dans le bus de retour de Balmoral.

« C'est juste pour te dire où je vais, dit-elle. Je suis en voiture, je n'avais pas le courage de prendre les transports en commun aujourd'hui. »

Elle baissa les yeux sur ses cuisses et pesta. Elle les avait cruellement négligées ces derniers temps, il était peut-être temps de renouveler son abonnement au club de gym.

« D'accord, dit Lynette, mais pourquoi tu n'y vas pas avec quelqu'un ? Appelle Anders.

– Anders ? se hérissa-t-elle. Pour quoi faire ? Je n'ai pas besoin d'un homme pour me protéger.

– Tout doux, ma belle. Je disais ça comme ça, ce serait plus sympa, c'est tout. J'avais cru qu'Anders et toi, en fait…

– Eh bien tu te trompes, combien de fois vais-je devoir te le dire ? Il n'y a rien entre nous. Et il est marié.

– Ah oui, à ce propos, je crois que tu n'as pas compris…

– Non, je n'ai pas *pas* compris ! » Elle se tut, puis reprit plus calmement : « Il me l'a dit lui-même, pas plus tard qu'hier. Et par ailleurs, ça ne l'intéresse plus tellement, tout ça.

– Tout ça quoi ?

– L'enquête. Barbara Parlour. Je crois qu'il va quitter le club.

– Ah bon ? Je n'ai pas eu du tout cette impression.

– Eh bien, toi et moi ça fait deux. Comment ça s'est passé avec Niles ? »

Il fallait changer de sujet, elle n'avait vraiment pas envie de parler d'Anders, là.

« Drôlement intéressant, figure-toi. » Lynette lui rapporta les propos de Niles sur sa sœur, et l'amertume que celle-ci nourrissait à l'égard de son mari. « Mais il y a surtout un truc énorme que je dois te raconter.

– Fais vite, je vais bientôt arriver.

– D'accord, d'accord. » Lynette baissa la voix de peur d'être entendue par les autres passagers. « Tu te rappelles ce que Missy nous a dit quand elle s'est fait renverser la semaine dernière ?

– Missy ? Quel rapport avec Niles ?

– Allez, s'il te plaît, tu te rappelles ou pas ?

– Oui, elle a dit qu'un taré dans une BM noire a essayé de la tuer. Et donc ?

– Je connais un taré avec une BM noire. Une BM noire cabossée.

– Pas possible ? Niles ?

– Lui-même. »

Alicia resta muette quelques secondes.

« Mais… pourquoi aurait-il voulu faire du mal à Missy ? Ça n'a aucun sens. Pour autant que je sache, ils ne se sont jamais vus.

– Bonne question, et je n'ai pas la réponse. » Lynette poussa un profond soupir. « En fait, plus j'y pense, plus je me dis que c'est une coïncidence. Intrigante, évidemment, mais… En tout cas, il faut le noter.

– Eh bien, mon journal d'enquête tourne au roman-fleuve avec toutes ces notes idiotes qui ne vont nulle part. Bon, je te laisse, je suis presque arrivée et il doit y avoir des policiers partout. Je n'ai pas envie de me prendre une amende parce que je téléphone au volant.

– D'accord, mais sois prudente, Alicia, OK ? »

Alicia promit, raccrocha, et se mit en quête d'une place pour se garer.

Contrairement à ce qu'elle s'était figuré, il n'y avait guère qu'un ruban bleu et blanc distendu devant la maison des Parlour. Tous les journalistes avaient levé le camp.

Soulagée, elle remonta l'allée pour aller sonner à la porte. C'est là que survint un accès de panique.

Surgit eu la vision abrupte d'Arthur ouvrant la porte à la volée, une plaie sanglante à la tête, furibond et prêt à la tancer vertement de venir troubler sa vie parfaitement réglée et proprette. Elle ressentit un profond remord. Qu'avait-elle fait à ce pauvre type ? Pourquoi ne l'avait-elle pas laissé en paix ? Qui sait s'il ne serait encore de ce monde si elle ne s'était pas mêlée de tout ça.

L'instant d'après, à sa grande surprise, Holly vint ouvrir. Bien vivante, certes, mais accoutrée comme si elle revenait de parmi les morts : haut noir, legging noir sous un tutu noir, boots noires massives et un trait épais d'eye-liner, noir, cerclant ses yeux – une harmonie certaine dans les couleurs. Une mèche pourpre zébrait ses cheveux, qui pendouillaient en mèches grasses autour de son visage, et Alicia repéra sur son bras un tatouage bâclé, une petite croix noire qu'elle n'avait pas vue les fois précédentes. Soit elle portait un deuil théâtral, soit elle avait viré emo en deux jours. Dans tous les cas, le look ne lui seyait guère.

Alicia sentit son cœur se serrer pour la pauvre gosse perdue.

« Salut, Holly, dit-elle en faisant mine de ne pas remarquer sa métamorphose. Je suis réellement désolée pour ton papa.

– Ah oui ? fit Holly d'un ton rogue. Je croyais que tu voulais le faire dézinguer.

– Pas du tout ! Je voulais juste retrouver ta maman, rien de plus. Est-ce que tu tiens le coup ? Je pensais que tu serais partie chez des amis.

– Des clous ! La mère de Heidi la traite comme une gamine, je suis mieux ici. De toute façon, j'ai seize ans, genre, je suis assez grande pour vivre toute seule.

– Rosa n'est pas là ?

– Tu parles ! Elle s'est barrée depuis longtemps.

– Ah bon ? C'est étrange, non ?

– Bah nan, pourquoi elle resterait ici ? Cette baraque, elle est maudite.

– Mais qui va veiller sur toi ? Je veux dire, je sais que tu peux te débrouiller, mais… »

Holly grimaça.

« La sœur de mon père va venir, Harriet. Elle est d'Adélaïde. Relou.

– Ma foi, c'est sûrement mieux.

– Je n'ai pas peur d'être toute seule. Ils ont arrêté la coupable, tu es au courant ?

– Oui, j'ai entendu ça. Wanda Birchin, apparemment. Enfin, si c'est bien elle.

– Forcément que c'est elle ! Les flics m'ont dit qu'il y avait des empreintes de papa partout chez elle, et écoute ça : ses empreintes à elle sur le club de golf qui l'a tué ! C'est comme dans *Les Experts*.

– C'était quel club ?

– Hein ?

– Le club de golf, c'était un fer 9 ? »

Holly la regarda comme si elle était folle à lier.

« Qu'est-ce qu'on s'en fout ? Fer truc ou machin, ça l'a tué… » Elle laissa échapper un sanglot, le ravala, résolue à ne pas pleurer devant l'exaspérante copine de sa mère. « J'ai toujours su que cette garce de Wanda était craignos. Elle avait l'air d'une vraie vicelarde quand elle téléphonait à papa.

– J'ai entendu dire qu'elle avait appelé chez toi le jour où ton papa est mort. Un peu après le déjeuner. C'est toi qui as répondu ?

– Pourquoi j'aurais répondu ? C'est le boulot de Rosa. Enfin, c'était.

– Rosa était encore là à ce moment, alors ?

– Je sais pas. » Ses sourcils plâtrés de noir se resserrèrent. « En quoi ça te regarde, de toute façon ?

– Écoute-moi, Holly, je ne viens pas pour fouiner ou dégoter des scoops, je voudrais sincèrement aider. C'est ce qu'on veut tous, les membres de notre club. On est des gens bien, et on voudrait retrouver ta maman. Toi aussi tu veux la retrouver, n'est-ce pas ?

– Forcément ! fit-elle avec un reniflement sonore. Je croyais qu'elle voulait juste nous foutre la trouille, mais maintenant qu'ils ont trouvé papa… »

Incapable de contenir plus longtemps le flot, elle fondit en larmes, des gros sanglots entrecoupés de hoquets, et quand Alicia la prit contre elle pour la serrer dans ses bras, elle se laissa faire. La jeune fille pensait être une adulte, mais à la vérité, elle était encore une enfant. Déjà déstabilisée par la mystérieuse disparition de sa mère, l'assassinat de son père devait être un choc terrible.

Et nul accoutrement stylé ni fierté bravache d'adolescente ne pouvait rien y faire.

Après un moment, Holly se dégagea de l'étreinte d'Alicia, l'air atrocement embarrassé, et regarda autour d'elle comme si elle craignait que quelqu'un ait pu la voir.

« Je peux entrer ? demanda doucement Alicia. Il y a quelque chose que je voudrais vérifier. Je te promets que c'est pour aider ta maman. »

Holly s'essuya le nez avec le dos de la main et s'effaça pour la laisser entrer. Alicia alla droit au réfrigérateur de la cuisine et aux publicités aimantées qu'elle avait vues le jour de leur réunion.

Rien n'avait bougé. L'un des magnets vantait les mérites d'un spa de luxe situé dans les Blue Mountains, au nord-ouest de Sydney : l'Hydro Majestic. Elle le décolla et le regarda avec attention.

« C'est quoi le rapport ? siffla Holly en le lui prenant des mains.

– Est-ce que tu sais si ta mère connaissait quelqu'un dans ce spa ? L'Hydro Majestic, ça te dit quelque chose ? »

Holly fit la moue. « D'habitude, elle allait aux Portes d'or, dans le Queensland. Pourquoi elle avait besoin d'aller au spa alors qu'elle foutait la merde partout, je saurai jamais… » Elle s'interrompit, se mordit la lèvre en ravalant un sanglot. Dire des horreurs sur sa mère était beaucoup moins drôle depuis que la malheureuse avait disparu.

« Mais où elle est ? gémit-elle. Où est-ce qu'elle peut être ? »

Alicia lui pressa la main. « Je ne sais pas trop pourquoi, Holly, mais j'ai l'intuition que cet endroit recèle la clé du mystère. Est-ce que je peux garder ce magnet ? »

Holly haussa les épaules, le lui rendit. Alicia allait repartir quand, sur le frigo, quelque chose attira son attention. Quelque chose qui manquait, plus exactement.

« Où sont les photos de ta mère, Holly ? »

Holly suivit son regard vers la porte du réfrigérateur et écarquilla les yeux. Les photos de famille étaient toujours là, mais uniquement celles où l'on voyait Arthur et Holly enfant. Il n'y en avait plus aucune de Barbara.

« C'est bizarre, il y avait des photos de maman, je me demande où elles sont passées…

– Peut-être qu'elle les a prises samedi dernier ? »

Holly secoua la tête avec conviction.

« Nan, je suis sûre que je les ai vues depuis. J'étais tellement en rogne contre elle que j'ai failli les enlever et les déchirer… » Elle s'arrêta en voyant l'expression d'Alicia. « Ça va, me regarde pas comme ça, j'y ai pas touché ! Juré !

– Qui, alors ? Ton père ?

– Bah, peut-être, il était en colère, lui aussi. Peut-être qu'il voulait s'en débarrasser.

– Oui, sauf qu'il a dit à mon amie Missy qu'il voulait que ta mère revienne, qu'elle rentre chez elle, c'est ce qu'il a dit, pourquoi aurait-il retiré ces photos ? »

Une idée lui vint. « Est-ce que quelqu'un les aurait données à la police ou à la presse, pour l'identifier, par exemple ? »

Holly réfléchit. « Peut-être. Pas moi en tout cas, et je les ai pas vues aux informations. »

Alicia non plus. Les photos de Barbara qu'elle avait vu passer semblaient tirées d'un vieil album du début des années quatre-vingt. « Ça t'embête si je vais voir au salon ? »

Sans attendre la réponse, Alicia courut au living-room. Elle grimaça. Les photos de Barbara avaient disparu du manteau de la cheminée et de la console, ainsi que son trophée de tennis. Elle se tourna vers celle qui était accrochée au-dessus du piano et se raidit. Sur la photo tartignolle qui les montrait tous trois avec leurs sourires forcés, il n'y avait plus qu'Arthur, avec sa fille au premier plan. Alicia s'avança pour mieux voir et se pétrifia.

La photo avait été retaillée, grossièrement, pour éliminer Barbara ; restaient d'elle un petit bout d'une épaule et quelques mèches blondes.

Quelqu'un l'avait découpée.

« Oh, mince ! fit Holly en portant à sa bouche sa main aux ongles rongés. C'est flippant ! On dirait que quelqu'un veut la supprimer.

– C'est tout à fait ça, approuva Alicia. Quand Rosa était-elle là pour la dernière fois ?

– Rosa ? Heu, je sais pas trop, les flics sont venus jeudi pour me dire pour… heu, pour… papa.

– Rosa était encore là à ce moment, Holly ?

– Non, elle était partie. »

Alicia cligna des yeux à toute vitesse.

« Quand est-ce qu'elle est partie, exactement ? » Holly haussa les épaules, maussade. « C'est extrêmement important, Holly, essaye de te souvenir. Voyons voir. À quelle heure tu es rentrée ce jeudi, quand ton père…

– OK, OK, du calme ! Alors… J'étais au lycée, je suis rentrée vers deux heures et quelques, on avait perm après déjeuner… Alors, oui, Rosa était là, elle avait fait du pop-corn, elle m'en a donné un bol. Je ne sais pas après parce que je suis montée dans ma chambre, bon, pour aller sur mon ordi, bref. Papa était là aussi quand je suis rentrée, mais il m'a dit qu'il partait au golf… Il a dit à ce soir pour dîner… Je n'aurais jamais pensé…

– Et donc, intervint Alicia pour garder la jeune fille sur les rails, quand est-ce que tu as vu Rosa en tout dernier ? »

Holly réfléchit à nouveau.

« Ah oui, je me souviens, je suis descendue pour regarder *Neighbours* sur le grand écran.

– Donc vers dix-sept heures, c'est ça ?

– Oui, papa était parti mais Rosa était encore là. Dès que je suis descendue elle a dit qu'elle devait s'en aller, qu'elle avait un problème familial ou un autre prétexte pourri. Elle avait une espèce de valise, j'ai compris qu'elle foutait le camp pour de bon. J'étais sûre qu'elle allait le faire. Je veux dire, on est une famille maudite, genre, avec la mère volatilisée… »

Alicia la prit par les épaules pour endiguer une nouvelle crise de larmes.

« Holly, c'est vraiment important. Dis-moi. Est-ce que tu sais si Rosa était là avant le début de *Neighbours*, vers seize heures, seize heures trente ? Est-ce que tu l'as vue ou entendue entre quatorze heures et quelques et dix-sept heures, quand tu es descendue ? »

L'angoisse avait envahi le visage de Holly. Elle réprima un sanglot. « J'en sais rien ! Sérieux, je sais pas du tout. J'étais dans ma chambre, avec mes écouteurs, j'écoutais de la musique, je suis juste descendue au début de *Neighbours*. Qu'est-ce qu'il y a ? Pourquoi tu me demandes tout ça sur Rosa ? »

Alicia pressa l'épaule de Holly. « Je ne suis pas sûre, Holly, mais si Rosa revient, appelle les flics, tu as compris ? »

Holly, les yeux emplis de terreur, avait l'air d'une toute petite fille. Alicia regarda sa montre. C'était l'heure de déjeuner. Elle devait tirer Holly de cet endroit. Juste au cas où.

« Tu ne devrais pas être au lycée, là ?

– Ouais, et donc ?

– Et donc ça ne te ferait pas de mal d'y aller, ça te changerait un peu les idées. Tu dois te sentir très seule ici, ça te fera du bien de voir tes amis. »

Holly ne répondit pas tout de suite, grimaça. « Jake devait venir... Ça fait des heures, dit-elle en reniflant. Il répond pas à mes appels ni à mes textos, je croyais qu'il... Enfin, je croyais juste... »

Elle laissa sa phrase en suspens. Alicia l'entraîna vers le canapé et la fit asseoir. « Qu'est-ce qui se passe entre vous deux ? » demanda-t-elle d'une voix douce.

Holly détourna les yeux. Mais Alicia avait décidé qu'il était temps de mettre les choses au clair.

« On a bien vu que vous aviez une liaison, tous les deux.

– Une *liaison* ! dit Holly avec mépris. C'est pas comme si on avait cent ans ou qu'on était mariés ou quoi. En plus, il m'aime. »

Alicia sentit son cœur se fendre pour la pauvre gamine sans cervelle. Ce n'était là que le premier d'une longue série de désenchantements, aurait-elle voulu lui dire.

« Holly. Jake Smith n'aime personne d'autre que lui-même. Je suis désolée de te dire ça. Je n'attendrais pas qu'il vienne me sauver, à ta place.

– Je n'attends rien du tout ! » protesta l'adolescente.

Elle avait une expression indignée, mais la vulnérabilité était là, affleurant dans les yeux maculés de rimmel noir.

« Alors pourquoi vous vous disputiez le jour où on vous a vus au tennis, Claire et moi ? »

Dans un geste instinctif, Holly porta ses mains à son abdomen, et ses joues s'empourprèrent. Dans la tête d'Alicia, quelque chose fit tilt.

« Oh, je comprends, murmura Alicia. Tu es enceinte. »

Holly laissa tomber ses mains, sourcils froncés.

« Pas du tout. Enfin… plus, en tout cas. J'ai cru… Mais j'avais juste du retard.

– C'était pour ça que tu étais en colère ? Tu voulais que Jake dise à ton père que tu étais enceinte de lui ?

– Mais lui voulait pas ! Il a dit qu'il était même pas sûr que ce soit de lui ! Genre je suis une pute ! Mais de toute façon, on s'en fiche, maintenant. Il veut même plus me voir. Je croyais… J'avais cru qu'il m'aimait… »

Elle se remit à pleurer à chaudes larmes. Alicia resta immobile de longues minutes, la laissant pleurer tout son soûl.

« Tu sais, dans la vie, il y a des gens bien et des salauds, dit-elle finalement. Jake fait partie de la seconde catégorie. Il a toujours été un salaud et le sera toute sa vie. Tu es mieux sans lui.

– C'est ce que disait maman, renifla Holly.

– Ta mère savait ?…

– Jamais de la vie ! »

Elle s'essuya le nez et les joues, mortifiée. « Enfin, j'en sais rien… Peut-être qu'elle se doutait, je suis pas sûre. Mais je voulais pas qu'elle sache, alors je suis allée voir un autre docteur, un chez qui va ma cops Sara, en centre-ville. Il est super. »

Un autre tilt retentit dans le crâne d'Alicia, mais elle laissa celui-ci de côté.

« Je pouvais pas aller voir le docteur de maman, poursuivait Holly. C'est une vieille chouette qui se mêle de tout. Elle aurait mouchardé à ma mère, c'est sûr et certain, elle lui répète tout. Mais je crois que maman s'en est rendu compte quand même. Elle m'a dit que Jake était *irresponsable*, genre que c'était pas un mec bien. Je lui ai demandé à quoi elle savait ça ? » Les larmes se remirent à couler. « La dernière fois que j'ai vu maman je lui ai hurlé dessus ! C'est pas papa qui s'est engueulé avec maman le jour où elle a disparu, comme ils ont dit à la télé, c'est moi ! C'est ma faute ! » Elle déglutit douloureusement. « Papa n'a rien dit parce qu'il voulait me protéger. C'était un type bien, il méritait pas… » Sa voix se brisa.

Alicia attendit quelques minutes que les pleurs s'apaisent, puis elle prit la jeune fille par les deux mains et la mit debout. « Viens, je t'emmène au lycée. Va te préparer, je vais te déposer. Je te promets, même un cours d'algèbre sera mieux que de rester assise à broyer du noir ici toute la journée. »

À son grand étonnement, Holly obéit sans broncher et reparut dix minutes plus tard dans un uniforme froissé, beaucoup trop court aux genoux, un sac à dos passé sur une épaule. Elle avait attaché ses cheveux en queue-de-cheval, ôté son piercing et dissimulé son tatouage, vraisemblablement pas de mise dans son école privée huppée.

Vingt minutes plus tard, Alicia la déposait au lycée et repartait vers le commissariat de Woollahra. Elle avait résolu le problème de l'assassinat du mari, et la police avait tout faux.

27

À SA TROISIÈME VISITE au commissariat de Woollahra, Alicia ne reçut pas l'accueil qu'elle escomptait. Au lieu de la conduire directement au bureau de l'inspecteur Ward, son adjoint, Roger, la précéda à travers le commissariat jusqu'à un bureau couvert de dossiers situé au beau milieu de la pièce. Il lui fit signe de prendre place sur une chaise face à lui et la dévisagea, s'efforçant de prendre un air sévère. Raté. Roger avait ce type de visage poupin charmant, et n'était pas aidé par ses fossettes. Le rôle du méchant flic n'était pas pour lui.

« Il faut vraiment que je parle à l'inspecteur Ward, annonça Alicia. C'est urgent, c'est au sujet d'Arthur Parlour. »

Roger sourit avec satisfaction.

« Nous avons une longueur d'avance sur vous, Alicia. Nous avons arrêté Wanda Birchill.

– Birchin ! Wanda Birchin, bon sang. Qu'est-ce qui cloche, chez vous ? Vous pourriez au moins épeler correctement le nom de cette pauvre femme, si vous vous êtes mis dans la tête de l'envoyer en prison. Mais bon, ce n'est pas le problème. Wanda n'a pas tué Arthur. »

Il lui jeta un regard circonspect.

« Je suis très sérieuse. Vous n'avez pas arrêté la bonne personne. Écoutez-moi, est-ce que je peux vous poser une question ? »

Il hocha la tête avec circonspection.

« Est-ce qu'Arthur a été tué avec un fer 9 ?

– Je vous demande pardon ?

– Il a été frappé à la tête avec un club de golf, c'est ça ? Était-ce un fer 9 ?

– Ahh ! » Le sourire satisfait reparut. « Non, pas du tout. C'était un putter.

– Exactement ce que je pensais », dit Alicia.

Le sourire s'éteignit. « Écoutez, Roger, vous devez me laisser parler à votre patron. Je sais qui a tué Arthur Parlour et ce n'est pas Wanda Birchill, arghhh, Birchin ! Bon sang, vous m'avez contaminée, maintenant ! »

Le Club des amateurs de romans policiers était à nouveau réuni, mais cette fois à *L'Orient-Express*, un restaurant de Potts Point choisi autant pour son nom que pour sa délicieuse cuisine chinoise traditionnelle. Le repas était excellent, comme il se devait pour un dîner de célébration.

Car grâce à l'œil vif d'Alicia, le mystère de l'assassinat d'Arthur avait finalement été résolu. Hélas, Barbara restait introuvable, et personne n'avait envie de sabler le champagne.

Rosa Lopez était à présent en garde à vue, accusée du meurtre d'Arthur Parlour. Wanda Birchin avait été relaxée et était sans doute rentrée chez elle pour panser ses blessures et affronter l'ire de son époux. Elle devait avoir des envies de meurtre à l'endroit d'Alicia. La culpabilité qui tenaillait la jeune femme fut vite balayée par le chardonnay et les tapes dans le dos de ses coreligionnaires lecteurs.

« Vous êtes tout à fait étonnante, miss Finlay », se récria Claire, d'une voix un peu essoufflée, en prenant une chaise. Elle attrapa des baguettes et examina les plats posés sur la table : canard laqué croustillant, bœuf au gingembre, porc cuit deux fois et un grand assortiment d'entrées. Elle était arrivée en retard en invoquant vaguement une « chamaillerie » avec son fiancé, et personne n'avait fait de commentaires, y compris Perry, qui avait habituellement du mal à résister.

La semaine avait été dense pour les détectives amateurs, et tous commençaient à percevoir un certain agacement chez leurs partenaires, collègues ou colocataires… Même Max ne leur parlait plus, se dit Alicia, et les petites gâteries de la cuisinière ne suffisaient pas à améliorer son humeur.

Anders arriva tard lui aussi et s'assit le plus loin possible d'Alicia. Surprise de le voir, elle lui lança un bref hello et retourna à la compagnie. Ce soir, elle était de trop bonne humeur pour se laisser déprimer.

« Alors, comment as-tu su que c'était Rosa qui avait fait le coup, si je peux m'exprimer ainsi ? » s'enquit Claire en se servant un rouleau de printemps.

Alicia avala son bœuf.

« À cause des photos et du trophée de tennis qui manquaient. Tu te souviens, Missy, tu l'avais toi-même remarqué quand tu étais allée chez Barbara au débotté et qu'on t'avait tous disputée ? Tu avais dit que tu avais eu l'impression qu'il manquait quelque chose ?

– Mon Dieu, mais oui ! s'exclama Missy. Je n'arrivais pas à mettre le doigt dessus, mais il y avait un truc qui clochait. Tu crois que les photos de Barbara avaient déjà disparu ?

– Je ne peux pas l'affirmer, mais Rosa avait peut-être commencé à les supprimer une par une pour que ça ne se voie pas trop. Sa façon de nettoyer la place de l'épouse diabolique ? Et à la fin de la semaine, hop, plus une trace !

– Mais Arthur aurait dit quelque chose ?

– Il n'a sûrement rien remarqué, dit Alicia. Holly ne s'en était pas rendu compte.

– Oh, c'est tellement déprimant, dit Perry en agitant une coquille Saint-Jacques au-dessus de la table. Pauvre Barbara, je comprends qu'elle soit venue implorer notre aide. Ses proches sont des monstres !

– L'un d'eux est mort, Perry, et l'autre est orpheline, le reprit Claire.

– Ça ne change rien aux faits, répliqua-t-il en engouffrant le mollusque.

– Perry a raison, dit Lynette. Comme le dit Poirot, ce n'est pas dire du mal qu'essayer de cerner qui était la victime. En vérité, c'est ce que tu peux faire de mieux si tu veux attraper son assassin. Missy avait vu clair pour ça aussi. Être objectif peut permettre de comprendre pourquoi Arthur s'est pris un coup sur la tête.

– Et toc, dit Perry à Claire. Si Arthur n'avait pas été un tel saligaud avec Rosa, sans parler de sa femme, à coucher avec tout ce qui passait, il serait probablement toujours en vie.

– Tromper sa femme est assurément abject, dit sèchement Claire, mais cela ne justifie pas un meurtre. En aucune façon.

– Bon, les amis, on peut revenir à nos moutons, s'il vous plaît ? » intervint Alicia avec un rapide coup d'œil à Anders.

Celui-ci n'avait pas dit un mot et baissait les yeux en mâchonnant sa nourriture, morose. Elle tourna la tête. « Je pense, et la police pense comme moi, que les choses se sont passées comme ça : Arthur avait de toute évidence une liaison avec Rosa, on peut le dire comme un fait établi, au vu de son palmarès. Quand Barbara a disparu, Rosa était ravie. Elle a dû s'imaginer qu'elle aurait Arthur pour elle seule et qu'elle cesserait de se faire exploiter comme domestique pour devenir la maîtresse de maison. À vrai dire, c'est l'impression qu'on avait eue. D'un coup elle avait quitté le tablier, s'habillait sexy, se comportait comme si elle était chez elle. Et elle effaçait les traces de Barbara de la villa, comme on a vu. C'est elle qui a découpé les photos de famille pour supprimer Barbara, avec un plaisir malsain, je suppose. »

Elle se retourna vers Missy. « Une fois de plus, tu avais eu l'œil, aucun d'entre nous n'avait remarqué. »

Missy la regarda d'un air interrogateur.

« Mais si, tu te souviens de ce que tu disais sur la belle-mère de ta sœur ? Celle qui avait débarqué et commandait tout ?

– Ah oui, Mildred ! Elle devait s'occuper des enfants de ma sœur le temps d'un week-end mais agissait comme si elle avait emménagé pour de bon, elle changeait de place les meubles… J'avais eu la même sensation avec Rosa. Elle se comportait comme la dame du château, sauf qu'Arthur n'était pas d'accord avec ça. Je l'ai entendu lui dire de retourner à ses torchons, ou quelque chose du même acabit.

– C'est ça ! Et tu as dit qu'elle était en colère.

– Furieuse.

– Exact. C'est sûrement là qu'elle a commencé à comprendre qu'Arthur n'avait aucune intention de l'épouser, quoi qu'il soit arrivé à Barbara. Elle a dû finalement se rendre compte qu'elle serait toujours la femme de ménage, avec juste quelques à-côtés.

– Tu vois, ricana Perry à l'adresse de Claire. Un vrai saligaud. Et alors Rosa l'a suivi jusqu'au golf ?

– Oui. On sait que Wanda a appelé Arthur un peu plus tôt ce jour-là. La police a confirmé un appel vers quatorze heures trente. Holly était dans sa chambre, elle a entendu le téléphone mais n'a pas répondu. Je pense que Rosa a décroché puis a écouté la conversation entre Arthur et Wanda. Et quand elle a entendu qu'il voulait passer chez Wanda sur son parcours, ça a dû la mettre hors d'elle. Peut-être qu'elle avait cru être la seule… En tout cas, elle a suivi Arthur au golf, puis chez Wanda.

– Mais Wanda a bien dit qu'il ne s'était rien passé ce jour-là entre elle et Arthur ? demanda Lynette.

– Il est quand même resté assez longtemps pour lui faire des mamours, etc. Et Rosa l'a vu. Encore pire, Arthur a sorti le grand jeu à Wanda et lui a demandé de divorcer de son mari. Il n'en pensait pas un mot, bien entendu, Wanda a dit qu'ils se parlaient toujours de cette manière, c'était une espèce de jeu idiot entre eux.

– Mais ça, Rosa ne pouvait pas le savoir.

– *Exactamundo*, comme dirait Fonzie. »

Lynette héla une serveuse pour redemander du riz.

« Quelqu'un reveut quelque chose, pendant que j'y suis ?

– Je reprendrais bien un peu de vin, dit Anders, qui ouvrait la bouche pour la première fois de la soirée.

– Oh, et des raviolis frits ! lança Perry à la serveuse qui s'éloignait. Le mardi, c'est raviolis !

– Bref, reprit Alicia, Rosa a dû les voir flirter et ça l'a rendue folle. Elle a suivi Arthur quand il est reparti sur le fairway, elle s'est disputée avec lui, ou plus vraisemblablement elle s'est glissée derrière lui sans qu'il la voie, et elle l'a frappé avec un putter.

– Ce n'était pas un fer 9 ? » demanda Anders.

Elle le regarda, étonnée.

« Justement non, et c'est en partie pour ça que je me suis dit que Wanda était innocente. Sans réfléchir, elle a parlé spontanément d'un fer 9, puis a assuré qu'elle avait dit ça comme ça. Et je l'ai crue. Si elle avait fait le coup, elle aurait su que c'était un putter, et c'est ce mot qu'elle aurait laissé échapper. Du coup, ça m'a fait réfléchir. Puis j'ai vu toutes ces photos qui manquaient, et cette photo découpée. Et là je me suis dit que la seule personne qui avait accès à tout ça, c'était Rosa.

– Bon, il y avait quand même Holly, fit observer Perry.

– Tu as vraiment une dent contre elle, n'est-ce pas ? dit Anders.

– Et toi tu la protèges depuis le début, dit Alicia en arquant les sourcils. Tu veux nous expliquer ? »

Il se tortilla, embarrassé. Il ne parvenait pas à la regarder dans les yeux.

« Non, je ne veux pas.

– À cause du secret médical, peut-être ? » Il releva les yeux, pris de court. « Holly m'a tout raconté tout à l'heure, Anders. Elle était enceinte de Jake, ou du moins elle l'a été quelques semaines avant de faire une fausse couche.

– Pas possible ? dit Claire. C'est pour ça qu'ils se disputaient au tennis ?

– Oui. Holly voulait le dire à son père et Jake ne croyait même pas que le bébé était de lui.

– Le porc ! lâcha Missy.

– Elle est venue te consulter, n'est-ce pas ? » demanda Alicia à Anders. Celui-ci semblait presque soulagé, tel un homme qui a porté une charge trop longtemps et la pose enfin à terre. « Holly m'a dit qu'elle était allée voir un médecin en ville. C'est toi, c'est évident. Tu avais reconnu Barbara à notre premier club de lecture, j'étais sûre que tu cachais quelque chose. Et quand on a eu le deuxième rendez-vous chez elle, tu étais très nerveux.

– Je craignais de tomber sur cette pauvre Holly. Elle n'avait franchement pas besoin de voir son médecin se pointer chez elle. Heureusement, on ne s'est pas croisés.

– En fait, si. Holly t'a vu sur la terrasse et elle a déboulé à la cuisine en hurlant sur sa mère. Je n'ai pas compris ce qui se passait à ce moment-là, mais elle reprochait à sa mère de t'avoir amené là délibérément, pour la faire enrager, je suppose.

– Mais comment as-tu su que Barbara était la mère de Holly, si vous ne vous êtes jamais rencontrés ? s'étonna Missy en traquant les derniers grains de riz dans son bol.

– Holly m'avait expliqué le désastre que ce serait pour ses parents, et j'avais trouvé leurs noms sur le Net.

– Pourquoi ne nous as-tu pas dit tout ça ? » s'enquit Perry.

Tous semblaient perplexes. Anders fronça les sourcils.

« Je suis désolé, mais c'est contraire à ma position de médecin. J'ai prêté serment… »

Perry semblait choqué.

« On parle de meurtre, là, Anders, je pense que le serment d'Hippocrate passe après.

– Écoutez, si j'avais eu la conviction que Holly avait quelque chose à voir dans tout ça, j'aurais parlé. Croyez-moi. Cette gamine me fait de la peine. C'est juste une gosse instable et malmenée, elle a cherché un peu d'amour auprès d'un minable et elle a été traitée de façon infecte. Quand elle a trouvé le courage de venir me voir, elle était en grande détresse. Elle m'a fait confiance. Je ne pouvais pas raconter son secret à tout un groupe de gens. »

Perry émit un reniflement dédaigneux, mais Alicia ressentit une sympathie nouvelle pour le médecin. Il y avait en lui quelque chose de solide et de fiable.

« Je comprends tout à fait, Anders, fit-elle doucement. Je ne pensais pas non plus Holly capable de tuer son père. Niles nous a dit et répété que c'était une fille à papa, ça ne collait pas. »

Lynette décida qu'il était temps de changer de sujet. « Bon, je suis désolée pour Holly, sincèrement, mais tu n'as pas dit que c'était une fausse alerte, Alicia ? »

Cette fois, c'est Anders qui répondit.

« Elle a vraiment été enceinte, mais très brièvement. Selon toute vraisemblance, le stress de sa situation a eu raison de la nature.

– Bon, tout ça est désolant, d'accord, répéta Lynette, mais est-ce qu'on pourrait revenir à Rosa ? J'ai encore des questions. Comment as-tu su qu'elle avait suivi Arthur au golf, Alicia ?

– Alors, répondit l'intéressée après avoir bu une gorgée de vin. Comme je disais, quand Wanda a téléphoné ce jour-là, c'est Rosa qui a répondu. Elle a donc pu entendre Arthur dire où il allait. Mais surtout, elle n'a aucun alibi, personne ne sait où elle était à ce moment-là, vers seize heures trente, quand Arthur a été tué. »

La serveuse reparut, un grand bol de riz fumant dans une main et une bouteille dans l'autre. Ils dégagèrent de la place sur la table et elle repartit chercher les raviolis.

« Qui reveut du vin ? » demanda Anders. Des verres se tendirent. Il resservit tout le monde, but une bonne lampée de sémillon et se tourna vers Alicia, l'air dubitatif. « Et donc, sur la base de ce que tu leur as dit, la police a tout simplement relâché Wanda et arrêté Rosa ? Je ne voudrais pas être désagréable, Alicia, mais des soupçons ne font pas une preuve. Il n'y a rien de tangible, donc, juste des hypothèses ? »

Ah, il le prenait sur ce ton ? Elle lui décocha un regard noir.

« En effet, Anders, répliqua-t-elle d'un ton cassant. Je suis bien consciente que c'est insuffisant pour incriminer quelqu'un, je ne suis pas idiote. On n'arrête personne pour une photo découpée, et je ne pense pas que la police ait pris mon témoignage pour argent comptant. D'ailleurs, pour l'inspecteur Ward, je suis avant tout une fouineuse casse-pieds, dit-elle avec un regard lourd de sous-entendus. En fait, ils étaient déjà sur la trace de Rosa. »

Les regards de leurs compagnons, interloqués par l'échange, passaient de l'un à l'autre. Voyant cela, Alicia se radoucit.

« Figurez-vous qu'à part les empreintes de Wanda – qui a déclaré qu'elle avait dû toucher les clubs de façon machinale quand Arthur est passé chez elle –, ils ont trouvé des empreintes de Rosa un peu partout. Ils n'y avaient pas prêté attention au départ, étant la femme de ménage, c'était assez logique qu'il y ait ses empreintes sur les clubs si elle les essuyait et les rangeait, par exemple.

– Et qu'est-ce qui les a fait changer d'avis ? » questionna Missy en piochant des raviolis que l'on venait de poser sur la table.

Perry donna un petit coup sur ses baguettes à l'aide des siennes et lui retira le bol avec un grand sourire.

« Vous allez voir. Pendant que je discutais avec Roger, c'est mon pote au commissariat, son chef, Ward, regardait les enregistrements des caméras de surveillance du parking du golf. Et ils ont repéré une femme qui ressemble à Rosa qui quittait le parking à seize heures trente-sept, très précisément. »

Elle adressa un coup d'œil triomphant à Anders.

« La main dans le sac ! s'écria Missy avec animation.

– Exactement. Et comme preuve de leur liaison, il semblerait que quand ils l'ont arrêtée, ils ont trouvé sur son portable un paquet de textos, disons, salés, venant d'Arthur. L'arme du crime, l'heure du crime et le mobile du crime !

– La sainte Trinité ! » conclut Claire en applaudissant avec ravissement.

Lynette se rencogna dans sa chaise.

« Ce que je ne comprends toujours pas, c'est le rôle que joue Niles dans tout ça.

– Aucun, dit Alicia. Il est totalement innocent, au moins en ce qui concerne la mort d'Arthur.

– Pourquoi est-ce qu'il aurait attaqué Missy, alors ?

– Quoi ? » s'écria Missy.

Lynette leva la main dans un geste d'apaisement. « Je dramatise. C'était sans doute juste une coïncidence étrange. » Elle leur expliqua ce qui s'était passé avec la voiture de Niles. « Plus j'y pense, plus je suis convaincue que c'est un hasard. C'est obligé. Il doit y avoir plus d'une vieille BM cabossée dans cette ville, non ? Sinon ça n'a ni queue ni tête. »

Missy la regardait avec défiance.

« C'est vrai, non ? Dis-moi pourquoi Niles s'en serait pris à toi ? Il ne te connaît même pas, si ?

– Non, je ne l'ai jamais vu », admit la bibliothécaire.

Elle se détendit un peu et se mit à siroter son vin d'un air pensif.

Après quelques instants de silence, Anders se redressa.

« En tout cas, les sœurs Finlay, vous avez mené une sacrée enquête. Surtout toi, Alicia, tu peux être fière de toi.

– Ne sois pas bête, nous n'avons pas agi seules. On peut tous se féliciter, c'était un beau travail d'équipe.

– C'est vrai. Cela étant dit, je ne voudrais pas jouer les rabat-joie mais…

– Mais tu le fais quand même, coupa Perry.

– Oui, désolé, je le fais quand même. Avec tout ça, qu'en est-il de cette pauvre Barbara ? »

Tous se tournèrent vers Alicia, espérant qu'elle aurait là aussi une réponse, mais elle leva les paumes devant elle en signe de reddition et se voûta sur sa chaise, la mine défaite.

« Désolée, les amis, mais je n'en sais pas plus que vous. »

28

« C'EST ROSA QUI A ASSASSINÉ BARBARA ! souffla Perry d'un air de conspirateur. C'est évident. On sait maintenant qu'elle aurait fait n'importe quoi pour avoir Arthur pour elle. Elle a dû enlever Barbara pour s'en débarrasser et planquer son corps quelque part vers la gare de Hornsby.

– C'est en tout cas ce que pense la police, et ils l'interrogent en ce moment même. » Alicia marqua une hésitation. « Mais je ne suis pas très convaincue.

– Pourquoi ? insista Perry. On a la preuve que Rosa a des pulsions violentes. Heureusement qu'on n'a pas laissé des miettes sur les tapis quand on est allés chez eux ! »

Il simula un frisson. Alicia était plus circonspecte.

« Je sais, c'est très commode d'accuser Rosa. Mais Roger m'a dit qu'elle refuse d'assumer ça, elle nie catégoriquement avoir fait quoi que ce soit à Barbara. Elle persiste à dire qu'elle ne sait pas où elle est passée. Et, je ne sais pas pourquoi exactement, je la crois.

– Si c'est vrai – je ne dis pas que c'est ce que je crois, intervint Anders, ça nous ramène à la case départ. »

Chacun se remit à boire en silence, désappointé. L'ambiance festive était définitivement retombée.

« Peut-être, reprit Anders après quelques minutes, devons-nous accepter que nous ne saurons jamais ce qui s'est passé ? Peut-être que Rosa l'a éliminée mais qu'elle ne l'avouera jamais. Ou peut-être qu'Arthur était coupable, et qu'il a emporté son secret dans sa tombe.

– Tu es toujours tellement optimiste… railla Perry.

– Excuse-moi, mais il faut être réaliste. Peut-être que nous sommes arrivés au bout de ce qu'on pouvait faire, les amis. »

Il interrogea le groupe du regard ; l'un après l'autre chacun acquiesça, à l'exception d'Alicia. Elle n'était pas prête à renoncer et enrageait de voir Anders s'employer à décourager les autres.

« Anders, je te l'ai déjà dit, si tu veux quitter le club…

– Je dis simplement que… »

Elle l'interrompit d'un geste et regarda les convives, attentifs et intrigués par leurs escarmouches.

« Écoutez, si quelqu'un d'autre souhaite arrêter là, il n'y a aucun problème. Personne n'est obligé de prendre part à notre petite enquête. Personne n'a jamais été obligé, d'ailleurs, ce n'est clairement pas ce pour quoi on avait signé à l'origine. » Un bref coup d'œil à Anders. « Mais comme je vois les choses, il est encore possible de retrouver Barbara. Il reste plusieurs indices intéressants que nous n'avons pas explorés.

– Du genre ? lui demanda sa sœur.

– Du genre de la lettre manquante. »

Alicia avait conscience de se raccrocher à des fétus de paille, mais elle ne pouvait pas lâcher prise. Elle se sentait si près du but.

« Quelle lettre manquante ? fit Perry en étouffant un bâillement.

– Vous vous souvenez ? Barbara a posté une lettre depuis une boîte de Pitt Street le jour de sa disparition. Qu'est-ce qu'il y avait dans cette lettre et à qui était-elle adressée ? On n'a pas trouvé.

– Ça peut aussi bien être une facture, un truc sans aucun rapport, objecta Claire.

– Et aussi bien une lettre de suicide ! lui opposa Perry.

– Impossible, dit Lynette. Niles m'a assuré qu'elle n'aurait jamais fait une chose pareille, elle lui aurait parlé. Elle lui disait tout.

– Peut-être que c'est le cas, insista Perry. Peut-être qu'elle le lui a écrit dans cette lettre.

– Alors pourquoi Niles ne nous aurait rien dit ? Ou au moins aux flics ? Tu lui as posé la question pour la lettre, Alicia. Il t'a répondu qu'elle ne lui avait rien envoyé. »

Alicia réfléchit.

« Il a dit qu'il n'avait rien reçu, ce n'est pas tout à fait la même chose.

– Qu'est-ce que tu racontes ? »

Lynette se figea. « Mais bien sûr ! Il n'a pas pu recevoir la lettre ! Comment ai-je pu ne pas y penser plus tôt ! »

Les autres regardaient les sœurs, déconcertés.

« Barbara a posté cette lettre le samedi après-midi, OK ? expliqua Alicia. La poste ne fonctionne pas le week-end, donc la lettre n'a pas pu partir avant lundi. Donc entre le moment où elle est partie…

– Et le moment où elle est arrivée, ça nous amène à mardi, au mieux ! compléta Lynette. Or Niles a été expulsé de son appartement la veille, le lundi. Il n'y est probablement pas retourné depuis, il a dit que le proprio a changé les serrures, si ça se trouve il n'a même pas pu entrer dans l'immeuble pour accéder aux boîtes aux lettres. La lettre est peut-être en train d'attendre là-bas que quelqu'un la trouve. Et peut-être qu'elle contient toutes les réponses ! »

Tous se mirent à discuter avec animation, l'enthousiasme revenu. Anders, lui, restait adossé à sa chaise, la mine sombre.

« Il faut voir cette lettre, déclara Alicia par-dessus le brouhaha.

– Je vais appeler Niles tout de suite, décida Lynette en attrapant son sac. Je vais lui dire de foncer vérifier son courrier. »

Ils continuèrent à parler avec excitation, en finissant le vin et les plats, tandis que Lynette sortait tout en cherchant le numéro du café. Quand elle revint, elle avait l'air dépitée.

« Bon, alors, vous voulez la bonne nouvelle ou la mauvaise ?

– Les deux ! s'écria Missy.

– La bonne nouvelle : on avait raison, Niles n'est pas retourné chez lui depuis qu'il a été viré. La mauvaise, c'est que son ex-proprio est un peu trop efficace, il a appelé Niles aujourd'hui même pour lui dire qu'il lui avait fait suivre du courrier au café. »

Alicia sentit son énergie refluer. « Tu veux dire que la lettre se promène quelque part dans les limbes du courrier non urgent ? »

Lynette hocha la tête sombrement. « Il semblerait. J'ai demandé à Niles de téléphoner à son proprio immédiatement pour demander si le courrier est réellement parti, mais je n'ai pas trop d'espoir. »

Elle se rassit et se mit à mâchonner une pousse d'alfalfa, la mine abattue. Quelques secondes plus tard, son téléphone bipait bruyamment. Elle regarda l'écran.

« Un SMS de Niles, dit-elle en tapotant sur le clavier. Et flûte. Le courrier est parti ce matin. Il n'arrivera pas avant demain après-midi si on a de la chance. Et le propriétaire ne sait pas du tout s'il y avait une lettre de Barbara. Il n'a pas fait attention. »

Grognement général.

« C'est tellement frustrant, fit observer Claire. Je compatis avec Hercule Poirot et Jane Marple, désormais. Mener une enquête est parfaitement exténuant.

– Tant que nous en sommes à ausculter les derniers détails, déclara brusquement Anders, nous n'avons jamais creusé cette histoire d'annonce que Rosa avait insérée dans le journal. Est-ce que quelqu'un aurait une idée ? »

Alicia le regarda bouche bée. Décidément, elle ne parvenait pas à cerner cet homme. D'un moment à un autre, il soufflait le chaud et le froid.

« Tu as raison, Anders, approuva Lynette. C'est curieux, ça aussi. Vous voyez, tous ces petits riens intrigants qui semblent ne mener absolument nulle part. Je disais à Alicia que ça me rappelle un passage du *Crime de l'Orient-Express.*

– Comment ça ? fit Missy.

– Vous connaissez l'intrigue : ils sont dans ce train et Poirot examine le corps de l'homme qui a été tué de douze coups de couteau. Il regarde un peu partout dans son compartiment et découvre un tas d'indices autour du corps : un mouchoir avec des initiales, un cure-pipe, une lettre brûlée, etc. Et il dit quelque chose du genre : *Il y a trop d'indices dans cette pièce.* » Lynette se tut un instant. « Je pensais à ça cet après-midi. C'est exactement ce qu'inspire cette histoire : trop d'indices, qui nous embrouillent.

– C'est peut-être fait pour, suggéra Missy.

– À propos d'indices, renchérit Perry, nous n'avons pas cherché non plus où est passé ce bijou qu'elle a fait envoyer à un truc d'hydraulique, ou je ne sais plus trop quoi…

– L'Hydro ! s'exclama Alicia en reposant son verre sur la table si précipitamment qu'elle en renversa une partie.

Oh là là, avec tous ces rebondissements j'avais complètement oublié ! »

Elle se pencha pour attraper son sac remisé sous sa chaise et exhiba le magnet publicitaire de l'Hydro Majestic.

« Regardez, c'est un spa de luxe. Holly m'a dit que ce n'est pas là que sa mère allait habituellement. Je voulais chercher des infos mais ça m'est sorti de la tête.

– Oui, je me souviens de ce spa, dit Claire en lui prenant le magnet des mains pour l'examiner. C'est un hôtel légendaire dans les Blue Mountains. Je n'en ai pas parlé l'autre jour quand on en discutait parce que je croyais qu'il avait fermé.

– Si c'était le cas, ils ne feraient pas de pub, décréta Alicia. Celle-ci paraît récente, et regarde en bas, Claire, là. *Réservez dès à présent.*

– On va être fixés tout de suite », dit Lynette en prenant le magnet et en tapant le nom du spa sur son smartphone.

Après quelques manipulations, elle brandit son téléphone pour leur montrer la photo d'un superbe édifice, tout blanc. « Voilà. Ça a l'air ultra-chicos. » Alicia se précipita pour aller regarder par-dessus son épaule tandis que sa sœur déroulait la page en quête d'informations. « Il a été entièrement rénové. Il a rouvert il y a à peine un mois. » Alicia porta une main à sa bouche.

« Mon Dieu, évidemment ! J'ai été complètement aveugle. Tu as le numéro de téléphone, Lynette ?

– Une seconde, je te trouve ça. »

Elle changea de page et le numéro et l'adresse apparurent. Alicia reprit son propre téléphone et composa le numéro. Le reste du groupe suivait chacun de ses gestes avec passion, incertain de ce qu'elle avait en tête mais gagné par son excitation. Même Anders semblait électrisé ; il avait cessé d'agripper son verre comme une bouée de secours.

« Bonsoir, bienvenue à l'Hydro Majestic, que puis-je faire pour vous ? prononça une voix d'homme pleine d'entrain dans le haut-parleur.

– Bonsoir, bonsoir, répondit Alicia d'une voix éthérée, avec un clin d'œil à ses compagnons. Je voudrais parler à Barbara Parlour. »

Perry hoqueta, Anders fronça les sourcils et les autres ouvrirent de grands yeux.

« Je vous demande pardon ? fit la voix au bout du fil.

– Je dis, pourriez-vous me passer la chambre de Barbara Parlour, je vous prie ? »

Croisant les doigts, Alicia attendit la réponse.

29

LES MEMBRES DU CLUB avaient quitté le restaurant, se hâtant pour rejoindre leur foyer et leurs proches. Restaient encore Missy, qui rassemblait ses affaires, Lynette, qui recomptait l'argent laissé pour l'addition, et Alicia, coudes sur la table, tête dans les mains, accablée.

« Tu espérais quoi, sérieusement ? lui dit Lynette en la poussant du coude. Tu as vraiment cru que Barbara était confortablement installée dans un spa de luxe sans se soucier de l'avis de recherche que la police a lancé pour elle ? Et de son mari défunt et de sa fille orpheline ?

– C'est bon, grommela Alicia. Je sais que c'est un peu énorme, mais ce sont des choses qui peuvent arriver.

– Qui peuvent arriver, Alicia ? Qui ferait une chose pareille ? »

Missy, qui s'était levée pour partir, eut un petit rire. « Ma foi, Agatha Christie, en l'occurrence, dit-elle avec légèreté.

Mais bon, je ne vais pas repartir sur ma marotte ! Allez, vous deux, gardez le moral, à bientôt ! »

Alicia s'était redressée. « Attends, qu'est-ce que tu as dit, Missy ? » Celle-ci s'arrêta, décontenancée.

« Ah, désolée, je disais juste que c'est précisément ce qu'avait fait Agatha. Il y a un million d'années, bien sûr. » Voyant que les deux sœurs la dévisageaient avec stupeur, elle reprit : « Vous connaissez l'histoire, non ? Vous savez, quand elle avait disparu ? Je veux dire, dans sa vraie vie. Elle était partie pendant une semaine environ, il y a un bon bouquin à ce sujet à la bibliothèque, *Disparue pendant sept jours*, quelque chose comme ça[1], avec plein de détails passionnants...

– Résume-nous juste ce qui s'est passé, la pressa Alicia. Qu'est-ce qui lui est arrivé ? Ça me rappelle vaguement quelque chose. »

Missy reposa son sac sur la table et se rassit. « C'est toute la question ; ça a été un vrai mystère à l'époque. La reine du crime en personne avait disparu ! On ne pouvait pas imaginer une énigme plus croustillante. Alors, un jour, en 1925 je crois, environ, Agatha Christie est partie avec sa voiture, et personne n'avait la moindre idée d'où elle était passée. Elle avait seulement un manteau et un sac à

1. Missy dit en anglais : *Missing for Seven Days*, titre qui n'existe pas. On peut en revanche se référer à *Agatha Christie and the Eleven Missing Days*, de Jared Cade, 2006, non traduit, ou lire en français à ce sujet *Le Chapitre disparu*, de Brigitte Kernel, Flammarion, 2016. (N.d.T.)

main, apparemment rien d'autre, et la police s'est mise à suspecter qu'elle avait été assassinée. Ils ont organisé une énorme battue pour chercher son corps. Tout le monde était persuadé que son mari de l'époque, Archie Christie, qui la trompait, l'avait tuée et s'était débarrassé d'elle dans le lac d'à côté. Ils sont allés jusqu'à assécher le lac pour la retrouver, vous imaginez ? »

Lynette buvait ses paroles.

« Et qu'est-ce qui s'était passé ?

– Eh bien, mes cocottes, figurez-vous qu'elle se cachait dans un hôtel de luxe sous une fausse identité. Elle a juré qu'elle avait eu une crise d'amnésie ou quelque chose comme ça, mais personne n'a jamais eu le fin mot de l'histoire, et elle n'en a jamais parlé. Le mystère est resté entier.

– Bon sang, cette histoire me dit quelque chose, fit Alicia, songeuse. J'en avais entendu parler, mais je n'avais pas les détails.

– Je ne comprends pas, dit Lynette. Qu'est-ce qu'elle faisait dans cet hôtel si elle était devenue amnésique ?

– Personnellement, je crois qu'elle voulait donner une leçon à son mari.

– Attends, dit Lynette, résumons, tu es en train de nous dire qu'Agatha Christie, à un moment dans sa vraie vie, a disparu, et qu'elle a passé une semaine dans un hôtel sans que personne ne sache où elle était ? Excuse-moi, mais c'est un peu gros. Elle était très célèbre de son vivant.

– Son nom était célèbre, rectifia Missy. N'oublie pas que tout ça se passait avant Internet et même avant la télévision, etc. Il n'y avait pas des milliers de photos qui circulaient partout et on ne connaissait pas forcément le visage des célébrités, en particulier les écrivains. Rien à voir avec aujourd'hui, où chacun sait quelle tête a J. K. Rowling. En plus, elle était descendue à l'hôtel sous un pseudo.

– Mais voilà ! couina Alicia. Pourquoi je n'ai pas compris plus tôt ? Missy, tu sais sous quel nom elle s'était présentée ?

– À l'hôtel ? Non, je n'ai pas ça en tête. »

Elle réfléchit. « Dommage que Barbara ne soit pas là, elle aurait su, elle. J'ai à nouveau consulté son compte l'autre jour, elle avait emprunté ce livre, celui dont je vous parle, *Disparue pendant dix jours*. C'était à peu près un mois avant le début du club, elle doit s'en souvenir. »

La sidération éclatait sur le visage d'Alicia.

« Oh, mon Dieu, oh, mon Dieu ! gémit-elle, faisant se retourner les serveurs du restaurant. Elle l'a rendu ?

– Oui, pourquoi ? »

Alicia regarda sa montre et se leva en attrapant son sac.

« Viens, on y va !

– On va où ? demandèrent en chœur Missy et Lynette.

– À la bibliothèque, pardi ! On doit trouver ce livre ! Tout de suite ! »

30

DIX MINUTES PLUS TARD, les trois femmes se tenaient devant la bibliothèque. Missy avait les clés à la main et une expression épouvantée.

« Je ne peux pas croire que tu aies réussi à m'entraîner là-dedans, gémit-elle à l'oreille d'Alicia qui trépignait à son côté. Geraldine me tuera si elle découvre que j'ai ouvert en pleine nuit. Il est vingt-deux heures quarante-cinq ! Je veux dire, c'est une chose de vous laisser entrer après la fermeture comme l'autre jour, je pouvais expliquer que j'avais un truc à terminer, ce n'est pas comme si j'arrivais à tout faire en temps et en heure. Mais ouvrir la nuit, c'est illégal ! Je ne sais pas ce que je pourrais trouver comme excuse, et elle cherche tous les prétextes pour se débarrasser de moi.

– C'est pour la bonne cause, je te promets, dit Alicia. Merci de tout cœur pour ce que tu fais, Missy.

– Ça ne peut vraiment pas attendre demain ?

– Nan, vraiment pas. Il nous faut ce bouquin immédiatement. Vous ne voyez pas qu'elle est en train de le suivre comme un scénario ? Il nous faut les détails… »

Non, Missy ne voyait pas. Malgré tout elle déverrouilla la porte, ouvrit et se rua à l'intérieur pour couper l'alarme. Elle revint chercher les sœurs. « Je sais que j'ai dit qu'il fallait marcher dans les pas d'Agatha, mais je ne voulais pas dire à ce point ! »

Alicia sourit.

« Je n'allume pas sinon on verra la lumière depuis la rue. Ici ça ira… » Elle avança vers une salle du fond et alluma. « On y voit assez pour faire ce qu'on a à faire. Alors, mes louloutes, on fonce. Le titre c'est *Dix Jours d'absence*, ou *Disparue pendant dix jours*, je ne sais plus trop. Ça doit être rangé avec les biographies… dit-elle en se dirigeant vers cette section. Je ne peux pas allumer l'ordinateur, ce serait signer mon arrêt de mort. On peut trouver si on cherche bien.

– Tu ne connais pas le nom de l'auteur ? s'enquit Lynette.

– Normalement, si ! Je l'ai sur le bout de la langue, mais avec ce stress, là, j'ai le cerveau en bouillie. Tant pis, on va trouver. C'est un petit livre, blanc, avec un portrait d'Agatha en couverture. »

Elle s'interrompit et gloussa. « Je suis bête, il est à C comme Christie ! Je suis totalement ramollie, ce soir. » Elle courut vers une autre aile et se mit à passer en revue les étagères des C. Après quelques instants, elle poussa un cri de victoire étouffé et revint en courant. « Le voilà », chuchota-t-elle en brandissant un livre devant les sœurs.

Le titre était *Les Onze Jours manquants, le mystère d'Agatha Christie.* Le livre n'était pas très gros et ne s'attachait apparemment qu'à cette courte période de la vie de la reine du crime.

« Ça ne sera pas trop long à lire, constata Lynette en prenant le livre et en commençant à le feuilleter. Qu'est-ce que tu espères trouver, Alicia ?

– D'autres indices. Est-ce que tu dois l'enregistrer, Missy ?

– Surtout pas ! L'heure serait indiquée et j'aurais de gros ennuis. Non, moi, tout ce que je sais, c'est que tu l'as chipé dans la journée, et je n'ai rien à voir là-dedans ! Tu le remettras discrètement en place et personne n'en saura jamais rien. »

Elle arracha le livre des mains de Lynette pour le fourrer dans celles d'Alicia comme une patate chaude.

« Ça me va, approuva cette dernière. Allez, sortons d'ici, j'ai de la lecture qui m'attend. »

Peu de temps après, Missy arrivait chez elle, Lynette se préparait à se mettre au lit, et Alicia était déjà dans sa chambre, en pyjama, et se glissait sous sa couverture. Elle ouvrit le livre et commença la découverte d'un récit fascinant.

En elle montait une colère brûlante.

31

LE VOYAGE EN TRAIN depuis la gare centrale de Sydney jusqu'aux Blue Mountains est rapide et plaisant. Il fallut moins de deux heures à Alicia pour gagner la petite ville d'altitude de Medlow Bath, où se trouve le magnifique Hydro Majestic. Elle avait emporté *Les Onze Jours manquants*, pour passer le temps, mais son esprit retournait sans cesse à la conversation qu'elle avait eue ce matin-là avec Anders.

Il s'était présenté chez elles juste avant huit heures. Les deux sœurs étaient en train de se préparer quand elles avaient entendu frapper fermement à la porte d'entrée. Lynette s'apprêtait à partir au travail, elle ne pouvait pas s'absenter plus longtemps au risque de perdre son emploi chez Mario. Alicia pour sa part avait déjà appelé Ginny pour l'informer qu'elle ne viendrait pas ce jour-là. Il était temps d'en finir avec cette énigme.

« Hé, Lis ! C'est Anders qui te demande ! » lança Lynette depuis le rez-de-chaussée.

Penchée au-dessus de son lavabo, Alicia releva la tête, interdite. Elle finit précipitamment de se laver les dents, jeta un coup d'œil dans le miroir, arrangea ses cheveux en bataille et descendit à toute allure. Anders était là, sa longue silhouette adossée au mur, son vieux sac de sport posé à ses pieds. Il lui fit un sourire timide, qu'elle tenta de lui rendre, sans grand succès. Ses yeux la piquaient de sa nuit sans sommeil.

« Aurais-tu une minute ? » demanda-t-il.

Elle regarda sa montre.

« J'ai vingt minutes, après je dois filer, j'ai un train à prendre.

– Je n'ai pas besoin de plus », affirma-t-il en la suivant à l'intérieur.

Le précédant, Alicia traversa le salon jusqu'à la courette à l'arrière de la maison. Courette était un euphémisme, minuscule courette aurait été plus juste. Mais Alicia adorait cet endroit, fermé sur trois côtés par des murs de brique auxquels s'accrochait une débauche de bougainvilliers rose vif et de vigne vierge vert fluo. Deux transats en bois encadraient une petite table en rotin décatie couverte de bougies à la citronnelle, de livres et de magazines. Un hamac à rayures un peu moisi pendouillait à un crochet sur un mur. Certes, quand on le fixait de l'autre côté, il occupait tout l'espace, mais c'était merveilleux quand on était seule et qu'on avait envie de se sentir suspendue dans le ciel. Alicia s'assit sur un fauteuil et indiqua l'autre à Anders.

Il partait au travail lui aussi : costume ajusté bleu nuit bien coupé et chemise blanche impeccablement repassée. Une cravate gris acier pendait lâchement à son cou, attendant d'être nouée. Il se passa la main dans les cheveux et la regarda avec une expression contrite.

« Je viens te présenter mes excuses.

– Tu n'as absolument pas à...

– S'il te plaît, Alicia, laisse-moi aller jusqu'au bout de ce que j'ai à te dire sans m'interrompre, tu veux bien ? » Elle hocha la tête et se carra confortablement dans son transat. « Ce que j'ai tenté de te dire dimanche au pub... j'ai complètement vasouillé. Tout est sorti de travers.

– Anders.

– S'il te plaît ! Tu as dit que tu me laisserais finir. »

Elle fit mine de se coudre la bouche, lui arrachant un petit sourire.

« Je ne disais pas que je ne voulais plus faire partie du club. Bon sang, j'aime vraiment ce groupe, ça fait longtemps que je ne m'étais plus amusé autant. C'est horrible de dire ça, j'ai de la peine pour les Parlour, mais bon, c'est revigorant d'être mêlé à tout ça. »

Alicia acquiesça. C'était précisément ce qu'elle ressentait. Il sourit encore.

« Bon, pour être franc, Missy et Perry me mettent en boule la moitié du temps, mais je ne veux pas quitter le groupe. Absolument pas. » Il prit une grande inspiration. « Ce que j'essayais de dire de cette façon lamentable, c'est que je me fais du souci pour toi.

– Pour moi ? Oups, pardon », fit-elle en mettant sa main devant sa bouche.

Elle ne devait pas parler.

« Oui, pour toi. C'est toi qui assumes le plus gros de cette enquête, et j'ai peur qu'il ne t'arrive quelque chose. » Il planta ses yeux dans les siens avec une intensité qu'elle ne lui connaissait pas. « Quand j'ai appelé chez toi l'autre jour et que Lynette m'a dit que tu étais chez Wanda, pour l'accuser de je ne sais quoi... j'ai eu peur. J'aurais aimé que tu me demandes, ou à quelqu'un d'autre, de venir avec toi pour assurer tes arrières. Tu n'as pas à faire tout ça toute seule et cela pourrait être dangereux. Je sais bien qu'il s'est avéré finalement que Wanda n'avait rien fait, mais à ce stade même la police avait des raisons de penser qu'elle était une criminelle. Il faut que tu sois plus prudente, que tu réfléchisses avant de te précipiter. Tout ça devait être une sorte de jeu, il n'était pas question de mettre des vies en danger. C'est ce que je voulais te dire. Mais j'ai complètement foiré... »

Il secoua la tête avec découragement puis eut à nouveau un de ces sourires qui lui coupaient le souffle et lui faisaient tambouriner le cœur. Elle leva la main pour demander la parole et il rit franchement.

« Anders, avant tout, je dois moi aussi te faire des excuses.

– Non, tu… »

Elle le tança de l'index.

« Hé! c'est à mon tour de parler, et toi tu écoutes. » Il sourit sans mot dire. « Je ne t'ai pas laissé la possibilité de finir ce que tu disais quand nous étions au pub. J'ai pris la mouche et je t'ai sauté à la gorge. J'ai mal interprété ce que tu disais, je suis désolée. » Il accepta ses excuses d'un hochement du menton. « Mais sinon, tu ne dois pas t'en faire pour moi. Je suis touchée par ta sollicitude, vraiment, mais je ne risque absolument rien.

– Qu'en sais-tu ?

– Pour cette raison : toi tu es peut-être toujours le premier à arriver aux rendez-vous, mais moi je suis toujours la première à prévoir le danger, même là où il n'y en a aucun. »

Elle soupira. « Et il n'y en a jamais. » Il la regarda avec perplexité. « C'est un peu difficile à expliquer, mais j'ai une tournure d'esprit très pessimiste. Demande à Lynette. Je suis le genre qui voit le verre à moitié vide et des coupables partout. C'est ma croix. Je discerne toujours le pire en chacun et en chaque situation. Et du coup, je ne me mets jamais en danger, car j'exorcise le danger avant même qu'il puisse se pointer. »

Il la dévisageait en plissant les yeux sous ses cheveux ébouriffés.

« Je ne sais pas ce que tu as en tête, déclara-t-il finalement. Promets-moi juste d'être très prudente.

– Promis. Il n'y aura aucun problème. Pourquoi t'en faire autant pour moi, d'ailleurs ? Je fais à ce point l'effet d'une pauvre petite chose ?

– Plutôt l'inverse, dit-il avec amusement.

– Parfait, alors stop avec les inquiétudes ! Tu es pire que ma mère qui, heureusement, est à deux mille kilomètres d'ici. Je sais ce que je fais, Anders.

– Je sais bien… Je… C'est juste que tu comptes à mes yeux, voilà tout. »

Elle sentit son cœur se serrer, à la fois en attente et furibonde. Il était marié et il n'était pas supposé lui dire ce genre de choses. Elle regarda l'heure.

« Je ferais mieux de me dépêcher.

– À vrai dire, il y avait autre chose…

– Oui ?

– À propos de ma femme. »

Elle leva la main.

« Écoute, ce n'est pas mon affaire…

– S'il te plaît, j'ai besoin de te le dire. »

Elle acquiesça, résignée, et attendit. C'est ce moment que choisit Lynette pour passer la tête par la porte-fenêtre coulissante.

« Hé, les jeunes, désolée de perturber votre conciliabule, mais je peux te parler une seconde, Alicia ? »

Anders la suivit des yeux avec curiosité tandis qu'elle se levait pour rejoindre sa sœur à l'intérieur.

« Tu as des nouvelles de Niles ? devina Alicia.

– Absolument, répondit Lynette avec un sourire jusqu'aux oreilles. Exactement ce que tu avais pensé : Niles a prêté sa voiture à sa sœur. Il l'avait vue le mardi, elle était venue au café. Elle a prétendu que sa voiture faisait des siennes et lui a demandé de prendre la BM pour aller faire une course, à ce qu'elle a dit. Elle est partie une bonne heure, de ce qu'il se souvient. Elle a eu tout le temps. »

Alicia affichait sa satisfaction.

« J'en étais sûre. Les pièces du puzzle se mettent en place.

– Mais pourquoi est-ce qu'elle…

– Je t'expliquerai plus tard, promis. Je ferais mieux de retourner là-bas », dit-elle avec un signe de tête vers la courette.

Anders, immobile, les observait derrière la porte vitrée.

« C'est bon, je dois y aller, de toute façon, je suis à la bourre et tu vas l'être aussi si tu ne bouges pas. » Elles se firent une bise rapide. « Tu me promets de faire super gaffe ? Et tu m'appelles dès que tu rentres ?

– Je te promets.

– Et bonne chance ! » ajouta Lynette avec un regard en coin vers l'homme assis dehors.

Alicia lui tira la langue, puis sortit rejoindre Anders. Il attendit d'entendre claquer la porte d'entrée pour reprendre.

« Nous sommes séparés. Vanessa, ma femme, et moi. Elle a déménagé.

– Oh », fit Alicia.

Elle ne savait quoi en penser. Une séparation peut être très compliquée. Et une réconciliation est toujours possible.

« Il n'y aura pas de retour en arrière, ajouta-t-il comme s'il lisait dans ses pensées. C'est terminé, bel et bien. Tu peux me croire… Oh, mon Dieu, soupira-t-il, on se croirait dans une très mauvaise comédie avec Gwyneth Paltrow. Voilà pourquoi je n'ai pas pu en parler l'autre jour. C'est tellement pathétique.

– Quoi donc ?

– J'ai trouvé Vanessa au lit… commença-t-il avec réticence. Elle et mon frère… »

Il fuyait son regard, et Alicia voyait l'humiliation dans sa mâchoire serrée et ses épaules enroulées vers l'avant. Elle le sentait sur la défensive, meurtri et honteux, et eut envie de s'approcher de lui pour le serrer dans ses bras.

Elle lui prit la main.

« Ta femme couchait avec ton frère ? » Il hocha la tête. « C'est terrible. Quand est-ce que ça s'est passé ?

– Ça fait trois mois. »

C'est encore tout frais, se dit-elle, chagrinée pour lui et pour elle-même. Il n'avait sans doute pas la tête à faire une rencontre pour le moment. Comment pourrait-il ? La trahison était si violente.

« Est-ce qu'ils, heu… ?

– Est-ce qu'ils sont toujours ensemble ? Ouais. Et c'est même pire que ça. Elle est enceinte.

– Oh, Dieu du ciel. »

Anders détourna les yeux, l'air pitoyable. Puis il se retourna vers elle.

« J'ai beaucoup de mal à en parler, c'est pour ça que je ne t'ai rien dit l'autre fois. J'aurais dû, je regrette. C'est tellement humiliant, et ça coupe ma famille en deux, comme tu peux imaginer. Je… J'apprécierais que tu n'en parles à personne du groupe.

– Bien sûr que non. »

Elle lui sourit avec chaleur. « Merci pour ta confiance. »

Il hocha la tête et se leva. « Bon, je ferais mieux de te laisser partir, tu as un train à prendre, tu m'as dit. Où vas-tu ? »

Alicia hésita. Elle était tentée de lui dire, de partager avec lui ce qu'elle avait découvert la nuit d'avant, mais elle craignit qu'il ne cherche à la dissuader de s'y rendre. Ou pire, qu'il veuille l'accompagner. Elle n'était pas prête pour ça. Pas maintenant. Elle avait besoin de reprendre ses esprits. Et d'ignorer ses mises en garde.

« Je t'expliquerai tout plus tard », dit-elle en le raccompagnant vers la porte.

Il la regarda d'un air suspicieux mais ne fit pas de commentaire.

« On se reparle plus tard, alors ?

– Absolument. »

Elle fut récompensée par son sourire électrique.

Par la fenêtre du train qui progressait vers Medlow Bath, Alicia contemplait le paysage en souriant toute seule. Elle avait beau essayer de ne pas penser à Anders, elle se sentait à la fois heureuse et soulagée. Pas seulement qu'il désire rester dans le club, mais qu'il se soit confié à elle. Elle ne savait pas ce que tout cela pouvait signifier pour elle, s'il éprouvait quelque chose à son endroit, mais cela ouvrait une porte qu'elle avait cru définitivement close. Peut-être existait-il une chance pour eux, après tout ?

« Ça suffit ! » siffla-t-elle à mi-voix. Quelques voyageurs la regardèrent mais elle n'y prit pas garde et se remit à sourire à la fenêtre et à la vue.

Le train entra en gare de Medlow Bath. Alicia relégua Anders dans un coin de sa tête, descendit, et regarda autour d'elle. Elle se dirigea résolument vers le sud sur la grande route, en direction de Bellevue Crescent. Il ne lui fallut que quelques minutes pour parvenir à un impressionnant édifice immaculé, accroché à la colline comme une ancienne star de Hollywood. Elle inspira un grand coup, puis entra dans le hall en affichant un sourire ravi.

C'était comme se retrouver téléportée dans le passé, aux temps édéniques où vivait Agatha Christie. Voire avant cela, à l'époque de Jane Austen.

Le bien nommé Hydro Majestic est un prodige de sols de marbre, de tapis précieux, de plafonds en arcades et de dômes Art déco. À son ouverture en 1904, ce n'était qu'un simple hôtel de style édouardien, le premier établissement thermal d'Australie. Il avait connu son apogée après la Seconde Guerre mondiale; il était alors l'un des plus prestigieux hôtels du pays, séjour de prédilection des Premiers ministres, des chanteurs d'opéra et même du père de Sherlock Holmes, sir Arthur Conan Doyle. Mais le temps et le manque de soins l'avaient fait se faner peu à peu, jusqu'à tomber dans l'indifférence.

Les récents travaux lui avaient redonné son lustre d'antan. On y trouvait désormais une magnifique salle de bal, des espaces de réunion, des salons luxueux, un spa et un restaurant éblouissant avec son plafond doré, flanqué d'un café. Alicia les ignora et se présenta directement à l'accueil. La réceptionniste lui sourit poliment.

« Madame, que puis-je faire pour vous ?

– Bonjour. Je viens voir Teresa Neele, s'il vous plaît. »

La réceptionniste consulta son ordinateur. « Je regrette, madame, dit-elle, toujours souriante, nous n'avons personne de ce nom. Pouvez-vous me l'épeler ? »

Alicia s'exécuta mais la réponse fut identique. Douchée, elle hésita. Au temps pour ma super théorie, se dit-elle.

Teresa Neele était le nom sous lequel Agatha était descendue à l'hôtel Harrogate Hydro en décembre 1926 – pendant onze longues journées durant lesquelles l'Angleterre tout entière avait retenu son souffle et remué ciel et terre pour la retrouver. Ce nom, expliquait le livre, était une variante de Nancy Neele, le nom de la maîtresse de son mari.

Sous ce même nom, Agatha avait fait paraître une mystérieuse annonce dans un journal, formulée ainsi : « *Les amis et proches de Teresa Neele, originaire d'Afrique du Sud, sont priés de la contacter en poste restante R702, The Times, EC4.* » L'annonce qu'Anders avait vue au sujet de Rosa Lopez était calquée dessus presque à l'identique.

Alors Alicia comprit, et respira. Elle était vraiment trop bête. Elle revint à la réceptionniste.

« Pouvez-vous essayer Rosa Lopez ? »

Avec un sourire un tantinet moins affable, la femme consulta à nouveau son ordinateur. Cette fois, elle opina du chef.

« Oui, Mme Lopez est chez nous. Voulez-vous que j'appelle sa chambre ?

– Ne vous donnez pas cette peine. Je sais où elle est. Chambre numéro 5, n'est-ce pas ? »

La réceptionniste lui jeta un regard inquiet. Forte de cette confirmation, Alicia tourna les talons et traversa résolument le hall vers un panonceau qui indiquait : « Appartements ».

Parvenue à la chambre 5, Alicia frappa avec force. Il n'y eut pas de réponse. Elle insista longuement, sans plus de résultat. Elle n'allait pas se laisser décourager si près du but. Elle redescendit dans le hall et se dirigea vers le salon de thé panoramique. Il était un peu plus de onze heures et elle entendait tinter la porcelaine de Chine. L'heure du thé de la fin de matinée.

Tellement approprié...

Sitôt passé le seuil du salon de thé, elle la vit, seule à une table devant la large baie vitrée. Alicia inspira profondément, remercia d'un signe la serveuse et s'avança.

« Bonjour, Barbara. Je savais que je te trouverais ici. »

32

BARBARA PARLOUR SURSAUTA et leva les yeux de son livre. L'espace d'un instant elle regarda Alicia d'un air vide, comme frappée d'amnésie elle aussi, puis son expression changea.

« Alicia Finlay ! J'espérais bien te voir ! » L'air enchanté comme si elle retrouvait une vieille amie, elle lui indiqua le fauteuil face à elle. « Veux-tu t'asseoir ? Je viens de commander un darjeeling, c'est plus léger que le thé noir. Même pas besoin de lait. »

Alicia la fixa sans un mot, estomaquée par sa réaction. Elle poursuivait donc son petit jeu ?

Elle prit place tandis que la femme refermait son livre et interpellait la serveuse pour commander un deuxième thé. Puis les deux femmes se dévisagèrent sans mot dire pendant de longues minutes.

La Barbara qui se tenait devant Alicia n'avait rien de commun avec celle qu'elle avait vue à leur première rencontre. Ses cheveux blond cendré étaient illuminés de mèches dorées et coupés en un carré permanenté autour de son visage. Elle portait un corsage rouge vif rehaussé d'un sautoir en perles vert et rouge, et ses lèvres peintes, rouge sang, lui donnaient une contenance assurée et énergique, l'antithèse de la Barbara soumise qu'ils avaient connue.

Sur sa table se trouvait un présentoir à trois étages chargé de ravissants cupcakes glacés au sucre, de loukoums poudrés, de scones débordant de crème et de mini-sandwichs au saumon et aux câpres. Barbara en proposa à Alicia, qui refusa d'un signe de tête.

« Alors, dit enfin Barbara, comment m'as-tu retrouvée ? »

Sa voix aussi était plus ferme, et toute nervosité en avait disparu.

« Il nous a fallu du temps, comme tu vois, mais on a fini par y arriver.

– Et Dieu sait que j'ai laissé des indices à la pelle. Je pensais que vous seriez plus rapides, j'avoue. Votre petite bande n'est pas à la hauteur d'Hercule Poirot ! »

Alicia se rembrunit. Elle sentait la colère bouillonner en elle, mais se contint et attendit qu'on leur apporte leur thé avant de parler.

« Tu nous as lancés sur un drôle de manège, Barbara. Nous nous sentons tous un peu bêtes, pour être honnête, et nous sommes assez furieux. » Voyant son étonnement, elle reprit. « Qu'est-ce que tu croyais ? Nous nous sommes fait beaucoup de souci pour toi, Barbara ! Nous pensions que tu avais été kidnappée, ou pire. Nous avons même soupçonné le pauvre Arthur...

– Pauvre Arthur, mes fesses ! siffla-t-elle.

– Il est mort, tu es au courant ? »

Barbara détourna les yeux vers le spectacle grandiose de la montagne. La journée était si belle que l'on voyait au-delà du massif des Trois Sœurs.

« Oui, en effet, j'ai entendu ça, dit-elle en faisant face à Alicia. Mais ce n'était pas mon projet.

– Ce n'était pas ton *projet* ? »

Alicia ne pouvait en croire ses oreilles. Cette femme était donc totalement insensible ?

« On l'a trouvé la tête défoncée à coups de club de golf. Ta fille est dévastée.

– Oh, elle s'en remettra », répondit Barbara d'un ton détaché.

Elle prit sa tasse et sirota lentement son thé. Alicia était atterrée. Cette femme était un monstre, et hurler n'aiderait en rien à obtenir des réponses. Elle se fit violence pour poursuivre d'un ton neutre : « Tu as fait tout ça pour te venger d'Arthur ? » Barbara but encore, haussa les épaules.

« Il pouvait être charmant quand il voulait, mais c'était un salaud. Il a commencé dès le début à me tromper. Quinze jours après notre retour de lune de miel, j'ai trouvé du rouge à lèvres sur son col. » Elle eut un sourire amer. « Quel cliché.

– Pourquoi n'as-tu pas divorcé ?

– Il ne voulait pas, il disait que ça ruinerait sa carrière dans sa boîte, et ensuite sa carrière en politique.

– Pff, fit Alicia avec mépris, c'est ridicule. On n'est plus en 1926, tout le monde se fiche que l'on soit divorcé, de nos jours. De toute façon, tu aurais parfaitement pu le quitter. Mais tu ne voulais pas, n'est-ce pas ? C'est comme nous l'a dit ton mari… »

Elle se tut, reprit avec un rire désabusé. « Bon sang, tout le monde nous l'a dit ! Wanda, Holly, même ton frère ! Ils nous ont tous dit que tu adorais créer des psychodrames. Tu t'en délectes, Barbara ! Et nous, on ne les croyait pas. On te défendait, comme des imbéciles, on a bataillé pied à pied. Dis-moi, Barbara, est-ce que tu jubilais à l'idée que tout le monde avait peur pour toi ? Que tout le monde te cherchait partout ? As-tu pensé à ta fille à un moment ou à un autre ? »

Une lueur rageuse s'alluma dans les yeux de Barbara, et une expression mauvaise s'afficha sur son visage.

« Arrête de faire comme si c'était une petite sainte. Holly ne s'est jamais souciée de moi, pourquoi je me soucierais d'elle ?

– Parce que tu es sa mère, figure-toi. Tu es l'adulte. Enfin, tu es censée l'être.

– Tu ne sais rien de moi », riposta Barbara en reposant sa tasse si brutalement que plusieurs clients se retournèrent.

Elle inspira avec force pour se calmer. « Tout ce que je voulais, c'était donner un avertissement à mon mari, le secouer un peu. » Ses yeux s'agrandirent, elle se laissait gagner par l'exaltation. « J'avais lu ce livre sur Agatha Christie, comment elle avait disparu et terrorisé son mari au point qu'il avait failli faire une attaque. Je m'étais dit : quelle idée géniale ! Je vais disparaître quelque temps, voir si seulement il s'en rend compte. C'est de la faute d'Agatha Christie ! poursuivit-elle avec un rictus. C'est elle qui m'a mis cette idée en tête. Si je n'avais pas lu ce livre…

– Et c'est pour ça que tu as renversé cette pauvre Missy ? »

Le sourire de Barbara s'éteignit.

« Pardon ?

– Je sais que c'est toi qui étais au volant de la BMW qui a tenté de renverser Missy. »

Le regard de Barbara devint fuyant.

« Je ne sais pas de quoi tu parles. Je n'ai pas de BMW et je ne vois pas pourquoi j'aurais voulu…

– Arrête, Barbara. Tu as reconnu Missy le jour de la première réunion, ou plus exactement, elle t'a reconnue car tu étais venue à la bibliothèque et tu as eu peur. Je l'ai remarqué ce jour-là. Qu'est-ce qui t'a pris ? »

De toute évidence, Barbara luttait avec sa conscience, ou le peu qu'il lui en restait. Comme elle se taisait, Alicia joua le tout pour le tout. Il fallait absolument que Barbara parle.

« Nous savons comment les choses se sont passées, Barbara. La BM est à ton frère, Lynette l'a vue garée chez lui, avec des marques de choc sur la carrosserie. On sait que tu lui as emprunté le mardi précédant le jour où on est allés chez toi, le mardi où Missy s'est fait renverser. Niles nous l'a dit lui-même, ça ne sert à rien de nier. Tu as raconté que ta voiture ne démarrait pas et tu as pris la BM qui, c'est très pratique, se trouve avoir des vitres fumées. Tu es repartie par Harbour Bridge, tu as attendu que Missy sorte déjeuner, tu savais l'heure puisque Missy nous l'avait dit, et là, tu as essayé de la tuer.

– Non ! Pas du tout, je voulais juste la blesser, c'est tout.

– Mais pourquoi ? »

Barbara soupira et posa ses mains sur la table. Elle contempla ses longs ongles impeccablement vernis. Elle s'était offert une manucure tout récemment.

« C'est vrai, j'ai été prise au dépourvu quand j'ai vu que la bibliothécaire était là. Quelle malchance ! Elle m'a reconnue *illico* et j'ai paniqué. J'ai eu peur qu'elle regarde les emprunts et qu'elle voie que j'avais pris ce maudit bouquin. Elle aurait fait le rapprochement et elle aurait dévoilé mon jeu beaucoup trop tôt. J'avais besoin de plus de temps. »

Alicia plongea dans son sac, en sortit *Les Onze Jours manquants*, et le laissa tomber sur la table sous le nez de Barbara. Celle-ci s'en saisit, amusée.

« C'est bien celui-là. » Elle le feuilleta rapidement, un sourire flottant sur ses lèvres. « C'est vraiment l'ironie du destin. Je choisis d'aller à une bibliothèque loin de mon quartier et je me fais pincer quand même. » Le sourire disparut. « Mais je ne voulais pas la tuer, absolument pas, sérieusement ! J'espérais juste qu'elle se casse une jambe ou se foule une cheville, quelque chose qui l'empêcherait de venir à la réunion suivante. Je voulais lui faire peur pour pouvoir mettre mon plan à exécution.

– Alors c'est pour ça que tu es entrée dans notre club ? Tu voulais tous nous embarquer dans tes petites manœuvres ? Tu t'es dit que des amateurs de romans policiers auraient envie de jouer les détectives ?

– C'est ça ! Il fallait que quelqu'un s'inquiète de ma disparition. Je ne pouvais pas me fier à Arthur. Il n'aurait rien signalé à la police avant des semaines. Et la facture du spa aurait crevé le plafond. »

Le sourire revint, et la mine candide. « Ça fait des siècles que je peaufine mon stratagème, j'avais même envisagé de mettre mon frère dans le coup, mais il n'est pas assez fiable. Quand j'ai vu ta petite annonce bêbête, tu imagines mon excitation ! Je me suis bien amusée à rédiger ma lettre pathétique. J'étais sûre que tu mordrais à l'hameçon et que tu remarquerais qu'il se passait quelque chose. Et que tu ne pourrais pas t'empêcher d'enquêter. »

Alicia fronçait les sourcils, sans savoir s'il fallait prendre ces mots pour un compliment ou une raillerie.

« On était véritablement inquiets, Barbara, on a passé des heures à essayer de trouver où tu étais. Au point de négliger notre famille ou notre boulot. » Elle marqua un temps d'arrêt, prit du thé, elle devait garder son calme. « Alors ce numéro du centre d'accueil pour femmes battues dans la cuisine, tu l'as mis pour qu'on le voie ? Pour nuire à Arthur ?

– Absolument, et je n'ai aucun regret. Je savais que Holly ne verrait rien, elle ne remarquerait même pas si la maison était en flammes. Tu comprends, j'avais besoin que des gens se sentent concernés, c'est pour ça que j'ai voulu que la deuxième réunion se passe chez moi. Il fallait que je plante le décor, je savais que vous noteriez ce genre de détails et que vous en parleriez à la police, ou mieux encore à la presse. J'avais besoin de secouer Arthur. Qu'il soit soupçonné, interrogé, accusé de s'être débarrassé de moi. Il fallait lui donner une leçon.

– Ah, c'est pour ça que tu as dit à ton prof de tennis que tu avais une autre leçon, ce samedi-là. Tu parlais de la leçon que tu allais donner à Arthur. » Barbara opina d'un air suffisant. « C'est tellement extrême…

– Il l'a mérité ! Il m'a traitée d'une manière odieuse. Il fallait qu'il comprenne.

– Mais il ne t'a jamais battue, si ? » Elle fit non de la tête. « Alors le foulard autour du cou ? Ton inquiétude ?

– Je jouais la comédie. J'ai fait un peu de théâtre quand j'étais jeune, vois-tu. »

Son expression fiérote était à vomir. Alicia était à deux doigts de se lever pour la lui effacer du visage.

« Je sais, dit-elle. Nous sommes passés à côté de cette information, au début, pourtant ça sautait aux yeux, tout le monde nous avait parlé de ta tendance à jouer la comédie. Mais nous n'avons pas écouté. Je dois reconnaître que tu es très forte, nous avons tous cru que tu étais une pauvre victime malheureuse.

– Ah, ah, jamais de la vie ! s'exclama Barbara en brandissant un sandwich au saumon.

– Et dis-moi, ce coup de fil mystérieux que tu as reçu le jour de la réunion chez toi ? La personne qui t'a raccroché au nez quand on était avec toi à la cuisine, Lynette et moi ?

– C'était moi. » Elle se rengorgea. « J'ai appelé avec mon portable depuis ma chambre quand vous êtes allées chercher la limonade. Rusé, non ?

– Et ta proposition de lecture, *La Mystérieuse Affaire de Styles* ? C'était voulu aussi ? »

Elle approuva en riant.

« Reconnais que je vous ai drôlement simplifié la tâche, honnêtement. À moins de le faire écrire en lettres géantes par un avion, on ne pouvait pas dire plus clairement qu'Arthur était une ordure. J'ai du mal à croire qu'il vous ait fallu tout ce temps pour comprendre... J'étais obligée, tu comprends ? reprit-elle précipitamment, lisant le mépris dans les yeux de son interlocutrice. J'étais obligée, pour vous faire comprendre qu'Arthur me trompait. Je ne savais pas trop comment m'y prendre, et puis je me suis dit, des appels anonymes, quoi de mieux ? Il était infidèle, tu sais, c'était épouvantable.

– Je sais, Barbara. C'est ce qui a provoqué sa mort, tu te souviens ? »

Barbara, à nouveau, détourna le regard et s'absorba dans la contemplation des cimes, comme une simple touriste.

« Alors, l'annonce dans le journal pour Rosa, c'était un indice ?

– Évidemment. Ma foi, c'est ce qu'avait fait Agatha. En utilisant le nom de Teresa Neele, bien sûr.

– Et le bijou que tu as fait envoyer ici ?

– C'était un autre indice. Agatha avait fait réparer une bague et l'avait fait envoyer à Teresa Neele à l'Harrogate. Chambre numéro 5. C'était tellement amusant que l'on m'attribue le même numéro de chambre ! Ça, je ne l'avais pas prévu. Un bonus. Je voulais suivre au maximum les pas d'Agatha, vois-tu, m'amuser un peu, par la même occasion. Il m'a fallu des semaines pour mettre au point et planifier mon projet. C'est pour ça que je ne voulais pas que Missy gâche tout en me perçant à jour. Si elle avait parlé de ce livre à la réunion suivante, ç'aurait été bien trop évident. Je voulais que ça marche, j'ai passé la période la plus excitante de ma vie à concevoir tout ça. Et ça a marché ! »

Le mépris d'Alicia s'était mué en dégoût, et Barbara s'en rendit compte.

« J'avais prévu de revenir ! Bien entendu. J'allais revenir comme si de rien n'était, exactement comme Agatha.

Arthur aurait été tiré d'affaire, mais peut-être qu'il aurait fait un peu plus de cas de ma présence. Ça peut paraître un peu puéril, n'empêche que ça a marché pour Agatha.

– Heu, non, ça n'a pas marché, Barbara.

– Pardon ? »

Alicia reprit le livre et alla au dernier chapitre. « Donc, Agatha fut absente onze jours, Archie fut accusé de l'avoir tuée et son adultère fit la une des journaux, d'accord. Mais après ça, quand il la retrouva au spa et qu'ils rentrèrent à la maison la queue entre les jambes, ce fut le coup de grâce pour lui. Il ne pouvait plus la regarder en face et il a demandé le divorce peu de temps après pour épouser Nancy. Donc, non, il n'y a pas eu de *happy end* pour leur couple. » Elle referma le livre. « Et il n'y aura pas de *happy end* pour toi non plus, Barbara. »

Barbara poussa un soupir et piqua un loukoum sur le plateau. « Ah, c'est vrai, je n'ai jamais fini ce bouquin, ça devenait ennuyeux… » Elle goba le loukoum et le mâchonna. « Mais bon, j'ai atteint mon but. Le nom d'Arthur a été sali. Je n'ai pas besoin de plus. »

Alicia fut prise d'une nausée.

« Il a été plus que sali, Barbara. Ton mari est mort, il a été assassiné.

– Pas par moi ! J'ai entendu qu'ils avaient arrêté Rosa. Qui aurait cru que c'était une tueuse, en plus d'une traînée ? Je savais bien qu'il couchait avec elle. Enfin, je dis coucher, c'était plutôt tirer un coup dans la buanderie, dans la salle de bains, derrière la pergola. Écœurant et infantile. Encore pires que Jake et Holly. » Alicia arqua les sourcils. « Naturellement, j'étais au courant pour eux aussi ! Mais à côté d'Arthur et de sa putain, ils étaient presque classes. Au moins ils avaient la décence d'essayer de se cacher. Arthur et Rosa pas du tout. Ils s'exhibaient ! Il l'appelait sa princesse. "Ma précieuse princesse des Philippines". Il disait que je ne valais pas plus qu'une boniche, que je ne savais même pas cuisiner. À quoi je servais ? Ils riaient de moi, ensemble, tout le temps. Je les entendais glousser dans mon dos. Eh bien, je leur ai montré ! C'est moi qui étais le garant de la respectabilité d'Arthur, c'est moi qui avais le pouvoir. Une fois que je n'étais plus là, ça a été la dégringolade pour lui.

– Il voulait que tu reviennes, tu sais.

– Parfait, c'est très bien. » Elle se redressa et, pour la première fois, un voile d'incertitude apparut dans ses yeux. « C'est vrai ? Il l'a dit ? » Alicia hocha la tête. « Eh bien, j'allais revenir. Tu dois me croire, Alicia, je ne pensais même pas rester si longtemps, c'était juste pour quelques jours… J'avais écrit une lettre à mon frère, je lui disais où j'étais. Je ne comprends pas pourquoi il ne m'a pas fait signe, c'est très bizarre…

– Niles n'a pas reçu ta lettre. Il s'est fait expulser de chez lui avant qu'elle arrive. Il n'a aucune idée de l'endroit où tu te trouves. Il est soupçonné lui aussi, et son café est sur le point de fermer. Il est au trente-sixième dessous. »

La mâchoire de Barbara s'affaissa. « C'est pour ça qu'il n'a rien dit ? » Elle se renversa dans son fauteuil, pensive, puis elle prit un scone et l'engloutit. La crème coula sur ses lèvres. « Quoi qu'il en soit, marmonna-t-elle la bouche à moitié pleine, je n'y suis pour rien. J'ai écrit, j'ai expliqué, ce n'est pas de ma faute si la lettre n'est pas arrivée. »

Cela semblait suffire à la déculpabiliser.

« Ça ne va pas, Barbara ! cracha Alicia, incapable de se contenir plus longtemps. Il aurait fallu téléphoner ! Appeler la police ! Pourquoi n'es-tu pas rentrée quand ils ont trouvé Arthur au golf ? Pourquoi n'es-tu pas rentrée voir comment allait ta fille, avec cette histoire horrible ? Elle est toute seule, Barbara, elle est dans un état catastrophique, vraiment catastrophique, et ton frère aussi. »

Plusieurs personnes les regardaient, à présent, mais Alicia n'en avait cure, et Barbara ne semblait pas s'en rendre compte.

« J'allais rentrer ! s'écria-t-elle. Je… j'allais quitter l'hôtel aujourd'hui, demande à la réception ! » Elle se tapota les lèvres avec sa serviette.

« Trop tard.

– J'ai… J'ai eu peur, c'est tout. J'ai… pensé que la police allait me soupçonner, je ne suis même pas sûre d'avoir un alibi pour le moment où il a été tué, j'ai passé le plus clair de mon temps à me promener, toute seule. Mais bon, maintenant qu'ils ont découvert que c'est Rosa…

– Tu penses que maintenant, tu peux rentrer discrètement et faire comme s'il ne s'était rien passé ? »

Alicia avait la nausée. Elle se rendait compte à présent, en regardant la « malheureuse femme au foyer » se gaver de friandises sans se soucier de la désolation qu'elle avait semée autour d'elle, que Barbara Parlour avait brillamment réussi son coup. Elle avait obtenu la revanche ultime : le mari infidèle était mort, la maîtresse sous les verrous. Elle n'aurait pu souhaiter mieux. Savait-elle que Wanda avait une liaison avec Arthur ? Alicia ne se risquerait pas à aborder le sujet, mais Wanda avait elle aussi été touchée par cette affaire, traînée dans la boue, et son couple était en miettes.

Elle repoussa sa tasse et se leva. Elle venait de prendre conscience que tous ces gens, Arthur, Rosa, Wanda, n'étaient pas les véritables victimes de cette affaire. Tout comme Archie Christie n'avait pas été celle de la machination d'Agatha, des décennies plus tôt. Dans l'une et l'autre histoire, une jeune fille était au milieu, prise au piège. Est-ce que l'un de ces supposés adultes avait un instant pris le temps de réfléchir aux conséquences de ses actes sur leur enfant ?

« Tu t'en vas ? Déjà ? » demanda Barbara, l'air sincèrement surpris.

Que s'était-elle imaginée ? Qu'Alicia resterait tranquillement assise là, à boire du darjeeling en profitant du paysage ? La jeune femme secoua la tête avec écœurement. Il n'y avait plus rien à dire. Elle prit le livre, le rangea dans son sac et s'éloigna, sa colère et sa répugnance sur le point de déborder.

Tandis qu'elle quittait le majestueux palace pour regagner la gare, les mots d'Hercule Poirot résonnaient à ses oreilles.

Les vieux péchés ont de longues ombres.

Quelles séquelles la pauvre Holly Parlour, déjà si perturbée, garderait-elle de tout ça ?

C'était là le legs que lui faisait Barbara, avec son énigme mortifère.

TROISIÈME PARTIE

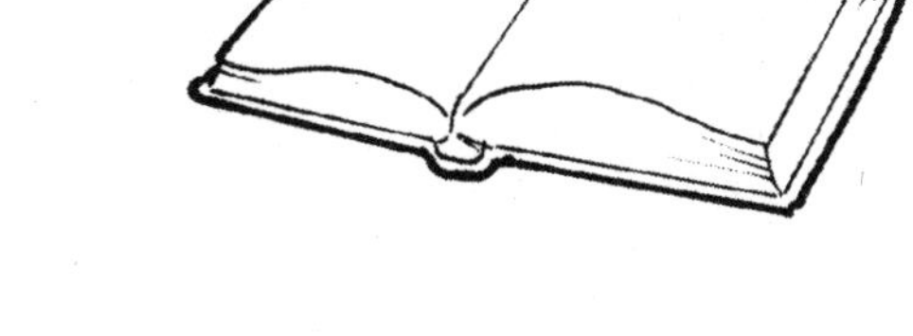

IL ÉTAIT QUATORZE HEURES DIX ce dimanche, la troisième réunion du club allait débuter. Les participants s'installèrent dans les fauteuils de jardin disposés sur la terrasse ombragée de Perry. Il avait fait restaurer sa maison récemment et, à la différence des vieilles maisons voisines du quartier de Surry Hills, elle était claire et aérée, grâce à des puits de lumière stratégiquement placés et un mur entièrement vitré qui ouvrait à l'arrière sur une cour verdoyante. Perry avait préparé un assortiment de hors-d'œuvre et de boissons, parmi lesquelles du gin-tonic et du planteur.

Son colocataire, « l'écrivain lubrique », comme il l'appelait, restait invisible, et quand Alicia demanda de ses nouvelles, Perry poussa un soupir las.

« Jonathan est en Angleterre, il travaille avec le graphiste sur la couv de son nouveau livre.

– Ça tombe bien.

– Tu n'imagines pas à quel point », répliqua-t-il.

Il disparut dans la cuisine avant qu'elle ait pu lui en demander plus. Elle se tourna vers Lynette, qui, elle, avait eu le fin mot de l'affaire. « Je t'expliquerai plus tard », lui dit sa sœur.

Ils avaient sagement apporté leur exemplaire du livre du jour, *Le Crime de l'Orient-Express*, mais ils avaient un autre sujet de discussion, en l'occurrence ce petit rebondissement : la réapparition de Barbara Parlour ! Comment disserter de fiction quand un mystère se jouait sous leurs yeux en temps réel ?

Tous étaient maintenant au courant qu'Alicia avait déniché Barbara, saine et sauve, mais plusieurs d'entre eux n'avaient pas eu les détails. Ils se penchaient par-dessus l'épaule de Missy qui feuilletait le livre qui avait permis de découvrir la clé du mystère.

« Donc, si je résume, dit Perry, très excité, Barbara a mis en scène sa disparition et laissé tous ces indices pour que nous décidions de mener l'enquête ? Et l'idée lui est venue en lisant ce livre sur Agatha Christie ?

– Eh oui, dit Missy. C'est ce qui l'a amenée à effectuer certaines choses bizarres, comme la réparation de cette bague qu'elle a fait envoyer à son hôtel, exactement comme Agatha l'avait fait à son époque, en l'adressant à Rosa Lopez, la maîtresse de son mari, comme Agatha l'avait adressée à la maîtresse d'Archie. Ça jetait la suspicion sur Rosa, je suppose, et comme l'a expliqué Alicia, Barbara suivait le script point par point. Regardez ça… » Missy alla à une page marquée d'un signet. « Avant de partir, Agatha Christie avait laissé son alliance dans sa chambre, puis elle avait dit à sa femme de chambre qu'elle partait pour Londres.

– Et du coup Barbara a parlé de Londres à Rosa ? demanda Claire.

– Exactement. C'est ce qui s'appelle brouiller les pistes, et je m'y connais ! Agatha était elle aussi partie avec un manteau de fourrure et un grand sac noir, mais pas de valise. Et elle avait pris sa voiture, qu'on avait retrouvée abandonnée près d'une carrière.

– Et Barbara est partie avec un manteau de fourrure, sans bagage, et a abandonné sa voiture près de la gare, résuma Lynette.

– Elle a vraiment suivi le scénario à la lettre, dit Anders, impressionné. Ça a dû lui demander une sacrée organisation.

– Ce que je trouve le plus fou, intervint Alicia, c'est qu'il soit arrivé la même chose à Barbara qu'à Agatha.

– De quoi parles-tu ?

– Je parle de la lettre à son frère. Juste avant de se volatiliser, Agatha a écrit à son beau-frère pour lui dire qu'elle était sens dessus dessous et partait pour un spa dans le Yorkshire. Il n'a pas pris sa lettre au sérieux et l'a brûlée, semble-t-il, donc elle n'a été d'aucune utilité pour la retrouver.

– Je vois, dit Claire. C'est un peu pareil pour Barbara, elle a écrit à son frère mais la lettre s'est perdue en route.

– Il l'a reçue, finalement, annonça Lynette. Je lui ai parlé, nous avions vu juste. Barbara lui dit dans sa lettre qu'elle est malheureuse et qu'elle s'éloigne quelque temps, elle part dans un hôtel dans les Blue Mountains. Mais il ne l'a pas reçue à temps et donc elle n'a servi à rien.

– Et surtout pas à Arthur et à Holly, dit Alicia.

– En tout cas, Niles semblait terriblement soulagé que Barbara soit reparue en un seul morceau. Même si cela signifie qu'il ne touchera pas son héritage. Ce n'est pas un si mauvais bougre, au fond. Oh, et il jure par tous les saints qu'il n'avait aucune idée que sa voiture avait été utilisée contre toi, Missy. Sa sœur la lui avait empruntée sous un prétexte mensonger et il ne s'est jamais douté de rien. Il n'avait même pas remarqué les bosses, sur le moment, il a cru qu'on lui avait fait plus tard, quand il était garé. »

Missy souffla dédaigneusement.

« Mais bien sûr, je vais croire ce baratin…

– À propos de voiture, intervint Claire, le livre que Barbara avait laissé dans la sienne, est-ce que c'était un message ça aussi ? Vous savez, *Le Mystère du train bleu* ?

– Je sais ! s'exclama Missy en parcourant fiévreusement le livre. J'ai vu passer ça, mais je n'avais pas fait attention. C'est le roman qu'Agatha avait commencé à écrire à cette époque. Habituellement, elle venait à bout d'un livre en quelques mois, mais elle a eu des problèmes pour celui-là. Aujourd'hui, nous savons pourquoi : ça n'allait pas dans son couple. Barbara l'a laissé pour nous donner une piste, c'est clair, mais nous n'avons pas fait la connexion.

– À vrai dire, je me sens un peu bécasse, avoua Alicia. Tout ça paraît tellement évident, maintenant.

– Pas du tout, protesta Anders, c'était tout de même un pari de sa part de présumer qu'on connaîtrait les péripéties de la vie d'Agatha Christie il y a quatre-vingt-dix ans et des poussières, et qu'on ferait le rapprochement. Je suis épaté que tu aies pigé ; moi, jamais je n'aurais compris.

– Tout de même, nous sommes le Club des amateurs de romans policiers, Anders ! rétorqua Missy. Je me sens tellement bête de ne pas avoir consulté plus tôt ses emprunts.

– De toute façon, ce n'était pas vraiment important, intervint Alicia, puisqu'elle avait prévu que son frère reçoive sa lettre et que ça mette fin à l'épreuve. Tout ce qu'elle voulait, c'était que la police soit alertée et qu'Arthur soit mis en difficulté. C'est pour ça qu'elle s'est comportée de cette façon, qu'elle nous a laissé penser qu'il la battait, avec son foulard autour du cou et son attitude traumatisée. Elle savait que des gens comme nous remarqueraient ces détails et que nous irions trouver la police. Il faut reconnaître qu'elle avait raison : si nous n'avions pas été là, Arthur n'aurait sans doute rien dit à personne, la machination serait tombée à l'eau et sa réputation n'aurait jamais été entachée.

– Mais il serait peut-être en vie, fit observer Claire en inclinant la tête d'un air pensif.

– On n'en sait rien, Claire, dit Lynette. Peut-être que la disparition de Barbara n'a fait que précipiter quelque chose qui était déjà en germe. Rosa Lopez est une sale bonne femme, et Arthur n'aurait pas pu dissimuler éternellement sa liaison avec Wanda. Rosa aurait fini par la découvrir et s'en serait peut-être prise à lui de la même façon. »

Alicia haussa les épaules.

« Ça, on ne le saura jamais, mais ce que je peux vous dire, c'est que Barbara soutient *mordicus* qu'elle n'a jamais voulu la mort d'Arthur. Elle n'avait pas du tout envisagé ça, elle voulait juste lui donner une leçon.

– Qu'elle raconte ça au juge ! lança Perry en faisant circuler un plateau de fromages et d'olives.

– Oui, approuva Anders, pour moi, elle cherche à se dédouaner. Elle nous a tous fait courir après une fausse piste, nous, sa famille, et les forces de police. Elle devra en assumer les conséquences.

– Je pense que ce sera le cas, dit Alicia. Roger m'a dit que Ward envisage de porter plainte pour avoir fait perdre un temps précieux à la police.

– Et notre temps précieux à nous ? dit Perry en lui tendant le plateau.

– Personne ne nous a forcés à mettre notre nez dans cette histoire, lui rappela Alicia en piquant une olive marinée. Nous n'avons à nous en prendre qu'à nous-mêmes d'être des petits fouineurs. »

Claire se leva pour se servir du planteur.

« Je ne regrette nullement d'avoir cherché Barbara. De ce que nous savions, c'était une femme déprimée et maltraitée qui pouvait très bien être captive quelque part.

– Je regrette que ça ne se soit pas passé comme ça ! Et qu'elle ne se soit pas fait torturer un peu, par la même occasion », persifla Perry.

Visiblement, son ressentiment ne disparaîtrait pas de sitôt. « Et comment va la petite demoiselle Holly ? »

Alicia se mordilla la lèvre avant de répondre.

« Je ne sais pas trop. J'ai appelé chez elle hier pour prendre des nouvelles mais elle était sortie avec des amis. J'ai parlé avec sa tante Harriet, la sœur d'Arthur, qui est venue quelques jours. Elle m'a dit que Holly est en même temps soulagée que sa mère soit en vie et folle de rage. Elle refuse de lui parler pour le moment, et je la comprends.

– Pauvre gosse », fit Perry. Puis il frappa dans ses mains. « Bon, les copains, Barbara Parlour nous a pris assez de temps comme ça, si on passait à notre réunion ? L'heure est venue de regagner le monde merveilleux de la fiction !

– Oyez, oyez ! s'exclama Anders.

– Attendez. Avant de passer à la suite, j'ai une question importante à vous poser. » Tous se tournèrent vers Alicia. « Comment vous sentez-vous dans ce club ? »

Ils la regardèrent sans comprendre.

« Je veux dire, vous êtes tous là, j'en suis très contente, mais si quelqu'un a le sentiment que nous sommes allés un peu trop loin et qu'il souhaite quitter le groupe, je ne lui en voudrai pas. »

Quelques rires fusèrent et Perry lui donna une petite tape sur l'épaule.

« Tu es folle, trésor ! Je sais bien qu'on a dit beaucoup de mal de Barbara, mais personnellement, je ne me suis pas amusé autant depuis la dernière soirée de Mardi gras de Kylie Minogue ! Naturellement qu'on veut continuer, en tout cas moi je veux. Bon, sans cette satanée Barbara, ça va de soi. Elle est bannie à vie pour comportement inapproprié ! »

Tous firent chorus avec enthousiasme et de chaleureux sourires pour Alicia. Celui d'Anders lui donna l'impression que son cœur allait traverser son chemisier.

Pour qu'on ne la voie pas rougir, elle se pencha pour prendre son livre dans son sac. « Très bien, dans ce cas, mais j'ai une règle à ajouter à la liste. »

Ils la regardèrent avec curiosité.

« Règle numéro 7 : personne ne doit rater une réunion. Assez de mystères pour le moment ! »

En riant, ils ouvrirent *Le Crime de l'Orient-Express*, et la discussion s'engagea…

Trois heures plus tard, tandis que le groupe prenait congé devant la porte, Perry tira Alicia et Lynette à l'intérieur.

« Est-ce qu'il faut que je parle à Claire ? » demanda-t-il. Lynette ouvrit de grands yeux affolés.

Alicia les regarda l'un après l'autre, perplexe, puis elle saisit.

« Tu veux dire au sujet de son fiancé ? » Il acquiesça. « Jamais de la vie ! non, non, non, souffla-t-elle. Pas ici, pas comme ça, ce serait tellement humiliant. Elle ne voudra plus jamais te voir, et nous non plus par la même occasion. Elle va nous détester !

– Nous détester ? De lui dire la vérité et de la tirer d'un destin pire que le mariage ? dit Perry avec dédain. La conduite de Charlie met aussi sa santé en péril, tu sais. Je ne peux pas me taire.

– Ça te va bien de dire ça, lâcha-t-elle, s'attirant des regards surpris de Perry et de Lynette. Ça se fait à deux, ce genre de choses, Perry, toi aussi tu devrais avoir honte.

– Qu'est-ce que tu racontes ? demanda Lynette.

– Je parle de Perry et de Charlie.

– Quoi, Perry et Charlie ? demanda Perry, sourcils froncés. Attends, tu crois que… Tu penses que moi et Charlie ? »

Il prit une expression horrifiée. « Je suis peut-être au bout de ma vie ces temps-ci, mes biches, mais je n'ai pas l'habitude de m'amuser avec les fiancés des autres. Et sûrement pas avec des faux hétéros qui sont incapables de trouver la porte du placard ! Tu me prends pour qui ? J'ai ma dignité, s'il te plaît. »

Il se laissa tomber sur le canapé, affichant une expression outragée. Lynette regarda sa sœur.

« Holà, Alicia, tu as tout faux, là. Ce n'est pas Perry qui sort avec Charlie, c'est son coloc, Jonathan.

– Jonathan ?

– Jonathan Grayson, l'écrivain, oui. Celui avec qui Charlie travaille sur son manuscrit. »

Alicia se laissa tomber lourdement près de Perry.

« Seigneur. Pardon, Perry, je n'ai rien compris.

– Qu'est-ce que tu n'as pas compris ? » s'enquit Claire, reparaissant dans la pièce, avec cette fâcheuse manie qu'elle avait de toujours apparaître au moment le plus inopportun.

Elle avait noué autour de ses boucles noires un foulard de soie Hermès et serrait un petit sac à main sous son bras. Sa douceur inspirait la pitié. « Qu'est-ce que vous faites, tous les trois ? On est tous devant à attendre pour dire au revoir. »

Alicia la dévisageait en cherchant quoi dire, mais Perry prit les devants. Il se précipita vers Claire, lui saisit la main et l'entraîna vers le canapé.

« J'ai des nouvelles moches à t'apprendre, ma belle, je pense qu'il est grand temps que tu saches. »

Elle lui adressa un regard absent, leva les yeux vers Alicia, puis Lynette, qui tentèrent de lui offrir des sourires réconfortants, conscientes que rien ne pourrait aider à faire passer la pilule. Perry serra plus fort la main de la jeune femme et lui prit le visage pour le tourner vers lui.

« Il s'agit de ton fiancé.

– Charlie ? Qu'est-ce qui se passe ? »

Perry prit une grande inspiration. « Je te parle en ami, rien d'autre. » Nouvelle inspiration. « Charlie n'est pas qui tu crois, Claire. »

Claire cilla puis se mit à rire. « Ohhh, c'est une nouvelle énigme ? Attends, ne dis rien, c'est un espion de la CIA ? »

Perry secoua gravement la tête. « Si seulement. Non, c'est beaucoup moins drôle, en tout cas pour toi, j'en ai peur. » Il se tut un instant, puis déclara d'un ton neutre : « Il est homo. »

Claire parut ne pas comprendre et continua à regarder Perry, dans l'expectative. Puis ses paroles parurent la frapper comme une gifle : elle se releva d'un bond, une main sur la joue, vibrante de colère.

« Qu'est-ce que tu as dit ?

– Je suis désolé, Claire, mais je sais, de source sûre, que Charlie est gay. »

La mâchoire de Claire dégringola. « Tu es vraiment incroyable ! siffla-t-elle durement. D'abord tu essayes de convertir Anders, la façon dont tu le dragues, Perry, c'est absolument honteux ! Maintenant tu t'en prends à Charlie ? Rien ne t'arrête, hein ? » Elle mit ses poings sur ses hanches. « Tout le monde n'est pas de ton bord, figure-toi ! Il y a des hommes qui aiment les femmes, vois-tu ? »

Perry soupira. « Je ne doute pas qu'il t'aime, Claire, mais il aime aussi mon colocataire, je le crains, en tout cas, il le prouve chaque fois qu'il en a l'occasion. » Il grimaça, il n'avait pas voulu se montrer si abrupt. « Je te le dis uniquement parce que tu as le droit de le savoir. Ton fiancé te ment. » Il se rassit avec un grand soupir. Lynette s'avança vers Claire.

« Je suis désolée, Claire, mais il a raison, au moins à moitié. De toute évidence, Charlie est bisexuel, mais peut-être que tu étais au courant ?

– Comment oses-tu ? lui répondit Claire. Charlie est mon fiancé. Mon fiancé ! »

Elle se tut, déglutit bruyamment. « C'est mon âme sœur, nous nous accordons à la perfection l'un et l'autre. À la perfection… »

Elle tourna les talons comme si elle allait partir en courant. Alicia s'approcha à son tour et la retint en la prenant par le bras. « Écoute Perry, Claire. Tu n'as peut-être pas envie d'entendre ça, mais il est vital que tu l'écoutes. »

Sous la fureur, une lueur de doute était apparue dans ses yeux, et le doute l'emporta. Elle revint s'asseoir sur un fauteuil en face de Perry, les mains serrées sur ses genoux, ses beaux yeux de chat plantés dans le vide. Alicia fit un signe de tête à Perry, qui s'éclaircit la gorge.

« La première fois que nous nous sommes rencontrés, tu as cité une phrase de Charlie, ton fiancé. "Tu peux être la rose entre deux épines." J'avais entendu récemment un autre Charlie dire la même chose.

– Et donc ? railla-t-elle, levant les yeux au ciel. Des Charlie, il y en a plein, c'est grotesque.

– Laisse-le terminer, murmura Alicia.

– Plus tard, ce jour-là, tu as expliqué que ton Charlie travaillait dans l'édition, et là j'ai commencé à me poser des questions. Le Charlie que je connaissais travaillait lui aussi dans l'édition. »

Il leva la main avant qu'elle puisse dire un mot. « Le Charlie que je connaissais fréquentait mon colocataire, un romancier en herbe qui s'appelle John Grayson. Cela fait plusieurs mois qu'ils sont amants. » Il se tut, la laissa digérer la nouvelle, guettant tout signe de détresse. Claire ne broncha pas, l'expression totalement vide. « J'espérais me tromper, Claire, honnêtement, j'aurais voulu. Je ne l'avais rencontré qu'une seule fois, un bel Eurasien, le jour où il avait cité cette phrase comme une blague, un matin où il sortait de chez moi, très tôt. Il parlait d'un rendez-vous qu'ils avaient, Jonathan et lui, avec un éditeur du nom de Miller. Ça te dit quelque chose ? » Claire plissa le front, semblant se souvenir, fixant le néant. « La deuxième fois que je l'ai rencontré, reprit Perry, c'était à ta boutique, Claire, le jour où tu nous l'as présenté. Il m'a reconnu, j'en suis certain, et le soir même, il a rompu avec Jonathan, juste avant que celui-ci parte pour l'Angleterre. Il ne lui a pas dit pourquoi, ce n'était pas nécessaire, enfin, pas pour moi, en tout cas. Mais Jonathan a été très affecté. Il n'était pas au courant lui non plus. Charlie vous a trompés tous les deux. »

Incapable de se contenir plus longtemps, Claire fondit en larmes. Alicia et Lynette vinrent l'entourer, anxieuses de la réconforter, conscientes que c'était dérisoire. Perry alla chercher une boîte de kleenex, mais déjà Claire avait tiré de son sac un mouchoir en coton orné de dentelles et brodé à ses initiales.

C'est alors que Missy et Anders survinrent, las d'attendre sur le seuil. Avant qu'ils aient pu dire un mot, Lynette s'était précipitée pour les pousser dehors, laissant Alicia et Perry avec la malheureuse jeune femme.

« Ma vie était tellement parfaite, disait-elle entre deux sanglots. Ma jolie boutique, mon beau fiancé. Même ma mère l'appréciait, elle qui n'apprécie jamais personne. On devait acheter un bel appartement à Elizabeth Bay, dans le quartier Art déco, vous voyez où c'est ? »

Ils hochèrent la tête en silence. Elle les regardait avec désespoir.

« C'est à la boutique que je l'avais rencontré. Il cherchait un fédora, je n'avais jamais vu un homme aussi beau ! Il ne m'avait pas draguée comme font si souvent les hommes… Oh, comment ai-je pu être aussi aveugle ? »

Alicia secoua la tête. « Qu'un homme ne soit pas dragueur et qu'il s'habille bien ne veut pas dire nécessairement qu'il est gay. » Elle vit Perry faire une moue dubitative.

« Il était tellement poli et gentleman et…

– Et tout ce que les femmes attendent d'un homme, parce qu'on lit trop de romans à la noix, compléta Alicia. Il avait tout de l'homme de tes rêves, mais c'était une illusion, Claire, ce n'est pas lui. »

Claire opina lentement. Quelques minutes passèrent, puis elle se moucha délicatement et essuya ses larmes. « Je dois te remercier, Perry, dit-elle en lui coulant un regard de côté. Je sentais qu'il y avait quelque chose, c'est vrai. Forcément. Mais je n'étais pas prête à affronter la vérité, pas encore. C'est tout… Toutes ces soirées interminables à corriger des épreuves, renifla-t-elle. Tous ces dîners pour discuter de stratégie marketing. Ha ! J'avais des doutes, bien sûr. Forcément… » Elle déglutit. « Mais il est difficile d'accepter qu'il puisse y avoir quelque chose avec une autre femme… Et ne parlons pas d'un homme. C'est tellement… C'est écœurant ! » Elle s'interrompit, embarrassée. « Pardon, Perry, je ne veux pas dire que tu… qu'être gay est écœurant… Juste… Je… la trahison est encore pire… »

Il lui serra la main. « Évidemment que c'est pire, ma belle. Je comprends parfaitement. Il t'a menti, il a menti à Jonathan, et il s'est menti à lui-même. Je ne sais pas ce qui est le pire des trois, mais en tout cas, il ne mérite pas tes larmes, Claire, tu sais ça ? »

Elle renifla de plus belle, se tamponna le nez avec son mouchoir. Hocha la tête. Puis, bizarrement, elle se mit à rire, un gloussement de petite fille. « Missy avait raison, dit-elle quand elle fut calmée. Être fiancée pendant quatre ans, c'est ridicule. J'aurais dû le larguer au bout de deux ! » Elle gloussa encore. « Elle en sait beaucoup plus long sur la nature humaine qu'on ne le pense, cette demoiselle. »

Ils ne pouvaient qu'être d'accord.

« Ça va aller? demanda Alicia en lui tendant la main pour se relever.

– Mais oui, dit Claire en remballant son mouchoir et en replaçant son foulard autour de sa tête. Ce n'est pas un simple mortel qui aura raison de moi, même pas Charlie Machin-Truc. »

Sur quoi elle traversa le salon, la tête haute, son avenir détaché de l'attente d'un homme qui ne serait jamais à elle. Claire Hargreaves reprenait sa vie en main et, d'une certaine façon, sa liberté.

Alicia la regarda sortir puis elle embrassa Perry.

« Bien joué, bravo, c'était courageux.

– J'accepterais des excuses, dit-il d'un air boudeur.

– OK, fit-elle en riant. Je regrette, je suis désolée de t'avoir soupçonné de quelque chose de si moche. On dirait que Charlie Szeto et Barbara Parlour font la paire pour tromper leur monde.

– Mais pas tout le monde, objecta-t-il en lui prenant le bras pour aller vers la porte. Heureusement qu'on était là toi et moi, hein, mon chou ? Où irait le monde sans nous ? »

Ce soir-là, alors qu'elles gagnaient leur chambre, Lynette arrêta sa sœur dans l'escalier.

« Ça va, toi ? Tu as eu deux semaines un peu denses, là. Je ne parle pas seulement de Barbara.

– Tout va bien, Lynette, merci, assura Alicia. Je suis crevée, mais je suis contente que tout ça soit derrière nous.

Barbara est ignoble mais je suis soulagée qu'elle soit en vie, au moins pour Holly. Et pour Charlie Szeto, bon vent! » Elle soupira. « C'est terrible ce qui s'est passé pour Claire, mais comme elle dit, elle survivra, et elle en sort plus forte, aussi.

– Et le beau docteur? fit Lynette en faisant bouger ses sourcils d'une façon comique.

– Quoi, le docteur?

– Allez… tu en es où, poulette? Tu lui plais, ça se voit comme le nez au milieu de la figure. Tu vas tenter quelque chose ou tu vas continuer à jouer les timides jusqu'à cinquante ans? »

Alicia éclata de rire.

« Honnêtement, je n'ai aucune idée de ce qui se passe avec Anders. Je suis ouverte, je le lui ai dit. Je pense que le mieux est de ne rien précipiter et de voir comment les choses évolueront. Il sort d'un divorce assez éprouvant. »

Elle n'avait pas raconté à Lynette les détails de l'affaire. Même s'il lui était difficile de ne pas s'ouvrir à sa sœur, Anders lui avait demandé de garder tout ça pour elle, et elle respecterait son souhait.

Par chance, Lynette n'était pas aussi curieuse qu'elle-même, et dit simplement : « C'est bien. Ah, et sinon, je voulais commencer le prochain livre, dit-elle en brandissant une édition de poche fatiguée du *Chat et les Pigeons*, le roman qu'avait choisi Missy. « Je l'ai trouvé dans notre bibliothèque, je ne savais même plus qu'on l'avait. Tu le veux en prems ou je peux y aller? »

Alicia bâilla et passa la main dans ses cheveux blonds.

« Vas-y, Lynette. Je crois que je vais passer mon tour côté polars pour ce soir. Mes petites cellules grises seront contentes de faire un break.

– Fais de beaux rêves, alors ! dit Lynette en se dirigeant vers sa chambre.

– Mais préviens-moi quand même quand tu l'auras fini, lui lança Alicia. Demain est un autre jour. »

Elles éclatèrent de rire et allèrent se coucher.

REMERCIEMENTS

Tous mes remerciements à Sophie Hamley, qui la première m'a remarquée et encouragée à prendre mon envol.

Merci à Elaine Rivers, la meilleure relectrice qu'un auteur puisse rêver. Constructive, perspicace, rien ne lui échappe.

Enfin merci, encore et toujours, à Christian, qui encourage et favorise ma créativité, même quand les caisses sont à sec et les gosses intenables.

Achevé d'imprimer par
Normandie Roto Impression s.a.s. à Lonrai
N° d'impression : 2206280

Imprimé en France